MO·SHOU·ZHAN·SHEN

超越时空永无止境的想象，热血、刺激、惊险、超爽的感受

魔兽战神

战皇之路

4

龙人◎著

我就是魔兽战神战无命！我命由我不由天，九十九世的战神轮回，只为逆转天道

21 二十一世纪出版社集团
21st Century Publishing Group

图书在版编目（CIP）数据

魔兽战神 . 4 / 龙人著 . -- 南昌：二十一世纪出版社

集团 , 2015.12

　　ISBN 978-7-5568-1412-1

　　Ⅰ . ①魔… Ⅱ . ①龙… Ⅲ . ①长篇小说—中国—当代

Ⅳ . ① I247.5

　　中国版本图书馆 CIP 数据核字 (2015) 第 275449 号

魔兽战神. 4
　　　　　　　　　　　　　　　　　　龙　人著

责任编辑　张　宇
出版发行　二十一世纪出版社集团
　　　　　　（江西省南昌市子安路75号　　330009）
　　　　　　www.21cccc.com　cc21@163.net

出 版 人　张秋林
经　　销　新华书店
印　　刷　北京柯蓝博泰印务有限公司
版　　次　2016年2月第1版　2016年2月第1次印刷
开　　本　710mm×1000mm　1/16
印　　张　18
字　　数　250千
书　　号　ISBN 978-7-5568-1412-1
定　　价　26.00元

赣版权登字—04—2015—984
如发现印装质量问题，请寄本社图书发行公司调换 0791-86524997

第一章

莫家疯了，竟敢在万兽山脉大动干戈

铁牛山闹出这么大动静，很快引起了万兽山脉各方势力的注意。

偌大的铁牛山消失，只剩一片焦土，从地底喷发出来的岩浆冷却之后，成了一片光秃秃的岩石。

大火顺着山林一路烧向万兽山脉，立时引起万兽山脉高层警觉。万兽山脉出动大量魔兽开辟出防火道。

这场大火烧了三天三夜才被万兽山脉的圣者熄灭，好在没造成更大的损失。

南宫世家与凌家的恩怨，战无命实在难以处理，南宫世家和凌家与他都有血缘之亲，唯一不同的是，凌家一开始就信任他，所以他也与凌家关系更近一些。所幸，凌家最大的仇敌是苍炎帝君，而非南宫世家。

战无命从没想过认回南宫世家，经历这么多事，他觉得已经没有意义了。

让他意外的是，南宫霸道竟拿出一样东西，郑重地交给了战无命。那是一块骨头，上面布满了神秘的纹理。

战无命看了半天，只觉心神震荡，仿若魂飞天外。一种无羁狂野的气息自骨头深处渗出，极为熟悉的感觉泛上战无命心头，是藐视天地、万古不灭的意志，是自由奔放的意境。

"鲲鹏遗骨！"战无命失声低呼。

这块鲲鹏遗骨正是南宫世家《风帝诀》的原形，南宫世家的绝技就是从这块骨头上的神秘纹理中演化出来的。

"当年，我南宫世家的始祖与凌家始祖获得两块神秘的骨头，一人分了一块，经过多年，各家创出一套神秘功法，至少也是天级战技。他们从未对外人讲过他们的功法来自何处，连后代子弟也不知情。因为一旦被外人知道他们功法的来源，必会招致大祸。"南宫霸道满含深意地望着战无命。

顿了顿，南宫霸道接着道："后来，南宫家和凌家在苍炎帝国掌权者的刻意挑拨下，关系越来越差，最后成为仇人！到我们这一代，机缘之下，我得知南宫世家与凌家的绝学源于两块本应放在一起的秘骨，于是我们想尽办法得到凌家那块骨头。却不料正中苍炎帝君下怀，借此机会，他激发了南宫家与凌家的矛盾，灭掉了凌家。苍炎帝君不知从哪里知道了这两块骨头的秘密，一直想据为己有。这也是我南宫世家迁徙至边境的原因。实际上，凌家与南宫家的恩怨，大多都是苍炎帝君一手炮制的。"

南宫霸道想化解与凌家的仇恨，化解仇恨最好的方法就是通过自己的亲外孙战无命做凌家的工作。

之前，战无命作为一个不重要的小人物，南宫世家当然不会在乎这样一个见不得光外孙。现在，战无命的地位举足轻重，甚至能左右南宫世家的命运，南宫世家当然会毫不犹豫地把这个关系摆出来。

战无命已然收服了南宫流芳，自然也就知道了《风帝诀》的修炼之法，南宫霸道此时把这块鲲鹏遗骨给他，不过是表明南宫家的态度，南宫家承认战无命是南宫家的嫡系子孙，把家族传承的重宝都给了他。当然，也是想寻求他的庇护。

战无命心中了然，深深地望了南宫霸道一眼。这南宫霸道还真是个枭雄，知取舍，倒让战无命心中生出几分钦佩之情。想想交手这么多次，每次都是南宫世家吃亏，战无命也就是释然了。

战无命收下了鲲鹏遗骨，表示自己原谅了南宫家，出言道："接下来的战斗也许会更加惨烈，你先安排好家人，十万大山是一个不错的选择，家人在那里能得到更好的保护。"

南宫霸道点点头，莫家人无孔不入，无论是王朝还是宗门，一旦莫家人发起疯来，谁也想不到会怎样。

"役兽宗的战神已全部苏醒，只要不自乱阵脚，不会有问题。你拿着我的令牌让家主带着家人过去，去之前先要以净魂琉璃球进行测试，没有问题的人才能进十万大山。其他人与我一起去天玄谷，想参加战皇之路的也可以一起去。"战无命从怀中掏出一块金色的兽爪令牌。上面一个小小的爪印，透着浓浓的威压，正是兽神令。

万兽山脉天玄谷，这里的灵气已浓郁到吞吐成雾的地步。山谷四周的林木焕发出勃勃生机，树叶上凝出点点灵露，食之甘甜芳香，犹如灵液。

然而，此刻，原本生机勃勃的天玄谷却成了人间炼狱，以命魔宗为首的莫家势力疯了般杀向役兽宗，役兽宗各宗弟子奋起抵抗，两方势力顿时杀在一起。

虽然玄天秘境中最后一个莫家弟子的魂牌也碎了，但是他们依然没有惊惶，他们一直坚定地认为，轮回老祖祭祀成功了，不然天玄谷不可能发生这么大的变化。可是当他们将这里的消息传回宗门，收到轮回老祖的本命魂牌也碎了的回复后，他们才后知后觉地想到，事情也许并不是他们想的那样。

轮回老祖死了，玄天秘境中居然有人能杀死巅峰战神？

命魔宗悄悄抓了天灵宗一位战帝，得知役兽宗、天灵宗等宗门进入玄天秘境的弟子还有百分之七十活着，魂牌鲜亮。命魔宗的人终于确定，玄天秘境中的莫家人出事了。

命魔宗彻底暴走了，于是一场波及所有宗门的战争在这灵气如潮的天玄谷拉开了大幕。

圣者与圣者间的厮杀，战皇与战皇间的战斗，战帝与战帝间的拼命，你死我活的局面让那些中立的势力不知何去何从。

修为略低的迅速逃离天玄谷，原本想赶来参加战皇之路的战王连近前都不敢。

夜魔被调去铁牛山，莫家处于弱势。但是莫家的攻击诡异难测，役兽宗不得以召唤了大量万兽山脉的魔兽。

役兽宗召唤来的魔兽形成兽潮，将莫家战帝以下的力量迅速清除，再加上五毒教诡异的毒物，一阵兽潮，一阵毒潮，很快莫家就剩下十几位战圣和苦苦支撑的战帝了。

莫家低估了以役兽宗为首的各大宗门的决心，岳凌山与衍道子等老怪早已达成一致，结成抗莫联盟，共同进退。

万兽山脉的圣兽也出动了，莫家人挑起战争，破坏了万兽山脉玄天秘境的守护规则，激怒了万兽山脉的圣兽。抗莫联盟与万兽山脉的圣兽共同出手，莫家战帝全被斩杀，战圣很快又少了六七位，剩下的六七位莫家战圣犹如丧家之犬，掉头就逃。诸宗高手穷追不舍，誓要斩尽莫家人。

眼看莫家众人在劫难逃，没想到斜刺里杀出个程咬金——莫狂人！

轮回老祖魂牌破碎，整个莫家都不好了。轮回峰是莫家沟通上界的希望，轮回老祖死了，也就是说他们的希望破灭了。最重要的是，轮回老祖手中的祭祀神器天帝镇魂钟，当年鲲鹏至尊之所以没能将莫家尽数斩灭，就是因为天帝镇魂钟庇护了一部分莫家人。

虽然那钟是个仿制品，可也是件灵宝，如果没有那件宝物，莫家很可能再也无法与上界沟通，得不到上界莫家的认可。因此，莫家即使倾尽全力，也要攻破玄天秘境，找回天帝镇魂钟。

莫狂人便是第一个赶过来的战神。

岳凌山等人不知道，在莫狂人之后又来了一个东离丰收，不过东离丰收被铁牛山吸引了过去，否则结果会更加惨烈。

当莫狂人看到莫家的圣者犹如丧家之犬一般，被人追得狼狈逃窜，登时暴怒。

莫家沉寂太久了，破炎大陆的人已经忘了这个家族。鲲鹏时代之前，莫家差一点儿就一统大陆了，若非鲲鹏至尊出现，此时整个破炎大陆已然成为莫家的后花园了。

战神出手，岳凌山等人悲催了。

近二十位圣者在战神的绝对领域下，竟如进入泥沼的野狼，跳也跳不得，咬也咬不动，若非众圣合力，只怕莫狂人一巴掌一个，早把他们拍死了。

万兽山脉毕竟是魔兽的地盘，莫狂人一出现立刻引起连锁反应。万兽山脉不仅有圣兽，还有兽神，虽然不是役兽宗的兽神，却也相当厉害。

万兽山的战神级魔兽一出场，优势重新回到役兽宗一方。莫狂人火冒三丈，东离丰收早就出发了，居然到现在还没出现。

战斗进入白热化，莫家狼狈不堪的几名圣者被腾出手的岳凌山等人围住，又是一顿痛揍。

岳凌山等人打得正欢，不料莫家又来一位战神，身后还跟了七八个战圣。岳凌山心中哀嚎不已，莫家疯了吗，居然出动两位战神。这年头战神全都在沉睡，万兽山脉好不容易才唤醒一位战神，莫家的战神竟接二连三地出现。役兽宗虽然也苏醒了一位战神——兽神玄龟，奈何远水解不了近火。

莫家战神还没来得及发威，就被人截住了，居然是腾天战神，役兽宗一直沉睡的老祖宗。他不是一直在兽神巢沉睡吗？怎么会突然出现在这里？岳凌山都看傻眼了，役兽宗什么时候又苏醒了一位战神，难道是感应到天地元气的变化，自行苏醒的？扯淡！天玄谷离十万大山数十万里，这里的天地元气再浓郁，也不可能短短几日就飘到十万大山啊！

腾天战神到底是怎么醒过来的？岳凌山一脑袋问号。

当初，战无命把那块大元石交给兽神时，兽神便将元气注入了兽神巢。战无命带兽神离开役兽宗之前，就将兽神巢中的战神全都唤醒了。别人没有元气，他有，足够支持这些战神挥霍几年了。何况现在是特殊时期，战无命以身作饵，就要防着莫家孤注一掷。事实证明，战无命这一步棋走对了。

岳凌山离开十万大山时，战无命刚进入兽神巢，他自然不知道后来发生的事了。

腾天战神的出现，大大缓解了岳凌山等人的压力，专心对战莫家战圣，他们依然保持着优势战力。可惜这种优势还没支撑多长时间，又有狂暴的压力涌来，岳凌山知道，又有战神来了，这次来的还不止一位。

随着气息越来越近，岳凌山纳闷了，从那不断靠近、此消彼长、不断爆发的气息来看，有两个战神一路打了过来，在路上就打得难分难解，究竟是谁啊？

万兽山脉沸腾了，战神像是不用元气般接连出现。许多战神众人闻所未闻，此时一股脑跑了出来，竟然全是莫家潜藏的力量，众人深深感受到莫家的可怕，不得不承认，莫家的实力已远远超过任何宗门。

战无命赶到万兽山脉时也看傻眼了，莫家人疯了，竟然敢在万兽山脉大动干戈。

整个万兽山脉打成了一锅粥，东一位战神，西一位战神，捉对儿掐了起来。战圣们也是上蹿下跳，圣者之间的战斗还是役兽宗一方占优势，可是莫家战神多两位，岳凌山等人已被打得抱头鼠窜。

腾天战神也十分狼狈，被两个莫家战神挤着打，虽然他努力向万兽山脉的兽神那边靠，可是对手却不给他机会，明摆着想要各个击破。

原本莫家人准备三位战神围攻腾天战神，却被岳凌山等人拼死拦下一个，这才没能形成合围，但是看岳凌山也撑不了几回合了。另外两位战神都是役兽宗的老祖，役兽宗三位战神全都来了，谁也没想到莫家会有这么多战神，战无命已经干掉了两个，居然还有五个战神。

命魔宗的战神还没出现，不过应该也快来了。莫家出动加上东离丰收在内的六位战神，命魔宗也必然倾宗而出，不过是因为路途遥远，这才来得晚些。

"战无命……"一个熟悉的声音传来，天鹰圣子像贼似的鬼鬼祟祟地跑了过来。

天鹰圣兽与莫家圣者打得难解难分，天鹰圣者毕竟是圣者巅峰，又是风、雷二属性罕见的灵禽，以一人之力抗衡六位莫家战圣。若非天鹰圣兽强悍，岳凌山等人根本就没办法去阻拦莫家战神。

"小雀雀，是你，这是怎么回事？"战无命看到天鹰圣子，顿时笑容满面地叫道。

天鹰圣子脸都绿了，战无命张嘴就没好话，不过对着这混世魔王他也没办法，黑着脸道："你给我留点儿面子不行吗？叫我天鹰！"

"哦，看见你太高兴了，把这茬儿忘了。哪里来了这么多高手？"战无命不好意思地笑了笑。

"谁知道啊，这些战神都发疯了，全都跑过来了，这不，万兽山都快被打烂了。你们役兽宗的战神也不知道从哪儿冒出来的，我们的金环老祖也出来了，这样打下去，估计我们万兽山脉的几位老祖都得醒过来。"天鹰圣子一脸无奈地道。

"轰……"巨大的声响震得战无命耳朵嗡嗡作响，一个莫家战神看到战无命这里人多，突然心血来潮，居然想趁机拍死一堆，却拍在一张巨大的龟壳上。

"我靠，这家伙太卑鄙了，居然玩阴的。兽神，一定要把这家伙灭掉！"战无命大怒，若不是兽神在身边，只怕此时他就被拍成肉饼了。

兽神本就准备出手了，眼见腾天老祖都快被人撕了，那可是他看着成神的后辈，怎么会不着急。

"轰……"兽神化作庞然大物，仿佛一座大山般撞入腾天的战圈。

"腾天，去照顾凌山，这两个老东西交给我！"兽神的语气中透着怒火。

"兽神！"腾天大喜，抽身扑向岳凌山。他对兽神玄龟信心十足，以玄龟那可怕的防御，以一敌二根本不在话下。

果然，兽神玄龟一加入战圈，形势立时逆转，兽神玄龟以一敌二，依然十分轻松，他根本就不惧对手的攻击，他的攻击却让对手屡屡吃亏。

腾天接下岳凌山几人的对手，岳凌山等圣者立刻解放出来，想也不想，立时扑向天鹰圣者的方向，合围莫家战圣。

"你们全都去，哥最喜欢群殴莫家人了，这些该死的家伙，狠狠地招呼他们。"战无命对刀圣越无涯和南宫流芳等人说道。

南宫霸道带着南宫家三圣，加上刀圣越无涯和天禅老祖的加入，使得战圣之间的战斗立时呈现出一边倒的局面。南宫霸道毕竟是圣者巅峰，一出手就砍掉了莫家一圣的脑袋。南宫流芳和南宫流云也不手软，以奇快的速度，出手就重创了两人。莫家重伤的战圣在岳凌山等圣者的夹攻下，一个照面就被斩杀了。

莫家战神根本就来不及救援，也脱不开身去施以援手。

"杀得好！就这么干！"看到莫家圣者一个一个倒下，战无命大呼痛快。

战无命目光一转，正好看到莫家参加战皇之路的战王们正悄悄往后退。在战神和战圣的眼里，战王就是蝼蚁，根本不屑对他们出手，但是战无命来了，莫家很多人都认识战无命这个混世魔王。

如果莫家一方占绝对优势，他们还不用担心，但此时势均力敌，战无命绝对会想尽办法算计他们，是以，他们希望尽快离开此地，脱离战无命的视线。

"哇噻，哪里来了一群小杂毛，看啊，那不是那命魔宗的天才吗？还有灵剑门的天才呢。"命魔宗的战王们刚要退出天玄谷，战无命的声音突然炸响在他们耳边。

"战无命！"一声低呼，莫家战王身后扑出两个人，是保护众战王的战帝。莫家担心小辈受到波及，耽误他们的战皇之路，特意在众战王中暗藏了两个战帝。

"靠，莫家果然卑鄙！"战无命骂了一声，离悠悠抢先出手拦下一人，另一人被凌天放拦了下来。

南宫家和凌家的高手大部分都在战无命身边，根本不用战无命出手。

"哇，你们不要跑那么快，就算你们进了黄金战皇之路，也得遇上我，你们死在里面可就是客死他乡了，死在万兽山脉，还算是葬身故土不是？"战无命笑嘻嘻地道。

"战无命，你别嚣张，我们不怕你！"莫家战王群中，一人声色俱厉地叫道。

一旁的天鹰圣子很是无语，莫家的战王真是太没脾气了，这话说得根本就是此地无银三百两嘛。天鹰圣子心里也很惊讶，眼前这个看上去人畜无害的少年，居然有这么大的影响力。

"不怕就好，来，我们练练手，哥哥我手痒得很，你们谁不怕我，站出来，咱们比划比划！"战无命嚣张地向莫家众战王挥了挥拳头。

"我倒要看看，混世魔王究竟有什么能耐？"一个年轻人挤出人群，一脸愤怒，战无命赤裸裸的羞辱令他无法忍受。

"我叫莫远成……"那青年冷冷地报上名字。

"真是个二货，和我报什么名字，折在哥手上的莫家人多了，哥连你的名字都记不住，更不会给你立碑上坟了。"战无命戏谑地望着自报姓名的年轻人，十分好笑，看来莫家人也不是人人都精明啊。

"你，找死！"莫远成大怒，暴起出剑。

战无命眼中闪过讶异，这人的剑很快，而且角度刁钻，仅看这一剑便知有无数后招。

"很精妙的剑法，不过，再精妙对哥都没用，因为哥从不玩花招。"战无命不屑地冷哼，看到剑尖在眼前化成密密麻麻的剑雨，他才抬起拳头猛然轰出。

战无命出拳，简简单单，坦坦荡荡，带着一股霸凌天下的威势。

"轰……"战无命拳势中平，四平八稳，却在触及那片剑网时，如流星撞入地球般轰然爆响，气劲之强，震得那剑网如同破纸般，直接被洞穿。战无命的拳头穿过所有阻碍，出现在莫远成眼前。

"铮……"莫远成的长剑一声悲鸣，虽然在最后一刻挡住了战无命的拳头，可是它依然没有半点儿阻碍地砸在了他胸前。

"哇……"莫远成喷出一口血，身体萎顿在泥石地上，抽搐了一下，涌出的鲜血堵住了喉咙，无力地垂下双手。

战无命甩了甩拳头，望着莫家战王嚣张地吼道："下一个是谁？"

不仅莫家人惊呆了，连天鹰圣子都呆住了，这般简单利落地结束了战斗，根本不像是同阶战王打架，而是一场压倒性的屠杀。传言诚不欺我，混世魔王的确惹不得。

莫家战王面面相觑，莫远成在他们中间算是顶尖的，在战无命手下居然连一招都没走上，众人心生惧意，对望一眼，发一声吼，十几人同时出手。

"一群土鸡瓦狗！"战无命眼中闪过不屑，快步而上，冲入战圈。

"轰……"战无命一拳轰出，传出一声惨叫和骨折的声音。战无命看都没看，继续向前冲去。

"嘭……"战无命身体一震，一根大铁棍砸在他背上，身体顺势前倾，反手将砸在背上的长棍抓在手中。

"啊！"战无命抓住长棍后，螺旋式倒插回去，棍子径直插入偷袭之人的胸膛。他反手一扭之力太大，那人竟被长棍钉在了大树上。

"咯、啪……"战无命一腿横扫，一连串骨折声和惨叫声传来，战无命也发出一声闷哼，身体被打飞。

那群战王的攻击并非全然无效，战无命身上也留下不少印记，有带血的手印，有带灰的脚印，还有棍痕、剑痕、拳痕……

战无命狠狠甩了甩胳膊，这一回合，虽然被众人打得一身狼狈，但却没受什么伤。莫家人却挂了两个，还有好几个战王的腿骨折了。

"过瘾！"战无命一声低吼，一把撕开上衣，露出晶莹如玉、筋肉如铁的上身。精赤的身上有一圈红印，还有细细的剑痕，渗出些许血丝。

众人骇然，莫家十几个战王同时出手，竟然没在战无命身上留下什么严重的伤，一剑砍下去甚至没割开战无命的肌肉，只伤了表皮，战无命肉身之坚，令人叹为观止。

天鹰圣子原本想出手帮战无命的，可是看到战无命皮这么厚，又打得一脸兴奋，决定还是老老实实看戏，不去打扰战无命的兴致。

战无命嚣张而无所顾忌，以一人之威竟让百余莫家战王失去了战意。

祝芊芊等女眼中闪过骄傲之色，这就是她的男人，没有人比她更清楚战无命的体质了。战无命经常用太虚真气帮她们梳理身体、压缩战气，把她们体内的战气变成致密的元素之力。长此以往，就算这个世界没有元气，她们体内的战气也会转化成精纯的元力，元力会把她们的肉身滋养成元灵之躯。

"再来！"战无命低吼一声，没再冲向那十几个战王，而是冲向在一旁观战的百余名莫家战王，挥舞着拳头撞进人群。

"轰……"战无命冲入人群，就像是犀牛挤进了羊群。他身上泛着淡金色的光，其中还夹着淡淡的蓝，随着身体的动作起伏震颤。撞在战无命身上的莫家人不是被震飞，就是骨折身残，灵器砍在他光洁的皮肤上，只泛出一道白痕，连皮肤都不曾割破。

"把你们吃奶的力气使出来！"战无命兴奋地怪叫一声，哪儿人多就往哪儿钻，两旁阻击的莫家人如同铁犁下的泥土，迅速翻向两侧。

战无命就像是一件人形兵器，所到之处，莫家人个个都挂了彩。

天鹰圣子都看傻了。南宫家和凌家的一干战王也看得目瞪口呆，心中只有一个念头，战无命这小子根本就不是人。

莫家的战王们终于体会到了莫远成的痛苦，他们这么多人对上战无命都无能为力，何况莫远成独自对战战无命。

战无命的防御之强在这些战王眼里，与役兽宗的兽神玄龟一般无二，身上好似自带甲壳，别人的攻击完全忽略不计，他一出手却如重锤砸瓦，无人可挡。

"莫家的天才不过如此，没劲。天鹰，你们不来玩一玩吗？"战无命杀了个通透，又转身杀了回来，百余人的战王队伍早已凌乱不堪，或死，或伤，或残，莫家人的士气已经低落到放弃反抗，见到战无命过来就跑的地步了。

天鹰圣子和南宫世家的战王们等的就是战无命这句话。他话音刚落，众人就扑了上去，打成一团。虽然没空中那些战神战圣打得轰轰烈烈，但也打得热热闹闹。混战时，战技的作用不大，配合反而更重要，毕竟大家的境界都差不多，谁也没有战无命的本事，群杀跟玩似的。

战无命腾出手，瞄了一眼战王们的战场，愣了。一地的战王居然像街头流氓打架一样，有的抱在一起扭打，有的扯着头发按在地上打，有的本来两个人打得好好的，突然斜刺里窜出一人撞翻了其中一个，那人爬起来，二话不说，又与来人扭打在一起。

到最后，所有人的对手都不固定了，跟这个过两招，跟那个掐两下，乱成一锅粥。

战无命没有特别照顾祝芊芊，祝芊芊要和他一起进入战皇之路。战皇之路上不知道有多少凶险，他不可能时时刻刻照顾她，进入战皇之路之前，让她经历真实的战斗是必须的。众人中祝芊芊的实战经验最少，也是因为他的修为提升得太快，之前从未与人性命相搏，虽然这段时间他经常让离悠悠陪祝芊芊喂招，但毕竟不是生死交锋。

天空中的莫家圣者看到莫家战王身处危机，却抽不开身。

"嗡……"天地猛然一震，威压自四面八方合拢而来，天地灵气被不断靠近的两个旋涡吞噬。

"战神!"战无命低呼一声。

又有战神赶过来了,这万兽山脉还真是越来越热闹了,战无命身形一闪,没入丛林中。

"天地元气复苏,这万兽山脉必须重新划分。"一个苍老的声音传来。

"我们命魔宗只要天玄谷这一块,不知金环老祖可有意见?"又一个声音冷冷地传了过来。

战无命心中郁闷,莫家和命魔宗的战神速度还真快,短短几日竟然赶来这么多,这两个战神一到,形势顿时逆转,胜利的天平再次倾向莫家。

"兽神,把我给你的那块金元石拿出来,把莫家战神多引走几个。"战无命传音给老神在在的兽神。

"你小子什么意思?你不会要我把金元石分给别人吧?"兽神玄龟气哼哼地道。

"莫家和命魔宗的战神人数太多了,我们根本就顶不住,你不多引走几个,我们这些小兵全都得被他们拍死。你那块超大的元石能吸引他们的注意,你的防御最强,肯定能扛下来,咱们玩一次大的!"战无命道。

兽神见不是要他把金元石分出去,心头稍安。兽神心中暗想:战无命素来诡计多端,应该是想到了什么好办法。

兽神瞥了莫家众战神一眼,大笑道:"莫家的小崽子们,你们也就这点儿出息,就天玄谷这点儿微薄的元气,还不够咱们这么多战神打呼噜的。你家龟爷爷早就玩元石了,谁稀罕这等稀薄的元气。"

兽神话音刚落,一股浓郁的元力陡然生出,潮水般淹没整个天玄谷。阳光下,一块金光闪闪的大元石出现在兽神玄龟的大爪子上,璀璨夺目。

所有战神的眼睛都绿了,居然是块丈许见方的元石,这得有多少元力啊。这块元石对于破炎大陆的战神,简直是最大的诱惑。

兽神只把那元石拿出来晃了晃,又收入空间戒指,一声怪笑道:"你们这些土包子,没见过这么大的元石吧,就只争这屁点儿的元气,有什么出息。"

"轰……"一声闷响,兽神身边的两名莫家战神倾尽全力轰出一掌,他们现在不仅要兽神的命,更要兽神的乾坤戒。

"两个小辈也想抢你龟爷爷的宝贝。"兽神玄龟臭屁地一摆龟壳，将所有攻击都挡了下来。

"轰……"兽神玄龟正想再放句大话，空中突然多出两只手，重重地印在龟壳上，一下就将兽神震飞了。

"我靠，四个打一个，你们太无耻了吧!"兽神一声惊呼，迅速后撤。后来的两位命魔宗的战神联手攻来。

宝贝迷人眼，四位战神齐齐出手，夺取兽神手中的大元石。这块元石太重要了，有了这块元石，他们不仅不用沉睡，甚至可能顺利渡劫。只要能有一人成为至尊，天下谁还能与莫家抗衡？

正如战无命所料，元石一出，兽神立刻成了众矢之的，目的达到了，兽神立刻向万兽山脉深处飞去。

四战神怎么可能放过兽神，其他战神要不是被对手缠住，分不开身，就一拥而上了。

第二章

引爆天地灵劫，一举干掉四大战神

万兽山脉的魔兽感应到五位战神自头顶飞过，全都吓得瑟瑟发抖。

兽神玄龟的速度并不快，和莫家追来的四个战神比，一点儿优势都没有，在逃走的过程中不得不硬挨了几下，虽然不至于伤筋动骨，却也十分狼狈、骨肉酸痛，换作别的战神，只怕已重伤难动了。

"玄龟，就你这龟速，怎么逃得出我们的手心，你还是乖乖将元石交出来，我们或许还能留你一个全尸。"

"你们就不怕万兽山脉中的至尊苏醒吗？"兽神玄龟硬着头皮道。

"哈哈，你当我们莫家这么多年是白过日子的吗？万兽山脉的至尊早就老死了，现在只怕就剩一堆枯骨了。"

"你们怎么知道？"兽神玄龟惊讶地问道。

"天下间有什么事能瞒得了我们莫家，我们早就有战神来过万兽山脉，已经进入玄天秘境很多年了，这样至尊都不曾醒来，怎么可能还活在世上？"

兽神玄龟神色大变，玄天秘境中有莫家战神，进入玄天秘境的役兽宗子弟还活着吗？兽神没有多余的时间考虑，脑海中传来战无命的声音："兽神，你不是想渡天劫吗？就现在吧。我们玩局大的，让莫家的战神小子们也体会一把天地雷劫。"

兽神的脸色变了几变，战神渡劫，实为天罚之劫，几十万年来从未有人渡劫成功，所以兽神也很纠结。此时骑虎难下，手中有这么大一块元石，还有雷元珠，如果现在都过不去，那自己可能就再也没有机会了。想到此处，兽神一咬牙，猛然放开身上的气势，无边的灵气自四面八方汇聚而来，天地顿时成为一个巨大的泥沼。

兽神气息外放，一股玄奥至极的力量直冲天际。

"嗡……"深邃的天幕被这股力量狠狠地震一下，发出低低的呻吟之声，而后，天地能量骤然回旋起来，聚结成连绵无边的灵云，一股股纠结如蛇般的奇异力量在灵云中酝酿。

"灵劫！"莫家四个战神失声低呼，脸色煞白，他终于知道兽神玄龟要做什么了，兽神玄龟居然要渡几十万年从未有人安然渡过的天地灵劫，要破碎天地法则，突破战神之上。

天地灵劫，又称天罚之劫，但凡战神渡劫之地，千里之内无神敢入，皆因天罚之劫是规则之劫，战神本已破除了这片天地的规则。在远古，战神就可以感应上界，破劫飞升，如今天地被封，规则不全，突破战神就意味着将受天罚。只要天地规则感应到战神的天罚之力，必会降下相应的天罚之劫。因此，战神渡劫之地，是其他战神的禁地，除非谁想和他一同渡劫。

在这片被诅咒的大陆，没有人敢自信地说自己能渡过天罚之劫。破炎大陆多年缺少元力滋养，虽然最近万兽山脉因为玄天秘境的反哺有了微薄的元力，可是这元力才出现不过数日，根本无法支持战神渡劫，何况是这么多战神一起渡劫。

"快走！"一人惊呼。

"哈哈，你们这几个二货，以为龟爷爷那么好欺负啊，陪龟爷爷一起渡劫吧，让你们见证龟爷爷是怎么成为战神之上，成就至尊之位的。爷有的是元石，慢慢耗死你们这些龟孙子！"兽神玄龟长鲸吸水般将空中的灵气吞入腹中，一边吞噬灵气修复自身，一边调笑那四个倒霉的战神。

"天罚已锁定我等，已然无法离开！"一人愤然地说道。

"就算今天死在这里，也不能让这只老乌龟好受！"莫家战神暴起，扑向兽神玄龟。

他们终于明白兽神玄龟准备那么大一块元石用来做什么的了，兽神修为深厚，经过几万年的积累，连莫家老祖宗莫东升都不敢自比兽神。老祖宗莫东升因沉睡时间过长，还没赶过来，就是来了也没用了，天罚之劫下，他也要大量元石才能熬过去。

"我可没心情和你们玩游戏。"兽神玄龟几个闪身躲开四人的攻击，天际灵云越聚越厚，一道天河倒垂般的闪电自浓郁的灵云中射出。

"轰……"天地刹那间被撕成碎片，在那道恐怖的闪电下，一切防御都好似纸糊的。

"靠！"兽神玄龟吓了一大跳，天罚之劫的天雷居然这么凶猛，玄龟把灵气笼罩在身体周围，绝对领域凝缩于方圆十丈之内，加强抵御之力，全身都缩在巨大的金色龟甲中。

"轰……"绝对领域被撕裂，一道刺目的电弧在金色的龟甲上留下一团焦黑的污迹。

兽神一声呻吟，龟甲上，天生玄奥的秘纹被电弧损毁。

"哗……"

"啪……"

在兽神玄龟承受那一记可怕的电弧时，另外几道电弧击向另四位战神。

另四位战神再也没有闲情对付兽神了，天罚之雷，挟天地之威。他们心中都抱着一丝侥幸，希望能渡劫成功，成功迈出最后一步。渡天劫是所有战神心中最渴望却又最害怕的，现在渡劫不可避免，只能拼尽全力，好在现在万兽山脉有了稀薄的元气，或许是一个转机。

"轰……"几声惨哼，每位战神都拿出灵器，以抗天地之劫，可惜他们手中的极品灵器在天罚之雷下，好似纸糊的一般，第一道天雷就砸在他们身上，将他们体内微薄的元气冲散。几位战神的脸色都变了，天罚之劫远远超出了他们的想象，他们终于明白，为何在自身没有大量元力补充的情况下渡劫是死路一条。

远处，还在交手的众位战神脸色铁青，架也不打了，全都以最快的速度往万兽山脉外逃去。

天地灵劫，这是一场灾难。虽然渡劫之地离他们尚远，可是他们已隐约感受到天地规则之力，这是他们无法抗拒的力量，他们连面对的勇气都没有。

腾天心中清楚，是兽神玄龟在渡劫，兽神玄龟故意将四位战神拖入天劫，虽然不知道它能不能撑过去，但是这四位战神肯定是过不去的。

战神离开了，岳凌山等人加快攻势，围歼了莫家战圣。

"万兽山脉的莫家势力已然清除，役兽宗和各宗的战王尽快进入战皇之路，这里已不是你们能插手的了。"岳凌山一身是伤，落到祝芊芊等人身边。

以命魔宗为首的一方战王全被截杀，之后的战争已不是战王阶能插手的了，进入战皇之路反而更加安全。

双方战神全数出动，开启全面战争，莫家与各宗之间已是你死我活之势。

"无命呢？"岳凌山讶然问道。

"无命往兽神的方向去了。"祝芊芊满脸焦急地道。

岳凌山一听，眼睛都红了，兽神正在渡天地灵劫，无法无天的战无命居然去赶这个热闹，这不是找死嘛。

以兽神的战力，胜过任何一位战神都轻而易举，但是让他斩杀战神却很难，因为他的速度实在是慢了点儿，可这次不一样，兽神可以一下干掉四位莫家战神。

岳凌山向兽神渡劫之处潜去，天地威压之强使得他根本没办法靠近。战神雷劫，使得方圆数百里风云涌动，一切生灵都难以靠近。

灵云层层叠叠，里面好似有无数巨龙咆哮纠缠，酝酿良久，一道有如银河倒泄般的电龙劈将下来。岳凌山看着垂落的电龙，感觉神魂摇曳，竟有轰然欲碎的感觉。

岳凌山骇然闭眼，这就是天罚之雷吗？被天雷击中会是什么后果，他都不敢想。岳凌山一边担心兽神，一边气战无命那个不知天高地厚的臭小子，不趁机进入战皇之路，居然跑到这里来找死。

战无命是役兽宗的希望，必须走战皇之路。每次战皇之路，破炎大陆都以惨败告终，最后能返回破炎大陆的战王，都成为一方巨头，岳凌山也走过战皇之路，侥幸在白银战皇之路保住了性命，连最后的涅槃都是在其他大陆的战王们享受完之后，他用剩下的少得可怜的涅槃灵光完成的。

不得不承认，破炎大陆的战王与其他大陆的战王存在差距，破炎大陆被封印几十万年，元气匮乏，元气虽然对战王的修炼没有太大影响，但是却可以在呼吸间改变人的体质和灵性。这就好比，在贫瘠的土地上，种子长成大树非常缓慢；在肥沃的土地上，种子长成大树就要快得多，而且更加粗壮。

战无命是一个奇葩，岳凌山对战无命闯黄金战皇之路很有信心，所以，战无命不能出事。

战无命确实在五位战神渡劫的领域中，不过却不像岳凌山想的那样身陷险境，他正悠哉地欣赏着几大战神被雷劈。

兽神虽然被劈得挺惨的，不过算是状态最好的，原本金黄的巨大龟甲此刻已一片焦黑，只有边角处还能看出原本的金黄色，龟壳上天生的秘纹也被劈毁了大半，这才只挨了三道天雷。天罚之雷并不多，仅仅九道，但是每一道都是由九道合一，化成巨龙般的闪电击落，因此，虽是九道，却比九九八十一道更强。

比起兽神焦黑的龟壳，另四个战神已经不成人形了，四人乾坤戒中的极品灵宝在劫雷中全部化为灰烬，手中仅剩最后一件本命法宝。比起极品灵宝，本命法宝确实更加强悍，可惜他们四人的法宝都被劈出了裂痕，本命法宝出现裂痕，使得几位战神神识大伤，想要渡过第四道雷劫，恐怕很难。

战无命看着那四件卖相不错的法宝，大为惋惜，都是温养了近千年的宝贝，灵性十足，可惜遇上了天劫。

万兽山脉有微弱的天地元力，他们拼命吸收，努力恢复自己破损的身体，可惜杯水车薪。兽神玄龟躲在龟壳下，拼命吸收元石中的元气，龟壳虽然被打得一片焦黑，可是本体却并未受到伤害。兽神吸收了元力，拼命修复龟壳上的秘纹，它身上的秘纹才是抵抗天劫最好的工具。

兽神看到一边优哉游哉的战无命，心头郁闷，因为战无命一边看戏，一边还在修炼。

天地灵劫之下，五位战神尚且苦苦支撑，战无命居然毫发无伤地借天地灵劫的劫雷之力修炼。

战无命身上包裹着层层电芒，身前浮着一个拳头大小的天青色珠子，正是自无极城拍到的雷元珠。天地间游离的雷电之力被雷元珠吸收，而后射入战无命胸前以血画出的奇特的图案上。

看战无命的表情，竟似非常享受这天地雷力入体的感觉。亲眼所见让兽神相信那雷元珠确实能吸收雷力，对抵挡天劫大有帮助，它只是奇怪，战无命为何要在这狂暴的战神雷劫中修炼。

战无命对这雷元珠再了解不过了，记忆中，他上一世就是通过雷元珠开启了七绝之命中的雷元命数，达成七绝命魂圆满之数。雷元珠的使用方法还是上一世莫天机教给他的。

天地灵劫狂暴的雷力针对的是五位战神，对于战无命这种战王小蝼蚁，天地规则根本就没放在眼里。天地劫雷劈在五位战神身上，大量雷元素被他们击散，被击散的雷元素拥有最纯净的元素之力，没有一丝杂质。

这种雷元素之力对于别人来说或许是灾难，但是对于战无命来说却是大补之物。太虚之力可以将天地间的元素之力转化成战无命的命魂，他的命魂中有金、木、水、火、土、风和黑暗元素的种子，没有雷元素的种子，战神渡劫正是他炼制雷元素种子的最佳时刻。

雷元珠就是一个转换器，把雷电之力转成雷元素输入战无命体内。即使战无命肉身强悍，他也不敢将天地间杂乱的雷力吸收入体，那样就像一个容量少的电池一下子注入庞大的电流，结果就是爆体而亡。

莫家一方四位战神根本没发现战无命，他们全部心神都放在怎样抵抗下一道劫雷上，根本没有心思管什么战无命。

战无命感觉身体在麻木中焕发着生机，雷电之力是毁灭之力，但雷电中又蕴含着生机。雷元素之力，经由奇经八脉散入肌肉和骨骼，让战无命每一寸肌肤都含有雷电之力，这让他身体的每一寸肌肉都更加张力自足，更加坚韧。

一颗种子在战无命的命元中悄然诞生，是雷电的种子，和他命魂中的木之元力一样，只是一颗种子，但却可以自由吸收天地间的雷元力。这时，即使不用雷元珠，战无命也可以自由吸收天地间的雷元力了。可惜他还是不敢尝试吸收完整的劫雷，那是神威如狱的天劫之力，即使他有太虚之体，能够兼容各种元素之力，但以他战王的修为，想吸收战神的雷劫，下场只有一个，就是被撕成碎片。

"轰……"劫雷越来越密，垂落山间，山峰与空中的灵云形成灿烂的光雨之幕。

兽神玄龟的壳被第五道劫雷轰开，庞大的身体重重地砸在山岭上，砸塌了一座山。另四个战神的本命法宝尽数轰碎，四人身体裂开，血肉模糊，在雷光下惨嚎连连，五大战神引下的雷光如一片雷湖。

一股毁天灭地的能量将方圆百里内的大山削去一半，战无命被那股可怕的能量冲了出来，好在雷元珠护住了他的身体，并未受伤。

战无命突然出现，看得莫家四位战神吃了一惊，细微的电火在战无命身上跳跃，将战无命固定在空中，与电弧结成一片，竟有种身融虚空之感。战无命的状态看得几位战神咋舌不已，弄不明白眼前这个少年怎么会在这无边的雷湖中安然无恙。

兽神玄龟长长地吐出一口黑烟，它的内脏差点儿被电火烤焦了，即便如此，比起另外四位战神还是好多了，除了背上的壳碎了之外，肉身依然无恙，连法宝还没拿出来。

随着兽神玄龟吐出的那口黑烟，一颗土黄色的珠子从玄龟口中飘了出来。

珠子表面笼着一层温润的微光，散发出浓郁的生机，即便四周电火明灭，依然没能遮掩那颗珠子的光芒。

"内丹！"四个被劈得惨不忍睹的战神惊呼。

兽神即使到了战神阶依然不曾变身，走的是妖修之路，自然会有内丹。内丹凝聚了他生命的精华，胜过任何法宝。

那颗土黄色的内丹散发出柔和而厚重的能量，仿佛有隔绝虚空的能力，将兽神裹在其中。电弧在触及那层柔和的土黄色光润时，竟改变了方向。兽神破碎的龟壳在内丹的光润下迅速愈合，被修复的背壳上透出淡淡的紫色，雷劫之后，兽神的龟甲重生，同时生出更加恐怖的防御之力，可惜天劫之雷并没有给兽神足够的时间。

第六波劫雷，不再是一条条巨龙，五道劫雷竟然连成一片，海啸般自灵云中涌出，将天地间的一切淹没。

战无命骇然飞退，虽然雷潮距他尚有百余里，他的身体依然阵阵发麻，身上缠绕的电弧仿佛失去了控制。

"雷元珠，给我镇！"战无命一声低吼，双臂一展，狂暴的雷力虽然恐怖，但他并非渡劫的人，雷劫也没有针对他打下来，他不过是受到波及而已。因此，稳住雷元珠后，战无命将身边狂暴的电弧引入身内，刺激每一寸肌肤，体内早已形成空间的细胞吞噬着这股暴乱的雷霆之力。

如果此刻有人看到战无命，必然大骇，就算是圣者，这般吞噬雷霆之力不外泄，也会被烧成焦炭，战无命却像没事人似的，身上泛着如玉似霞的色彩，仿佛有生机在皮肤下游走，如蛇似电。

战无命大喜，雷劫真是太给力了，破炎大陆的劫雷竟然不输于元界之雷。

战无命突然觉得自己有点儿冒失，让兽神引发雷劫。五位战神同时历劫，就算兽神准备充足，想要成功渡过如此狂暴的雷劫也十分艰难。

空中传来几声绝望的惨叫，莫家四位战神的身体仿佛被热水浇过的雪人，迅速融化在电火之中，还原成天地灵气。

"兽神，接着！"战无命见那四位战神尽数消融，兽神的内丹也黯淡下去，将手中的雷元珠抛了过去。

　　兽神长长地吁了口气，他终于撑过来了，这片雷潮差点儿把他吓傻了，其毁灭之力远超他的想象，如果九道劫雷都这样，他还不如自杀，至少还能留个全尸。

　　那四个战神一死，空中的灵云翻滚了一阵，散去了一些，灵云中的电弧噼啪作响，但气势明显弱了很多。兽神松了一口气，他终于熬死了四个对手，不然五位战神一起渡劫，第七道劫雷劈下来，他挺不挺得过去，还真难说。

　　兽神接过雷元珠，迅速修复着他的身体，一股生机自雷元珠中滋生出来，原本弥漫在他身体周围的电弧受到牵引，配合元气，兽神的伤口迅速愈合。更奇特的是，雷元珠与它的内丹相互呼应，将雷元素之力注入内丹，原本黯淡的内丹迅速明亮起来，厚重的生机中多了几分诡异的飘忽。

　　兽神的身体随着内丹的改变发生了变化，变得非常轻灵。兽神顿悟，这场天地灵劫本就是一场造化，他突然明白为何战无命一开始没把雷元珠交给他了。

　　玄龟本是金、土双系灵兽，对土之厚重、金之锋锐感悟极深，但也因此限制了它对其他元素的感悟，因此，就算他成就战神，速度依然是他的劣势。如果按他们之前的计划渡劫，渡劫之后依然无法弥补这个劣势，可是战无命先前并没有给他雷元珠，兽神硬生生抗下五位战神共同引下的六道雷劫。经过疯狂的雷霆洗礼，兽神对雷电之力有了更深的感悟。

　　这时，战无命再将被疏导好的雷元珠交给他，他的体内顿时被注入雷电之力，领悟雷电之力后，速度将不再是兽神的劣势。

　　天地间，论速度，当以风和雷为尊。玄龟竟毕生之力，也不可能拥有风之元，但却在这场生死雷劫下，拥有了雷之元。兽神大喜，正在修复的龟壳上出现更多紫色符纹。纹路显现，带动兽神气势疯涨，空中少了许多的灵云不安地涌动，电弧发出低沉的咆哮，第七道劫雷正在酝酿。

　　这时，战无命觉察到远方有一股恐怖的气息正在苏醒，好似远古洪荒猛兽。若非体内的太虚真气正在吞噬雷元力，他也不可能捕捉到这股隐讳的气息波动。

战无命将目光投向天玄谷，恐怖的气息是从那里传来的。

"轰……"第七道劫雷降下，还不如第六道狂暴，五个人的雷劫远远超过个人渡劫时的天威。

兽神仰天长啸，身体沐浴在天地雷光中，居然没有伤上加伤，背上的伤口不断修复，碎裂的龟壳上，淡淡的紫金色越来越盛，龟甲上的符纹越来越清晰。

雷劫已经无法对兽神构成威胁，反而成了它滋养肉身的养料，兽神的气息越来越强。

兽神吐出内丹，与雷元珠呼应，两珠一阴一阳，呈太极八卦之形，迅速旋转，构成巨大的太极磁场，吸收着天地间的元能。

"嗡……"天地一震，一股恐怖的气息自天玄谷传来，空中的劫雷竟然慢慢消散了。

"怎么回事？"兽神玄龟惊愕地望着头顶散去的劫云，不明所以，远处陡然苏醒的气息让他莫名生出一股亲近感。

"嗡……"远方架于虚空的黄金战皇之路突然大放光芒，五色霞光映照天空，展现出一幅奇异的图形。

是玄天秘境入口处太古大阵的纹理，不知为何会映在空中瑰丽的霞光上。兽神抬头望去，顿时神情呆滞，目光再也无法自那片霞光移开。

兽神体内激发出一股神秘的力量，天地元气疯狂涌向兽神，龟甲上的伤痕迅速愈合，紫金色的甲壳上笔走龙蛇般绘出道道秘纹，新生出来的纹理居然和霞光中太古大阵的纹路一模一样。

在五彩灵云和巨大的阵纹下，整个万兽山脉散发着圣洁的光辉，好似活了过来，一股霸绝天下的意志回荡其间。

天玄谷外的人不知道发生了什么，只有战无命知道，这一切都和兽神玄龟有关。兽神玄龟渡劫触动了某种力量，它的气息越来越深不可测，虽然依然狼狈，但龟甲上的秘纹却越来越清晰。玄龟正在蜕变，天地灵劫就此消散，并没有灵泉和仙韵飘下，雷劫半途而废。

战无命暗自叹息了一声，破炎大陆真的被诅咒了，即使渡过了战神之劫，也没有天地规则奖励，因为这里没有元气，元素法则残缺，根本无法降下元泉供渡劫成功者改善身体，掌控法则之力，转化为元灵之躯，提升境界。

不过，玄龟还是不一样了，就算没有天地灵劫降下的元泉灌溉，单单自劫雷中兽神就收获颇丰，肉身在雷霆的淬炼下早已重组。虽然身体未能得到充足的元气补充，未能转化为元灵之躯，但只要有足够的元气吸收，自然能慢慢转化，法则之力也会随身体的转化慢慢健全。

对于兽神来说，收获最大的还不是成就元灵之躯，而是背上的龟甲获得了太古大阵的秘纹启示，得以重塑。

天地灵劫一结束，刚刚逃走的战神们迅速回到万兽山脉，他们的目的地是天玄谷。天玄谷究竟发生了什么事？兽神玄龟和那几位追击兽神的战神到底怎样了？刚刚天地灵劫只降下七道天罚之雷就结束了，如果真有人渡过天地灵劫，应该有九道雷劫才对。第八道雷劫未至，也就是说，渡劫的战神都死了。

金环老祖和腾天战神心中黯然，兽神守护役兽宗几万年，今日竟陨落于万兽山脉。

莫家战神快被气疯了，他们原本占着人多势众，能轻易压制役兽宗战神，现在被兽神一通雷劫，竟然陨落了四位战神，他们的优势登时不在了。带来的天才战王已被屠尽，等他们想找役兽宗的战王时，才知道都已经进入黄金战皇之路了。

黄金战皇之路的规则比玄天秘境的规则强大得多，想进入玄天秘境，他们还可以利用怨魂锁境的方法欺骗其规则之力，可是战皇之路根本没有任何手段可以掩盖修为，连役兽宗的灵兽囊都会被规则挤碎，超越战王阶的灵兽尽数被弹出。因此，莫家战神对进入战皇之路的战王毫无办法。

战神之间的战斗再次展开，比之前更加惨烈。

战无命的全部注意力都放在兽神背上正不断生成的玄奥的纹路上，天地间有太多夺天地造化的神物，就如那鲲鹏遗骨上的秘纹，可以演化出

《风帝诀》和《寒帝诀》。玄龟背上的秘纹牵引着法则之力，战无命受益良多。

战无命的心神沉浸在秘纹中，突然一声轻笑打断了他的感悟，笑声好似来自灵魂深处，一下子将他沉浸其中的心神唤醒。

"玄龟，想不到你居然能渡劫成功，可惜你太大意了，渡劫成功那一刻是本体最虚弱的时候，你不该在这里渡劫！"一个声音好似来自万里之外，却又清晰地传入众人耳中。

战无命睁开眼，见天边一根巨大的黑梭好似穿透了空间，射向心神沉浸在太古秘纹中的玄龟。

"兽神小心！"战无命大惊，那根破天而至的黑梭好似活物一般，灵性十足，却带着血腥邪恶的气息，仿佛沾到那血气，就会化为脓血般，战无命大骇，在他的记忆中从未出现过如此可怕的邪恶魔兵。

"莫东升……"一个低沉却略带虚弱的声音自兽神口中传出。

兽神强行移动身体，虽然他非常虚弱，但是依然灵动，对雷电之力的感悟让他在速度上有了极大提升。若换作以往，根本就不可能避开这柄邪兵，他太虚弱，虽然手中握着那颗元石拼命吸收元力，可是修复秘纹和肉身消耗的能量太大，根本就没办法补充身体经脉中元气的空虚。

如果身在元界，天地规则会给渡劫成功者降下元泉，灌溉其空虚的肉身，使其迅速成就元灵之躯。在这里，兽神就要自己慢慢自元石中吸收。

战无命提供的金元石虽然很大，但是其中的元气品质与纯度比天降元泉差太多了。

"轰……"兽神身体移开，那柄邪恶的黑梭猛然扎入山石中。

战无命看到一件可怕的事情，山顶没被劫雷毁灭的树木居然刹那间枯死，迅速化为焦木，附近的低阶魔兽化为脓水，脓水所过之处，山石开裂，沙土焦黑，散发出难闻至极的恶臭。

"好邪恶的魔兵，是怎么炼成的？"战无命咋舌不已，这种魔兵简直是为天地所不容的邪恶之物。

"想不到你这只老乌龟的速度也变快了，我的天邪魔梭最喜欢你这种有神兽血脉的战神之血了，你注定没机会成为真正的至尊了。"话音才落，一道人影穿越虚空而至，正是莫家老祖宗莫东升。

"不可能，你已成功渡劫？"兽神惊讶地望着白眉老者，失声低呼。

没想到破炎大陆居然还有人比兽神更先渡劫成功，这个人还是莫家的老祖宗莫东升，白眉老者慈眉善目，战无命实在是想不到，这样的老人居然有那么邪恶的魔兵。

"老夫早在二十多年前便已渡劫成功，可惜这片天地根本就没有元气补充肉身，虽然名义上拥有元灵之躯，可是一直处于饥渴状态，我用了二十余年吸收了无数元气珠，才勉强将自己的元灵之躯喂饱。"莫东升无比自豪地道。

"想不到你这只老乌龟居然弄到这么大一块元石，真是好福气，可惜却无福消受。正好，我杀了你之后必然元气耗损，用你的元石补充元力，最合适不过了。"莫东升说话带着一丝淡淡的笑意，即使满嘴都是恶毒的语言，也如闲话家常般。

战无命觉得这老头天生就有演戏的天赋，不去当戏子真是可惜了。

"就算我元力不足，你想杀我，只怕也没那么容易。"兽神神情一肃。

莫家老祖居然比他先成为至尊，幸好破炎大陆元气匮乏，不然莫家二十多年前便开始杀戮了，至尊代表着什么？代表着莫家无敌于天下，无人是莫东升的对手，兽神玄龟也不行。

兽神心中满是无奈，他需要时间，哪怕再给他一年时间，一年之后他就能将太古大阵那玄奥的秘纹烙在自己的龟背上，利用手中的元石补足体内缺失的元气。莫东升需要二十年用元气珠补满元气，他有元石，一年就能恢复得七七八八，到时候就有了与莫东升一战之力。此刻，能保得性命已算万幸。

兽神可以逃跑，到无人的地方将元气补足，再回来找莫东升对决，可是他做不到，他放不下役兽宗，他不能让莫东升的邪恶浸染整片大陆。所以，他必须迎战！

莫东升的眸子中闪过一抹嘲讽，伸手在虚空一招，那柄射入山石中的黑梭倒飞而出，再次向兽神射去。

"莫东升，你就不怕天道报应吗？居然用百万生灵之血炼出如此魔物，要知魔物噬主，总有一天你会自食恶果！"兽神神色一变，背上仍不完整的秘纹腾起一团五彩光润，如彩纹交织的巨盾，挡住天邪魔梭。

"天道报应，我莫家就是天道的掌控者，谁能报应我们？这柄天邪魔梭可不是一百万生灵的鲜血，而是一百八十万人的血温养出来的，你一定想不到，一百八十万人的血有多少，就像一片海，一片血海……"莫东升发出诡异的笑声。

"当……"兽神祭起的五彩光盾被天邪魔梭穿透。

"轰……"兽神的身体一沉，天邪魔梭虽然被五彩光盾阻挡了一下，可力度并未减弱，重重地撞在它伤痕累累，还未完全修复的龟背上，将它巨大的身体砸得差点儿撞山上。

兽神大惊，莫东升的力量居然这么大，仅凭一根邪兵就能将它打退，至尊之力果然不一般。

多年之前它与莫东升不止一次交手，因此对莫家人非常熟悉，它来自鲲鹏时代，所以比其他人更清楚莫家的可怕，莫家一直奈何不了它，它也不想与莫家结怨太深。

兽神的习惯与本体性格相近，只要不是真正欺负到自己头上，极少主动出击。这时他终于深切地感受到战无命性格的好处，换作战无命，只怕多年前就已经将隐患清除了。现在一切都已悔之晚矣！

战无命看到兽神被天邪魔梭击中的紫金色的龟背上，一块乌黑正在缓慢扩张，天邪魔兵居然有如此可怕的腐蚀之力，战无命心下骇然。

"玄龟，你不行了，你太虚弱了，连我的魔兵都对付不了，我都不屑对你出手了。"莫东升的话嚣张地传过来。

"轰！"兽神不再闪避，猛然吐出内丹，重重地撞在再次飞来的魔兵上。

魔兵一声呻吟，发出一声让人牙酸心寒的尖叫，显然被突然撞过来的内丹震伤了，兽神的内丹也暗了几分。

"想不到堂堂兽神居然走妖修之道。"莫东升一脸惊讶，内丹是魔兽本源的核心，也是妖兽最强的力量。

在他眼里，兽神根本不是他的对手，他不会给兽神一点儿机会。兽神潜力让他心惊，玄龟走妖修之道，虽是偏门，却也预示着玄龟将来的成就很可能高于自己。丹碎之时，也就是兽神成仙之日，到时，兽神将不再受破炎大陆残缺规则所限，极有可能成为破炎大陆第二个破开封印的人。

"吃我一拳！"莫东升长啸一声，亲自出手。

沛然的杀机将天地灵气凝缩，在空中化作一个巨大的拳头，淡淡的阴暗气息刹那间将这片天地拖入寒冬。

战无命感觉到一股微弱的法则之力波动，天地灵气尽被冰冻。

"轰……"兽神玄龟猛然出爪，一股厚重如山岳般的气势反逼而上，与空中的拳头相撞。

"轰……"兽神元气还未恢复，一击之下立见高下，兽神庞大的身体被砸入山岭之中，整个身体没入山体内，下沉……下沉……再下沉……

"玄龟，你太弱了，用你的血肉来祭我的天邪魔兵吧！"莫东升一声大笑。

第三章

天地元素由我操控，尔等都是蝼蚁

天邪魔兵化成无边的血海，带着无边的怨念灌入兽神砸入的大坑之中。战无命看到天邪魔兵幻化的血海中，有无数冤魂在哭喊。

他终于知道，莫家人为何到处制造战乱，大开杀戒了。这是多么邪恶的家族，居然为了炼一件魔兵，屠杀了一百八十万人。

"吱……"莫东升并没有等来兽神的惨嚎，却听到他的天邪魔兵发出惨叫，仿佛被掐住喉咙的鬼鼠，听得人毛骨悚然。

莫东升心头一痛，他能感受到天邪魔兵的痛苦。

"想不到在这破破烂烂的大陆上还有人能炼出有灵智的魔兵，炼制者倒也算是个奇才，可惜太过阴毒，居然炼这种人神共愤的魔兵。"一个冷冷的声音自兽神玄龟所在的山岭传来。

"是谁?"莫东升心头焦灼不安，居然有人能抓住他的天邪魔兵而不被其上的血魔之气腐蚀。

"地心烈炎鱼族，苍宇!"身穿赤金甲的大汉慢悠悠地自兽神所在山岭走出来，与莫东升遥遥相对，金甲大汉手中一团赤金色的火焰跳跃着，天邪魔兵所化的血海被那团赤金色的火焰困在中间，无法挣脱。

"赤金琉璃火!"莫东升失声惊呼，他认出金甲大汉手心那团烈火。

鲲鹏时代，末日海域有一团奇异的火种，可以炼化任何东西。鲲鹏的神兵苍龙戟就是用赤金琉璃火炼制的，不过没有人能操控那团赤金琉璃火。

"居然认得此火？"来人正是被战无命不远万里召唤来的苍宇。

当初从疯魔口中听说莫家已经下达了大开杀戒的命令，战无命就知道，战皇之路的开启已经把莫家逼上了绝路，这次必然倾巢而出，不死不休。

战无命当时就给苍宇传了消息，事关整个破炎大陆，要想彻底消灭莫家势力，只有把苍宇这个大陆顶尖高手叫来，才能保证万无一失。可惜苍宇待的海域实在太远了，他紧赶慢赶还是来迟了，好在也不算太迟，事情还没有发展到最坏的地步，救了兽神一命。

战无命松了一口气。

莫东升感觉到天邪魔兵上的魔气和血魂迅速被那团火焰蒸发，这种天地至刚至阳的火焰是一切邪恶的克星，他的天邪魔兵被那团火焰所克。眼看着心爱的兵器就这么毁了，莫东升那张一直挂着笑容的脸罕见地变黑了，骤然出现在苍宇身前，一步跨越了空间。

莫东升要狠狠教训一下这个不知天高地厚的家伙，他知道眼前这金甲大汉不简单，出手便倾尽全力，他已是至尊，破炎大陆的顶尖强者，无论谁敢阻碍他的行动，他都有信心除掉。

莫东升出剑了，他很少用剑，但此刻，他只想将眼前这个家伙千刀万剐。莫东升剑锋所过之处，居然出现道道空间裂隙。这种力量，只有掌握了法则之力的高手才具备，莫东升已成元灵之躯，足以捕捉法则之力，他从来没像现在这样将法则之力完美地融入到剑招之中。

"叮……"一声清脆的鸣响，莫东升的手定在空中，手中的剑也定在空中，无法移动一分。

苍宇的大手好似一柄大钳子，莫东升的长剑离他尺许，被他一把钳住，再难移动分毫。

"怎么可能？"莫东升骇然色变，大出他的意料，居然有人能徒手抓住他的剑锋，还是在他全力一击的情况下，对方不但化解了他进攻的锋芒，同时散去了他驱使的法则之力。

苍宇的轻描淡写让莫东升心底升起一股寒意，眼前这金甲大汉究竟是什么人，他从未听说过。莫东升再次问道："你究竟是什么人？"

苍宇笑了，看向战无命，见战无命一脸嘉许的神色，淡淡地道："海族至尊！"

"你也是至尊？"莫东升吃惊地反问。

"你们也算是至尊？"苍宇不屑地笑了，"一群井底之蛙，你们不过是刚刚渡完劫、拥有元灵之躯而已，还敢妄自称尊，真是滑天下之大稽。"

"什么？"莫东升讶然，他从苍宇的语气中意识到了什么。

"说了你们也不懂，真正的至尊至少要渡过九劫方可称尊，你们还差得远！"苍宇冷冷一笑，手一紧，沛然之力冲向莫东升，苍宇另一只手轻轻一挥，原本全力烧着魔兵的赤金琉璃火飞出数十缕，如同一群火鸟，以各种形态扑向莫东升。

莫东升一惨闷哼，苍宇手中传来的力量之强，远远超出他的想象，他原本以为自己渡过天劫，已是天下至尊，可是在眼前的金甲大汉面前，居然像小孩般柔弱。莫东升一脸恐慌地看着飞过来的火鸟。

赤金琉璃火无物不烧，烧而不灭，如果让这几只火鸟缠上，只怕自己也得化为灰烬，他哪里还敢与苍宇抢夺宝剑，骇然飞退。

"想逃，没那么容易！"苍宇一声冷笑，身体周围的空间猛然一震，整个天空仿佛凝成了固体，所有生灵刹那静止。莫东升惊骇地看到身体后退的速度极其缓慢，而苍宇的大手却非常迅速，眨眼间便已出现在面前。

"轰……啊……"莫东升一声惨嚎。

苍宇的大手拍在他身上，仿佛十万大山砸落，他体内积累的元力刹那间暴乱，如爆炸的流星，冲击着他的血肉。

这是一股恐怖的高温，莫东升自己体内的元气沸腾了，血液也沸腾了，肉身无法阻挡体内元气与血气的奔涌，它们自七窍中疯狂涌出。

莫东升艰难地问出一句："这……究竟是……什么力量？"

苍宇淡然一笑，悠悠地道："这就是至尊掌控的火之完整法则！"

兽神艰难地从山腹中爬了出来，因为身体太空虚，差点没缓过来。刚刚与莫东升硬拼一招，把刚自元石中吸收的元气消耗一空。

兽神刚爬出山腹就呆住了，它正好看到莫东升在空中抖如筛糠，七窍流出猩红的鲜血，元气疯狂外泄，仿佛关不住水的瓦罐。究竟发生了什么事？目光落在空中身穿赤金甲的大汉身上，心头生出一丝悸动，一股来自灵魂的压迫。

这种感觉十分特别，它身为灵兽，拥有高贵的神兽血脉，才能感受到这种来自灵魂深处的威压。他仿佛看到一条贯空而过的火龙在天际飞舞，沧桑而古老，威严而神圣，兽神心神的震撼难以言喻。

它感应到赤金甲大汉的灵魂本体是一条赤焰苍龙，至于是何等境界，它完全看不出。兽神跪伏于地。它想到一个传说，守护这片大陆的强者沉睡于万兽山脉之下，只有大陆出现危机时，他才会苏醒。

今日一场混战一直没有至尊出现，它以为就像莫家人说的，至尊太老了，抵挡不住岁月的流逝，终于化为尘土，没想到此刻至尊竟出现在眼前。

"完整的火之法则！"莫东升面若死灰，看向苍宇的眼神透着浓重的不甘和深深的疑惑，这世间居然还存在完整的法则？他历经千般磨难，终于渡劫成功，也仅仅感受到水之法则的皮毛，在进攻时，勉强可以将法则之力融入到领域之中，发挥更大的攻击力，他从未想过，居然有人可以运用完整的法则。

"怎么可能……这片大陆不是残缺的吗？"莫东升自语，肉身的痛苦也无法打消他的怀疑。

兽神一脸震惊地听着莫东升的话。

"天地残缺是规则残缺，而不是法则残缺。规则是天地创造者的意志，法则是天地元素之根。天地元素未缺，法则便不会有缺。这些，说了你也不会懂。"苍宇撇撇嘴，眼中闪过怜悯，就像高高在上的神看着一只弱小的蝼蚁，这只蝼蚁还一脸迷茫。

"规则为天地创造者的意志，法则为天地元素之根，这是什么意思？哇……"莫东升一句话还没说完，便已经无法控制体内奔涌沸腾的气血，吐出一大口鲜血，他身上的衣服顷刻间化为飞灰。原本晶莹如玉的肌肤，此刻就像煮熟的大虾，红彤彤的，皮肤上现出一个一个细小的血珠，仿佛有一股可怕的能量迫使他毛孔张开，体内的血液和元气自毛孔拼命外逸，身体像是充气的球般，涨大了一圈。

"法则之下，天地元素由我操控，你等，依然是蝼蚁！"苍宇淡淡地道。

一挥手，狂暴的火焰自莫东升体内冲出，浑身渗血的毛孔冒出一股轻烟。

"啊……"莫东升发出一声凄长的惨嚎，整个人自内而外，自燃了起来，身体中尚未流失的元气，火油般增强了火势。

莫东升死了，化为一堆灰烬四散飘落，天邪魔兵也在吱吱惨叫声中逐渐缩小，浑身的血光被赤金琉璃火烧光了，化成一柄平凡的黑梭，但它并未失去凶性，只是被赤金琉璃火压在本体中，被封印了起来。

苍宇并未毁掉那件魔兵，无论在哪一界，这样的魔兵都是价值连城的东西，不说它材料稀有，单说它的炼制方法和炼制过程，又有几人能做到。

"小龟参见至尊大人！多谢至尊出手相救。"兽神跪伏于地，他不知道苍宇的来历，但是却窥见了苍宇本体命魂，让他误以为对方是万兽山脉的守护至尊。

传说这位守护至尊比当年的鲲鹏至尊年龄还大，极少出手，不是到了危急时刻，不会轻易出手，没想到今天救了自己。

苍宇一怔，他正想和战无命打招呼，看到玄龟居大礼参拜，哑然失笑，道："不必客气，我是受战无命的召唤而来，并非为了你。"

战无命不想役兽宗知道自己与苍宇之间的关系，毕竟太惊世骇俗了。

兽神目瞪口呆地望向战无命，不知道战无命何时与这样的大人物搭上关系的，看至尊的样子，对战无命竟然十分尊重，玄龟的脑子有点儿乱。

"还是先清理一下万兽山脉吧，莫家战神都要把天玄谷轰破了。"战无命听着远处传来的爆炸声，灵气摩擦的声音听得他牙酸，看来一群战神又打得天昏地暗了。

战神们交战的地方在天玄谷。看来莫家战神想借助战神交战的狂暴力量打开玄天秘境，破坏里面的规则。

莫家对玄天秘境还没死心，家族宝贝还在里面，没了天帝镇魂钟，他们从此之后再也无法完成祭祀，沟通先灵。破炎大陆的莫家从此就成了无根之萍，失去了返回上界认祖归宗的希望。

役兽宗与万兽山脉的战神无法阻止莫家几位战神对天玄谷的破坏，双方势均力敌，虽然役兽宗多了几个战圣，可是并未对莫家形成压倒性的优势，这才让莫家在天玄谷狂轰滥炸。

战无命也郁闷，这样打下去，要是真把玄天秘境的门给打烂了，自己的鲲鹏分身就只能待在里面，没办法出来了。

所幸太古遗阵的防御力很强，远远超出众人的想象。阵法上有极强的反震之力，就算莫家战神玩命地轰炸，也没炸开。黄金战皇之路的虚空大门更可怕，任何攻向大门的力量都被加倍返还，莫家战神也不敢对战皇之路出手。

祝芊芊等女没敢靠近天玄谷，南宫世家和凌家的战王们已经进入黄金战皇之路了，祝芊芊等女因为战无命还没回来，所以没进去，被岳凌山等人守护着远远地躲在天玄谷外。那里已经成了禁地，战神交手的能量撞击使得天玄谷内一片混乱，若非天玄谷有太古遗阵守护，只怕早已山川崩裂，化成大坑了。

苍宇的出现很快改变了战局，连渡过一劫、拥有元灵之躯的莫东升都在苍宇手中化为飞灰，其他莫家战神几乎连自爆的机会都没有。

从苍宇出手到整个万兽山脉平静下来，不到一炷香时间，超级高手的出现震动了整个万兽山脉，没有人认识这位突然出现的战神。

金环老祖和兽神一样在苍宇身上感受到了无与伦比的威压，金环的本体是蛇，一条剧毒的金环蛇，机缘巧合修炼成神，他对苍宇的气息比兽神玄龟更加敏感，这是一种天生的血脉的压制，让他知道眼前这尊大神是真正的神兽，是血脉无比高贵的龙族，因此，他恭敬地行礼。

役兽宗众战神见金环行礼，还当苍宇是万兽山脉那个可怕的至尊，全都跟着行礼。

"这里就交给你们收拾了。"苍宇扔下一句话便不管了，他就是来做打手的，又不是给这些人擦屁股的。

众战神挥手把这里的事情交给一干紧张兮兮的战圣，处理这些俗事，这些战圣和战帝比他们拿手，他们毕竟已多年不管宗门之事。

各大宗门动手清理天玄谷，准备元气珠开启玄天秘境之门，一个月快到了，玄天秘境会把里面的各宗弟子传送出来。

每个进入玄天秘境的宗门弟子身上都有一块天玄感应石，一个月之后，玄天秘境会随机出现传送点，感应石能让各宗弟子感应到离自己最近的传送点，只要赶到传送点，便可以被传送回来。

玄天秘境中，灵气越来越充足，整个秘境发生了天翻地覆的变化，无论是里面的魔兽还是进来的各宗弟子。

天地灵气最浓郁的地方依然是剑域，此刻，剑域已经化成一个巨大的湖泊。

湖泊中间，一个巨大的漩涡不停旋转，越来越大。空中，一股青色的风呼啸盘旋，只有走近才会发现，那青色的风居然是一只只青色的鸟雀，精灵般在水面上盘旋飞翔，时而飞入深不可测的漩涡，时而飞出水面。

这些青色的风之雀仿佛有灵魂一般，生动而优雅。

癸水吞天蟒已经见怪不怪了，对眼前的一切，它已看得麻木。它还看到水中游动着一条条水元素化成的鱼，生动逼人，晶莹剔透，时不时跃出水面，在阳光下闪着金色的光芒。

天地生灵，元素化形。一股恐怖的气息在湖底酝酿，仿佛太古凶兽即将苏醒。

癸水吞天蟒不知道究竟发生了什么，只知道主人潜在湖底，这一切应该与主人有关。

玄冥战虎和碧眼金睛王兽在湖边等得着急，已经过去二十天了，战无鹏还不出来，再过几天玄天秘境就要关闭了，到时他们都出不去了。

这里有癸水吞天蟒守着，玄冥战虎和碧眼金睛王兽也放心，这段时间俩兽常常出去打秋风。玄天秘境中大多数魔兽都和他俩混熟了，毕竟一起围攻过轮回峰，玄冥战虎和碧眼金睛王兽的修为也算是这玄天秘境中的一方大佬了。

因此，玄冥战虎和碧眼金睛兽联袂打秋风，还真弄到了不少好东西，搜刮了大量元气珠。俩兽心情大好，也把破炎大陆的特产分给它们一些，比如火灵果和灵器。

战无命别的东西不多，就灵器多，在鲲鹏海域不知道抢了多少乾坤戒，里面的东西多了去了，玄天秘境中的魔兽根本就不会炼器，哪里能弄到灵器。玄冥战虎随便给它们一件灵器，魔兽们都如获至宝，恨不得拿出手中所有天材地宝多换两件灵器才好。

意识不断汇聚，战无鹏将融入不灭剑意的神魂一一抽离，融入重新塑造的肉身之中。

一种温暖而舒适的感觉让战无鹏知道，他身在蛋壳之中。天地元力越来越浓郁，战无鹏的肉身越来越强大，对天地元力的感应也越来越敏锐。在整个涅槃过程中，他的心神与不灭剑意进行了更深刻的交流，此刻他就是那不灭剑意，不灭剑意就是他，这种感觉非常奇妙，亘古不灭的意念拥有了自己的意志，如同末日海域的鲲鹏意志，不再是杂乱而没有灵魂的剑意。

天地有风，战无鹏感觉风就是自己的羽翼，每一根羽毛都可以化为天地之风，有风的地方就有自己，这已不再是对风元素的利用，而是对风法则的感悟。

体内有水，水就是自己的肌肉，可坚如万载寒冰，可化为弱水散于天地，可刚可柔，这是水的法则，纯净的水之法则。

鲲鹏生于混沌，生来便是风与水的化身，肉身与形体是天地间最完美的风与水的结合。感悟风水法则，是源于血脉的天赋。

战无鹏长长地吸了口气，将最后一股风水元力吞入体内，双翅一展，击打在蛋壳上。剑域中的湖水一震，滔天巨浪冲天而起，如水山屹立。

一股可怕的血脉之力让癸水吞天蟒有种喘不过气的感觉，随后看到一条巨大的黑鱼自幽深的水底冲了出来，巨大的鱼身箭一般冲上天际，带起的水珠化成漫天的剑雨，与不灭剑意交相辉映，朝霞之下，结成一道道霓虹，异常瑰丽。

那只大鱼冲出水面近百丈，生出一对金色的翅膀，遮天蔽日。

"啾……"一声裂天的长鸣，大鱼腹下伸出两只金色的爪子，四周的风疯狂向大鱼涌去，风是青色的，在霞光中如丝如絮，汇聚到大鱼的翅膀下，结成青色的羽毛。

鲲鹏涅槃重生，守在一旁的癸水吞天蟒看得眼睛都红了，血也沸腾了。

"啾……"鲲鹏之鸣，裂开九霄，整个秘境猛然一震。

秘境中的魔兽都将目光投向剑域的方向，他们感应到至尊的气息，冥冥之中，似有召唤，源于血脉的召唤。玄天秘境的灵气狂暴起来，无数魔兽同时突破，天地灵气倒灌，玄天秘境一片沸腾。

玄冥战虎知道战无鹏出来了，扔下正被它打秋风的魔兽，掉头向剑域跑去。

一股可怕的威压使得玄天秘境异常沉闷，鲲鹏涅槃成功，必会降下雷劫，可是玄天秘境有超越天劫的规则，使得雷劫降不下来，天劫之怒化成威压，吓得玄天秘境中众魔兽瑟瑟发抖。

鲲鹏历九劫，方可成至尊。战无鹏感应到雷劫将至，严阵以待。此次涅槃重生，他竟突破九阶，相当于战王巅峰，若能成功渡劫，便可以直达战皇巅峰。

战无鹏等了半天，郁闷地发现，天地雷劫居然下不来，玄天秘境的天地规则居然能阻挡天劫于秘境之外。战无鹏无奈地叹息一声，错过这次机会，不知道何时才能再得机缘。

万兽山脉再次热闹起来，路上少了莫家拦截，各家族的战王陆续赶来。

战无命不知道战无鹏何时能从玄天秘境出来，也不知道战皇之路的大门能开启几天，无奈之下，和岳凌山说了一声，先一步进入战皇之路。

这是一个机缘，战无命不能错过这个机缘。

苍宇不能带，身边那些战圣也没办法带进去，战无命只好将人全部交给苍宇。地心烈炎鱼族要统治海域，光有苍宇这尊大神也不行，总不能大事小事都要他亲历亲为吧，于是将刀圣越无涯等人交给苍宇，正好可以搭把手。

兽神的伤好多了，它成功渡劫让役兽宗大喜过望。诸宗都赶来道贺，在他们眼中，渡劫成功的战神就是至尊，等同于当年的鲲鹏。只有兽神自己清楚，自己与鲲鹏之间的差距有多大，连苍宇都能随手灭了它。所幸苍宇与战无命关系很好，让它放心不少。

兽神发话，南宫家得到诸宗的谅解。颜义和离悠悠、祝青芙等女返回十万大山打理战无命的千叶峰，一个二星战王，进入战皇之路等于找死，好在颜青青、史若男和祝芊芊都是战王巅峰，照顾一个三星战王青媛，勉强能应付。

为了提升她们的实力，确保她们在战皇之路的安全，战无命经常用太虚真气帮她们梳理身体，几人的实力都得以大幅提升。尤其是颜青青，她的肉身被元素之力改造后，木命魂更加精纯，活毒的活性也更加旺盛，是几女中杀伤力最强的。

莫家战神虽然全部被灭，但破炎大陆还没完全太平，命魔宗必须斩草除根，与莫家有勾结的力量也要逐一排查。

战无命建议，玄天秘境关闭之后，尽力唤醒各宗战神，由各宗战神出手，清理门户，这样也可避免役兽宗清灭各宗后，被各宗苏醒的战神仇视，好心反而办了坏事。

整个破炎大陆是该好好清理一下了，灵剑门和命魔宗已经没有存在的必要了，如果两大宗门的战神反抗，必须以雷霆之力摧之，江湖毒瘤必须割去。

有了战无命提供的元石，兽神自信可以在半年之内恢复，将空虚的身体补满。有兽神坐镇，天下便无敌手了。实在不行，后面还有更厉害的苍宇呢。

对于战家和凌家，战无命觉得战家有自己的路要走，不应该与凌家搅在一起。凌家和南宫家怎样向苍炎帝国复仇，是他们的事情，战家不过是牧野城的一个小家族，与他们两大家族的恩怨没关系。

现在的战家，在各国都有自己的商业网络，正如战无命当年所说，战家更愿意做一个隐形家族。

黄金战皇之路，横架虚空，一条金黄色宽阔的大道伸向虚空，让人有种错觉，这条黄金大道通向另一片天地，另一方世界。

没有人知道这条黄金大道将通向何方，但每一个走上黄金大道的人，都有庄严肃穆之感，这是一次神圣的旅行。

战无命看到几人飞到那扇门前，像是进入水幕般，荡起一层涟漪，身体融入那片虚空，出现在黄金大道的起点，只迈出一步，就出现在远方，空间好像在他们脚下缩短了似的，再迈出一步，就消失在黄金大道尽头。

战无命深吸了口气，牵着祝芊芊和颜青青的手来到黄金战皇之路的门前，雄伟的大门如真似幻，泛着五种色彩，走近细看，还能看到五色光芒交缠之处，有一层细密的纹理，战无命想到太古遗阵的纹理，两者略有相似之处。

"抓紧我的手！"战无命大步迈入五彩光门，四女紧随战无命走了进去。

进入大门，有一种脱离母胎，穿透胎膜之感，空气都是黏稠的。战无命不知道这两个空间有多远的距离，自己像是在水银中游了很久，沉重的压力让他的呼吸都粗重起来。

冥冥之中仿佛有一股神识在感知他的一切，那是强大的意志，也可以说是规则之力，如果战王阶以上的人进入这里，必然会被清除；如果修为低于战王，只怕在这粘稠的空气中就会被挤扁。

过了很久，战无命身体一轻，与四女同时落到地上，这里确实是一条黄金大道，大道上刻着秘纹，一股古朴沧桑的气息扑面而来，仿佛到了远古洪荒。

黄金大道架在虚空，上下左右都是灿烂的星空，无日无月。黄金大道居然在星空里，前方会是何处？战无命心中的震撼无以复加，这条路究竟是怎么架设起来的？是如何固定在这上不着天下不着地的虚空的？

"命哥哥，这里好美！"青媛一声惊叹。

"大家小心，这条黄金大道有点儿诡异。"黄金大道通往星空的另一端，除了这条宽约里许，看不到尽头的黄金大道之外，四面居然全是星空，实在太诡异了。

"我们走吧。"祝芊芊打量了一下四周，并未发现危险，和几人向前迈出一步。

战无命只觉天地一转，一步之后，他们竟到了另一个空间，一条银河自黄金大道上方横贯而过，他看到的不再是点点星辰，而是巨大的星盘，云一般点缀着天幕。

偶有流星划过天际，拖着长长的尾巴消失在众人眼前。战无命望着天上一团团星云，觉得宇宙似乎一下子变得非常近，而自己则十分渺小。

黄金大道上，看不到其他人，战无命知道，这条路被分隔成许多区间，看似一条路，其实每一步都会进入不同空间，看到不同景象。

战无命和四女迈出一步，仿佛跨过了数万里，一下子到了黄金大道中间。战无命低下头仔细看了看黄金大道上的秘纹，上面有一股神秘的能量波动。祝芊芊虽然博览群书，也看不懂上面的秘纹。

"太美了！"几个女人赞叹。

"抓紧，这条路上都看不到人影，可能一步之差就传送到不同的地方去了，你们可别走丢了！"战无命再次提醒。

空间不断转变，没有什么异常，每一步都像是进入另一个空间，几人一直向前走去。

一条黄金战皇之路，仿佛穿越无尽虚空，一路走过，观群星升起落下，宇宙万物尽在眼底，让人的心胸一下子变得无比开阔。

良久，战无命和众女又踏出一步，终于到了黄金战皇之路的尽头。这是一个土黄色的大广场，广场四周有九扇巨大的门，广场中间零零散散地站着一些人，都是先进来的破炎大陆的精英。

众人看到战无命和祝芊芊等人来了，都过来打招呼。现在，破炎大陆有谁不知道战无命？同为战王阶武者，力战命魔宗百名战王，大杀四方。眼下役兽宗势强，战神尽皆苏醒，兽神渡劫成功，成为正道第一大宗门。战无命身为役兽宗最得意的天才，未来役兽宗的宗主，绝对不能得罪。

战皇之路凶险异常，要是能得这位混世魔王关照，说不定能多几分生机。

"怎么回事？"战无命看了看九扇巍峨的大门，问道。

"九扇大门通往九个不同世界，我们不知道进哪扇门好。"有人回答。

战无命皱了皱眉头，居然有九个不同的世界？战无命走到一扇大门前，顿时，一股炽热的气流直扑面门，里面好像一个巨大的烘炉。

门内是一个赤色的世界，一片片光秃秃的山岭，四处升腾着狂暴的地火，淡淡的烟尘使得里面满是呛人的味道，远处一条条火红的岩浆河流，缓缓地流向远方。

这是一片火的世界，战无命感觉体内的火元素躁动起来，显然，里面浓郁的火元之力非常适合他体内的火元素涅槃。

战无命犹豫了一下，他体内可不止有火元素，如果进入火之世界，对火元素或许比较好，但是对水、金等其他元素却没有任何好处。

战无命走到另一扇大门前，一股寒意涌出，他忍不住打了个冷颤，里面是一望无际的冰川，黑色的冰川。冰川下面是漆黑的水流，映衬得冰川也好似黑色的。天上，一轮清冷的明月高悬，幽幽的月光透着诡异。远处冰川破碎之处，是一个冒着薄雾的湖，偶见黑色的浪涛冲天而起，拍打在黑色的玄冰上，发出的声音听得人起了一层鸡皮疙瘩。

黑水，无边的冰之世界，里面有浓郁的水元力。

这就是战皇之路吗？所有的空间被完整地切割划分，每个空间都有自己的规则。

土之世界，里面是一眼望不到边的黄土丘陵；雷霆世界，电光闪烁，晴空霹雳；风之世界，大地仿佛被刀剑砍过一般，杀意凛然。

九扇大门之后是九个不同的元素世界，或是纯净的单元素世界，或是双元素混合世界，每一个世界看上去都非常危险，很多战王望而却步。

正常说来，每个人都会选择与自己体质最亲近的元素世界涅槃成皇。

"夫君，我们选择哪个世界？"祝芊芊也不知该如何选择了。

"要不去木之世界吧。"毒王颜青青想了想说。

"事情没有那么简单，战皇之路之所以被称为战皇之路，必然不是指我们走过的那条路，应该另有所指。"战无命的目光落在来时那条黄金大道上，九扇巨大的门户绕着广场而立，通向广场的唯一道路是那条穿越虚空的黄金大道。

战无命转身向来时那条黄金大道走去。

颜青青、史若男对视一眼，和祝芊芊、青媛跟在战无命身后，再次来到黄金大道前。

"真正的战皇之路并不是那九扇门，而是眼前这条虚空大道！"战无命突然说出一句令众人错愕不已的话。

"那九个世界又是怎么回事？"祝芊芊疑惑地问道。

"也是战皇之路，不过，战皇之路分为青铜战皇之路，白银战皇之路和黄金战皇之路。那九个元素世界应该是白银战皇之路的终点，九九归一，破九成皇。真正的黄金战皇之路不是从这里开始，而是从这里中转。"战无命深吸了口气。

进入另外九大世界，任何一个世界都可以涅槃，里面同样充满凶险和机遇，但是在那九大世界任何一个中涅槃，他的命格就会定格在那个元素，掌握一种元素法则。这对于许多战王来说都是梦寐以求的机缘，但是对于战无命来说，却是灾难。

如果他体内的某种元素涅槃成功，压倒一切，成为命魂主导，只有一个结果，就是他命魂中的元素洞天因失去平衡而崩溃，那不是涅槃，而是自杀。他的涅槃不是某一种元素的涅槃，而是体内所有元素平衡发展。所以，他不能进入任何世界。

"九九归一，破九成皇。"祝芊芊和颜青青等女都冰雪聪明，顿时明白了战无命的意思。这里只有一条黄金大道，因为众人是从这条路走进来的，所以以为必是回去的路。也是因为破炎大陆第一次开启黄金战皇之路，大家还没搞清楚状况。

"我们要不要告诉他们？"祝芊芊看向远处几个役兽宗的师兄，小声问道。

"不必，不知道真正的黄金战皇之路，对于他们或许是好事，这条路肯定更加凶险，不是所有人都适合走黄金战皇之路，只要能顺利涅槃，进入九大世界未必不是好事。"战无命摇了摇头。

战皇之路并非只有破炎大陆的战王能进去，他不知道其他大陆开启的是什么战皇之路，但能走进黄金战皇之路的天才，必是闯过了白银战皇之路的，这些人无一不是天之骄子，他们自小接受天地元气的洗礼，虽然无法用元气修炼，那也比破炎大陆的战王强大许多。

战无命领着四女重新踏上那条黄金大道。

第四章

老虎不发威，你真当哥是病猫

"嗡……"一步踏出，战无命只觉得天地星空快速旋转，身体仿佛跌入巨大的星空旋涡，恐怖的能量在旋涡外呼啸，只要他们离开旋涡半步，就会被那能量撕成碎末。

战无命抱紧四女，一股强大的力量差一点儿就把他们冲散了，所幸五人都抱紧了彼此，不曾撒手，抵挡着那股强大的拉力，这才没散开。

"轰……"战无命身体一震，他立刻将战气撑开，形成一张网，接住四女，免得四女也和自己一样摔个屁股朝天。

战无命等人掉在一个山谷里，放眼望去，一片赤黄，一股浓郁的土元之力扑面而来。

"这是什么地方？"祝芊芊边整理衣服边站起身，四面打量了一下，问道。

"看来命哥哥猜的没错，黄金大道来的时候是路，再往回走就进入黄金战皇大道涅槃境了。"青媛惊讶地道。

"这里应该是赤土世界。"战无命狠狠地皱了一下眉头，这里的地形和地表的颜色与他在赤土世界的大门外看到的十分相似，这个巨大的山谷，就像是被一只大爪子拍出来的，之前在门外俯视赤土世界，看得更清楚。

"怎么会这样？"史若男一边呼吸着浓郁的灵气一边问道。

"既来之，则安之，这里灵气浓郁，倒也是个修炼的好地方，只是不知道涅槃池在何处。"颜青青定了定神道。

"走吧，我们去看看，这里就是战皇之路了。即便猜错了，我们也得走下去。"战无命满心疑惑。

战无命与祝芊芊等人掉头往回走让其他战王十分惊讶。大家很奇怪，以战无命的能力，九大世界哪一个都难不倒他，为何要回去？

众人想了半天也没想出个所以然，摇摇头再次来到九扇大门外。

当然，也有几个想不开的，看战无命踏上黄金大道，一咬牙，居然也踏上了。这几个人无疑是战无命的脑残粉。

广场上众人对战无命的返回百思不得其解，但也不敢在这广场上耽搁太多时间，毕竟谁也不知道黄金战皇之路能开启多长时间，最后大家还是选择了与自己命元相合的元素世界走了进去。

广场上不断有人进来，有人进入九大世界，很快就没有人知道战无命返回黄金大道的事了。

天玄谷外，随着各宗精英进入五彩之门，各宗战圣的神经绷得越来越紧，他们紧张的不是进入黄金战皇之路的战王，而是即将回归的玄天秘境的战宗。

玄天秘境的奇怪变化让他们心中疑窦丛生，不知道里面究竟发生了什么事情，莫家人突然发狂，究竟受了什么刺激。

进入玄天秘境的以命魔宗为首的势力尽数死亡，其他各宗弟子却在正常折损范围内，各宗也很惊讶。

进入玄天秘境弟子的回归，还关系到各宗能获取的元气珠的数量，这关乎宗门未来几年甚至几十年的命运，是各宗的大事。

玄天秘境外太古遗阵的阵纹已经开始闪烁，标志着玄天秘境中的传送阵点已经启动，这次玄天秘境开启时间也是一个月。

众圣紧张地等在天玄谷外这段时间，整个破炎大陆的格局发生了天翻地覆的变化，命魔宗被诸宗围攻，宗门被破。命魔宗战神大部分葬身万兽山脉，留守宗门的一位战神，也在几大战神联手下殒命。不可一世的命魔宗从此消亡。

灵剑门也被围攻，不过灵剑门的战神老祖并未受损，一场战斗，双方两败俱伤，最后，灵剑门的战神老祖迫于压力，不得不将本门清洗了一遍，把所有命魂异常的门下弟子送到抗莫联盟，以求得各宗的原谅。

此事确实是灵剑门有错在先，战神一直沉睡，虽然不知道灵剑门的所作所为，但也得为此承担责任，只有这样才能保住灵剑门一脉不会就此断绝。只要战神仍在，灵剑门就有机会再度崛起，天地元气正在恢复，他们不必再次陷入沉睡，可以为宗门做些事，让宗门渡过难关。

苍炎帝国也发生了巨大的变化，苍炎帝君被人刺杀，苍炎帝国陷入混乱，南宫世家出面收拾残局，主持苍炎帝君被刺之事的处理。

苍炎帝君死后，所有与其亲近之人尽皆被抓，严刑之下，令人触目惊心的供词轰动了整个苍炎帝国，朝中居然有众多大臣勾结莫家，意图霸占苍炎帝国，这才暗杀了苍炎帝君，引发朝局震荡。

南宫世家联合几大将军回师京城，守护帝都，清除叛逆，掀起一片血雨腥风，朝中上下、皇宫内外尽被清肃。

一直到最后，大家才发现，有资格继承帝位的皇族全都被囚禁了，帝国大权落入南宫世家手中。这时，南宫世家宣布加入抗莫联盟，整个苍炎帝国皆听从役兽宗号令。

各大宗门不参与世俗之事的禁忌被打破，很多莫家人就潜伏在世俗之中，若不能斩草除根，必然会酿成祸患。因此，不仅各大宗门动了起来，连各大帝国、王朝也行动起来，所有人都在寻找莫家人的行踪。

役兽宗一跃成为天下第一宗门。

各宗战神联手击破玄灵宗的护山大阵，玄灵宗战神老祖被惊醒，出手救出玄玄子等一干圣者。战神苏醒，玄灵宗重新回到玄玄子等人手中，玄灵宗开始大清洗。

整个破炎大陆沸腾了！

战无命升到空中，一股强大的压力让他难以升高，这里居然禁空。

"四面看起来都差不多，我们要往哪个方向走？"史若男看了看四周，一望无际的丘陵，爪印、剑痕交错，一片狼藉。

战无命闭上眼静静地感应了一下这里的元气和能量，他感应到那爪印与剑痕中仍有淡淡的不灭的意志，只要静下心去感受，还能捕捉到当年那两位恐怖的大能留下来的亘古未消的战意。

战无命突然明白为什么说战皇之路是巨大的机遇了，因为这里残留着大能的意志，只要能感悟万分之一，就能使人的境界和实力大增。这是一片战场，也是一片遗宝。

当初在这里交手的两位大能，一个是厚土之力，一个是极火之力，拥有这两种元素的人才有机会领悟那若隐若现的意志。这也是为何青媛和史若男似有所感，但是颜青青和祝芊芊却没有反应。

"哇，想不到这赤土世界居然有这么漂亮的女子。"一个略显猥琐的声音传来，打断了战无命的感悟。

战无命睁开眼，见远处一队穿着奇特，裹得跟无常鬼似的战王自远处跑过来。一群人居然都是战王巅峰。

"异域之人！"祝芊芊眉头一皱，这群人显然是冲她们来的，声音充满震惊与兴奋，仿佛恶狗看到一大块肥肉。

"天下间居然还有如此美丽的女子，这要是献给主人，必然能获得重赏。"十几个人迅速围了上来，封锁了战无命等人的退路。

"居然有四位，只要献两个给主人就可以了，其他两位可以留下来，咱兄弟享用。如此佳人，我的心都快要炸了。"

战无命眼中闪过冰冷的杀机，这些人的话已经触了他的逆鳞，敢打他女人的主意，这些人在他眼中已是死人。

"小娘子，来大哥这儿，在这赤土世界，只要跟着我们，就没有人敢欺负你们。"左脸上有块青黑色胎记的青年眼中露出淫邪之色。

"你们是什么人？我凭什么相信你能保护我？"颜青青展颜一笑，抢在战无命发飙前对那人道。

"哈哈……"那群人发出一阵大笑，像是听到了最好笑的问题。

脸上有青色胎记的人傲然道："哥哥身边这些人全都是东陵大陆最有名的天才，我们在一起，足以横扫战皇之路。而且哥哥不只有这些人，我们的主人是东陵大陆七王之一，在这赤土大陆根本没有敌手，跟着我们，肯定没有人敢欺负你！"

"我不信，我看你那么瘦，只怕还不如我，要不，你接我一掌试试？"颜青青浅浅一笑，有如百花齐绽，看得众人神魂飘荡，眼都直了。

"好，就让你见识一下哥的实力，小娘子你可小心，千万别伤了自己，哥会心疼的。"

"那你就手下留情嘛。"颜青青媚态尽显。

脸上有青色胎记之人骨头都酥了，"哈哈"一笑道："小娘子，你先出手。"

"那你可要小心了！"颜青青说话间，飘到那人身前，轻轻一抬手，纤纤玉掌有如拈花拂尘般挥出，无比优雅。

颜青青出手，不带一丝战气，仿佛只是想为那人拂去脸上的沙尘，轻柔飘逸，美丽极了，那些围过来的东临大陆的男人眼珠子都快飞出来了。

脸有青色胎记的男子先是一怔，而后大笑起来，他感觉不到颜青青的战气，这一击倒像是在调情，他根本就没在意，伸手就去抓颜青青春葱般的玉手。

"啪……"颜青青一拂手，轻轻抽在那人手上，啐了一声："你真急色。"

那人没想到颜青青变招如此之快，不过因颜青青根本没用战气，所以并未在意，让她抽中手背，他只觉手背微微一麻，并无异常，没想到这女人比他想象的更有趣，不由贱笑道："小娘子你太美了，哥哥不急不行……嘎……"

颜青青一击即退，东临大陆的男人并未出手阻拦，眼前这女子比他们想象的更放荡，居然这么快就开始打情骂俏，几人都等着看好戏。这时，脸有青色胎记的男子好似被什么掐住了脖子，一句话没说完，居然发出一声鸭子般的尖叫。

"允秋，你怎么了？"有人发现脸有青色胎记的人不对，只见他一手掐着脖子，脸色青紫。

"臭娘们，你竟敢下毒阴人。"立马有人猜到他中了剧毒，唯一能给允秋下毒的就是刚才跟他调情的颜青青。

"一群不知死活的东西，就凭你们这群人模狗样的玩意，也敢打老娘的主意，真是不知道死字怎么写！"史若男早就忍不住了，一头红发猛然炸起，如同燃烧的火焰，杀气暴涨。

"快把解药拿出来！"十余名战王也迸发出杀意，他们实在没想到，在这赤土大世界，居然有人敢对他们下黑手。

"没用了，就是现在给你解药，也救不了他了，因为他已经死了。"颜青青眨眨眼，妩媚地说出令人心头发寒的话，抬起芊芊玉指，指了指已然断气的人，摇头道。

"男的给我杀了，女的要活的，我要让她们知道不配合的滋味！"为首的人一声怒吼，他没想到颜青青的毒居然如此烈性，几个呼吸就死了，这女人还真是心狠手辣。

"轰……"一名奇装男子扑向战无命。对付战无命，出手就是杀招，眼看就要击中战无命了，一只脚不知从何处踢了过来，他还没反应过来，身子便倒飞了出去。

"哧……"一道弧线划过长空，战无命出现在青媛身边，一双抓向青媛的手飞上天空，血色耀红了众人的眼睛。

"叮……"战无命再次挥出的剑被人挡了下来，是为首的东临大陆的战王。

战无命猛然退后一步，那人却倒飞出数丈。他骇然发现，手中的剑居然被砍出一道口子，眼前这个七星战王的力气居然比他还大！

"想不到你能接下我一剑。"战无命也很惊讶，异大陆的天才在肉身和力量上确实有优势。在破炎大陆，没有战王能挡得下自己全力一击，眼前这男子居然挡住了，而且没有受伤。

战无命不知道，对手比他更惊讶，这次踢到铁板了。

战无命看了一眼手中的剑，依然寒芒闪烁，锋锐无比，这是苍宇从莫东升手中拿过来的剑，果然是好东西。

"轰……"史若男的体质被战无命狠狠地改造了一番，但与对手硬碰硬，也没占到什么便宜。她的血脉之力使她天生异于常人，无论是力量还是速度，风格更是大开大阖，很有男人婆风范。

战无命对史若男很无语，你说你个女孩子家家的，打架老是把腿抬起来劈人家干什么，抬得那么高，穿裙子还得加条裤子，不然就得走光。史若男大大咧咧惯了，屡教不改，战无命也无可奈何。

东陵大陆的战王发现眼前这几个人不好对付，他们刚围住颜青青，就发现这女人身上有许多小东西，长相和性情都十分恶劣，被碰上、抓上或咬上一口，就得把小命搭进去。

最恐怖的还不是这个长得漂亮，但却浑身是毒的女人，而是那个只有七星战王修为的小子。

战无命后退之势未停，手中长剑一旋，在空中划过一道优美的弧，无数青色的剑芒若展翅的鸟雀刁钻地射向围攻祝芊芊的刀疤男子。

对风元素的运用战无命已到了炉火纯青的地步，鲲鹏分身的感悟让他同样领悟了风水之力，虽然这片世界只有浓郁的土元素与火元素之力，但并不影响战无命体内的风之力。

战无命出剑，众人为之骇然，用剑能挥出剑罡与剑气的不在少数，可是以剑身甩出元素之力，元素之力还能化形的，还真是第一次见到，那刀疤男顿时被打得手足无措。

刀疤男一闪身，青色如鸟雀般的风刃剑芒紧追不放。

"叮叮当……"刀疤男子后撤数步，猛然拿出一面巨盾，风刃撞在上面，发出清脆的声音，就在他挡开那些青色风刃剑气时，一只纤纤玉手出现在他面前。

柔若无骨的玉手，轻拂在他的面庞上，刀疤男子只觉眼前猛然一黑，耳旁听到骨头碎裂的声音。

重盾骤然飞出，砸落地面，刀疤男子的身体砸向地面，人虽然还没死，但是头脸都变形了，原来那道刀疤更显狰狞。

"刀疤！"有人怒吼一声。才一出手，他们便损伤了三人。

"先杀这小子！"为首的东陵战王低吼一声，战无命的战力出乎他的意料，他根本没有把握战胜对方，战无命给他们造成的损伤最大，他决定集中力量先对付战无命。

"让我见识一下异大陆的天才究竟有多厉害。"战无命一声长啸，手中长剑收入乾坤戒，这剑太轻，虽然他很喜欢，但是却不趁手，面对这些力量和体质都远胜破炎大陆天才的异大陆战王，他想放开手脚痛痛快快地打一场。

战无命收剑，身如游龙，天地间的火元力如潮般涌向他的身体，猛然挥拳，一股浓郁至极的火灵力自其体内奔涌而出，战无命拳掌之间的天地火之灵力结成一股彤红的气焰，无视对手的兵器。

"轰……"一声巨响，战无命的拳势如破竹，重重地轰在一柄弯刀上。

战无命只觉拳面一震，一股锋锐之力自拳面透入体内，遇到手臂中的地火元之力，被焚为虚无。

"呀！"手持弯刀的人一声惨叫，刀背砸回自己的身体，战无命的拳面紧压在刀锋上，无视其弯刀的锋利。

战无命的拳势之刚猛出乎他们的意料，那只拳头居然如极品灵器般坚不可摧。

"嗖……"一道暗影自侧方袭来。

战无命本欲震臂发力，这下却不得不闪身错开。战无命闪身之时，脚下未停，斜勾出一脚。弯刀战王感觉战无命杀意转移，刚松一口气，不防战无命的脚猛然扫在他的小腿上，他听到自己腿骨发出一声脆响，身体就飞了出去，钻心的剧痛让他禁不住发出一声惨叫。

战无命的力量之强超出他的想象，弯刀刀背倒撞已然让他受伤不轻，战无命这刁钻的一脚又将他踢残。

战无命闪身如溜滑的泥鳅，闪过那道暗影的攻击，回头才发现暗影是一道长鞭，在空中灵活如蛇，居然可以自由转向，鞭子随着战无命后退的方向追了过来，避无可避，战无命挺身迎上鞭鞘，一伸手，险而又险地接住鞭鞘，一股排山倒海之力自鞭鞘抖了出去。

长鞭如同波浪般在空中抖了一下，战无命身子一翻一甩，那根长鞭缠在自斜侧方刺过来的长枪上，持鞭者的身体也被战无命的怪力拉着撞向那杆长枪。

"当……"这些人的配合十分默契，战无命刚想乘胜追击，一柄鬼头大刀又劈了过来，战无命只得自枪下穿过去，大刀斩在枪杆上，持长枪的战王顺势将枪杆下压，重重地砸向战无命的后背。

"轰……"战无命正想穿过枪下，回头就是一拳，砸在枪杆上，拳枪相交，持枪人一声闷哼，整个枪身以战无命拳头所击之处为支点，如同杠杆般，鬼头大刀砸落的力量和持枪者下压的力量反作用在持枪者手上，枪身顿时脱手而去，持枪者的手心虎口被震裂。

战无命猫着腰穿过枪下，顺势一蜷，肉球般撞进持枪者怀里，一群围攻战无命的人听到一串清脆的骨折声，仿佛一堆朽蚀的麻秆被不小心踩了一脚。

枪手发出一声长长的惨叫，空中血箭如长虹般飙出，身体着地时已如一摊烂泥。

战无命的身形风一般追着那枪手跌出去的身体，窜出几名战王的包围，一切发生在电光火石之间，让人有一种眼花缭乱的感觉。

战无命在那枪手身体着地时，落在尸体边上。

短暂的交手，一死一伤，无人能限制战无命的行动。战无命不仅速度极快，身形灵活，攻击方式也无比刁钻，身体任何部位都是武器，一双铁拳更是坚如灵器，那把弯刀可是上品灵器，居然没能将战无命的铁拳斩伤，反而被其反震之力伤了。

吃了这样的亏，众人已无法不顾面子走人。战无命身形刚落，便又有几道身影扑来。

颜青青和史若男等四女只能自行防守，勉强可以挡住进攻。这群人对史若男等女只想抓活的，所以未下狠手，几女联手，防守之力不容小觑，东陵大陆战王的主要攻击对象还是战无命，大部分人跑去围杀战无命，因此，几女倒没让战无命分心。

战无命并未将几女收入空间法宝中，这毕竟是一次很好的历练，在战斗中磨砺进步，祝芊芊的进步最大，也是因为祝芊芊之前的实战经验太少了。

战无命展开身形，不再钻入人群中，而是围着这群人疾速奔跑。经过两轮正面冲突，对方剩下的战力仅有十一人，四人阻挡四女，围攻战无命的就七个人，压力大减。

从这两次交手中，战无命发现，东陵大陆的战王和破炎大陆的战王们还真不在一个层次。这些人的肉身和力量远远高于破炎大陆的同阶战王。若是换作破炎大陆的战王，战无命绝对一拳一个，甚至根本不用在乎对方的攻击，可是东陵大陆战王们的攻击对他还是有一定威胁性的。

就像那柄弯刀，有一股锋锐的金之力，战无命调动了火元之力，火克金，这才将锋锐的金之力化于无形。其他人的攻击，他就不一定能顺利化解了。

这些战王若在破炎大陆，随便一个就是顶级天才，他们对天地元素之力感悟极深，这也是因为东陵大陆有浓郁的元气，使得他们的天才更容易领悟元素之力，并运用在攻击之中。

战无命像是牛群外的雄狮，并不进攻，一直带着牛群奔跑。七人想截住战无命，不得不跟着战无命跑圈子，圈子越跑越大，人与人之间的距离也就越来越大。

战无命等的就是这个机会，雄狮捕食野牛就要等牛群露出破绽。只有在奔跑的时候，老弱病残才会展现在雄狮面前。

战无命突然转身，迎上冲在最前面的对手，他离队伍最远，战无命只有一息时间，这一息时间，足够战无命与对手玩一次火星大冲撞了。

"轰……"战无命一头撞入追击者的进攻范围，对方的战王领域仿佛破碎的气泡般，根本没起到一点阻碍作用。

那人想极力避开战无命的撞击，战无命奔向他，他感觉战无命就像是一头人形凶兽，冲撞过来的气势之凶悍，让他无所适从。他想避开战无命的锋芒，但是战无命突然调头大出他的意料，战无命又有意一击解决问题，因此，根本不容他闪开。

撞上战无命的是一根铁尺，铁尺战王向来以技巧见称，没想到被战无命逼得只能硬碰硬。

铁尺"轰"的一声变成弯曲的废铁条，战无命的拳头在铁尺战王眼前变大。

铁尺战王惊骇地扭开头，如果让战无命这一拳打实了，自己的脑袋怕是保不住了。铁尺战王扭头的同时不忘曲膝上顶，即使自己受伤，也不能让战无命好受。

铁尺战王的反应速度确实很快，不愧是以灵巧著称的人。战无命一拳击空，登时下落，如同一个巨大的铁爪，抓向铁尺战王的膝盖。

一击得手，战无命身形飞退，速度之快，和他突然调头攻击一样。

铁尺战王的铁尺与战无命相撞就受到震荡，又勉力扭头躲开致命一击，同时提膝反击，已然力尽，没想到战无命的反应速度这么之快，一把抓住他的膝盖，身形暴退，强大的拉力使他身体失去平衡。

铁尺战王的身体向后倒下去，看到战无命眼中闪过戏谑的冷笑，心中大叫不好，可是此时他已身不由己。

"慕成，小心！"有人惊呼，在铁尺战王倒下去的地方，一只脚尖如铁钩般等在他脑袋的下方，正是闪身回来的战无命的脚尖。

"嗬……"铁尺战王的身体最终还是没能扭过来，战无命斜勾起的脚尖正好顶在铁尺战王的后脑——人体上最脆弱的部位。

战无命的脚尖洞穿了铁尺战王的后脑。一切发生得太快了，从战无命撞向铁尺战王，到这战王发出绝望的惨嚎，也就一个呼吸的时间。

战无命甩脚将铁尺战王的尸体踢了出去，撞向冲过来的人。

战无命迅速甩开追上来的人，继续绕着几人跑起来。

一切发生得太快，战无命的攻击快、准、狠，一切都在他的掌控之中。

东陵大陆为首的战王脸色十分难看，他感觉战无命在戏耍他们，照此下去，自己这帮人都得被他逐一击破。他有些想不通，这家伙究竟是哪块大陆上的，如果是东陵大陆的，这么可怕的天才，必然十分有名，那块大陆居然能培养出如此可怕的妖孽，这人跟主人比，只怕都不逊色，心中惧意顿生。

"大家不要上当，相互照应！"为首的战王出声提醒。

若是单打独斗，他们中没有人是战无命的对手，连拖一会儿都做不到，只要被战无命抓住机会，就会被他像削萝卜一样，一个一个除掉。

战无命一声长笑，六人刚收缩队形，他猛然扑向围攻四女的四位战王。

为首之人大惊，战无命居然如此狡猾。

"轰……"战无命的攻击向来都是直来直去，正所谓一力降十会，战无命一记硬攻，虽然被四人挡住了，但也打乱了他们的计划。

"啊！"有人发出一声惨呼，被战无命一掌轰得停滞了一下，一条细小的小蛇趁机咬了他手腕一下。

颜青青笑靥如花地向被咬的人抛了个媚眼。

战无命打乱了四人的阵脚，让颜青青的毒物有机可乘。颜青青的毒物都是剧毒之物，被咬之人下手极狠，根本就没多想，转手一刀将腕部以下切了下来。

战无命微讶，这群人不简单，不仅配合默契，而且够狠，对自己都这么狠。战无命坏心眼儿地挑起一只蜘蛛，准确地扔在那人的脖子上。

断手哥惨叫着崩溃了，断腕的剧痛还没去，脖子上又是一痛，他可以断腕，却不敢断脖子啊。

"砍啊！"战无命调笑了一句，回头挤进另外三人中间。

四女与他心意相通，狠招大招没有，全都用阴招往三人身上招呼。

战无命的冲撞再一次让三人乱了手脚，他没什么特别的打法，就一个字"猛"，整个人好似聚拢了方圆十余里的火元素之力，一拳击出，就有一团炙热的火焰，仿佛能烧穿虚空般。战无命不用兵器，却比使用任何兵器都可怕。

他们想避开战无命，四女也不知道跟战无命学了多少阴招，三人一退，退进一团香气弥漫的陷阱。

三人心叫不好，已经迟了，想再动，却如泄了气的皮球般，身上的战气消失得无影无踪。

见三人倒地，战无命长长地松了口气，一扭身，站在四女身前，笑眯眯地望着赶来的东陵大陆的战王们。几轮交手过后，只剩下六位战王还活蹦乱跳。

"兄弟，贵姓？"战无命的笑容有些邪恶，望着为首的战王，笑问道。

六人停下脚步，十几人围攻眼前这少年，还损兵折将，他们六个人想战到最后，只怕会全军覆没，这次是踢到铁板上了。

"你们究竟是什么人？"为首的战王脸色十分难看地问道。

"先回答我的问题，我不喜欢别人喧宾夺主！"战无命脸色一沉。

"在下东陵大陆东江王吴江座前十三太保之一秦歌，这几位是我的同伴。"为首的战王神色一变，还是认真地回答了战无命的话。眼前这个少年实在太恐怖了。

"很好，你们这么多人一窝蜂似的跑过来，所为何事？"战无命又问道。

秦歌眼中闪过讶异之色，问道："你不知道镇天秘藏开启的消息吗？"

"镇天秘藏？"战无命讶问，"是什么东西？"

秦歌的脸色有些难看，发现战无命不是耍他，试探性地问道："你真的不知道镇天秘藏吗？"

"废话，知道我还装糊涂？"战无命没好气地回了句。

"哦……"秦歌和身后的人对视一眼，暗自嘀咕，这少年究竟是哪里冒出来的土老帽，居然连镇天秘藏都不知道，各大陆进入战皇之路的人不是都知道这件事吗？难道眼前这少年在进入战皇之路前没看《涅槃百晓通》啊？

秦歌一脸犹疑地自怀中掏出一本小册子，抛给战无命道："你们进战皇之路前没买这本《涅槃百晓通》吗？"

战无命伸手抓住飞过来的小册子，根本不惧对方在书上下毒。

翻看了半天，顿时有些傻眼，战无命自言自语地嘀咕："《涅槃百晓通》，居然还有这种东西。"

这是一本介绍战皇之路图文并茂的手记。记载了战皇之路上的各种奇物奇事，还记载了战皇之路各大世界的简介及各大世界的秘藏、绝地以及禁忌，就是一本战皇之路的百科全书。这上面不仅记载着战皇之路中的一些东西，居然还有这次可能会通过战皇之路最终涅槃成皇的人。

战无命不知道是谁编的这部书，但是可以肯定，编书人对战皇之路非常熟悉，这本册子是经过无数年的积累，总结出的闯战皇之路的心得。

所谓秘藏，就是藏在这片世界的宝藏。有传承、有珍宝、有神兵，还有一些想不到的东西。镇天秘藏是赤土大世界非常著名的秘藏，传说在秘藏中可以清晰地感悟天地，获知元素的力量，还有许多太古遗留下来的秘宝，因此是各大陆天才的必争之地，只是秘藏并非经常出现，要看机缘。

这次镇天秘藏的开启纯属意外，争夺资源的人不在少数。所以，吴江传信给十三太保，让十三太保带着人尽快赶到绝望丘陵。毕竟战皇之路是面向九块大陆所有天才开放的。仅东陵大陆就有不少可以与吴江平起平坐的战王之中的王者，再算上其他大陆的高手，吴江不占什么优势，这才将十三太保的人马全都召集起来。

战无命暗暗心惊，战皇之路上真有这么多天才吗？他与秦歌对战了一招，知道秦歌的修为如果在破炎大陆，就算是战皇高阶和他对战也不一定能占到便宜，这样的人不过是吴江手下十三太保之一，那吴江作为一名战王，又是什么战力？能让吴江十分忌惮的对手，又会是什么样的人？

"战皇之路果然卧虎藏龙。"战无命不由得感叹，相比之下，破炎大陆被封印几十万年，更像是偏安一隅的小乡村，落后其他大陆太多了，只看年轻一代天才，就知道破炎大陆和其他大陆的差距有多大。

战王之上，其他大陆有多少可怕的存在？如果真有一天封印破裂，破炎大陆将会变成什么样？

整个破炎大陆就像一块肥肉，成为其他大陆眼里最肥美的口粮。可悲的是，破炎大陆连反抗的力量都没。

难怪以往战皇之路开启时，破炎大陆几乎没什么人敢参与，参与的人就算侥幸活着回来，连青铜战皇之路都无法通过，更别说白银战皇之路和黄金战皇之路了。

近几千年来，破炎大陆战皇之路的大门偶尔开启一次，宗门真有极好的天才，才会消耗不少元气珠启动战皇之路的大门。就这样，还被其他大陆忽视，成了战皇之路食物链的最底层，也难怪破炎大陆根本就找不到《涅槃百晓通》了。

破炎大陆根本就没人能整理出这样的百科全书，进入战皇之路，唯一能做的事就是尽力保住自己的小命。

想到这，战无命叹息一声。

第四章 老虎不发威，你真当哥是病猫

第五章

拔剑战皇之路，笑傲天下群雄

"将地图留给我一幅，你们可以走了。如果你们想为死去的家伙报仇，我也不介意多杀几个！"战无命冷冷地望着对面的人，漠然道。

秦歌一怔，没想到战无命这么好说话，只向他们要一幅地图就放他们走，简直不敢相信自己的耳朵。

秦歌迅速从怀中掏出一颗玉质的珠子，丢给战无命，道："这是战皇之路几大世界的地图，你用神识就能感知。"

"哦。"战无命接过玉珠，神识一探，一幅地图印入脑海，如同神识一般。他将地图清晰地刻入记忆中。

战无命一愣，东陵大陆居然有这种在元界才大量应用的神识天书。

有了地图，绝望丘陵的方位一目了然，战无命转身对四女道："走吧，我们也去绝望丘陵看看。"

四女都听战无命的，见战无命转身就走，立刻跟了上去。

秦歌没想到战无命说走就走，将那四个中毒的人丢给了他们，终于松了口气，急忙道："快看看他们四个人怎么样了，是否还有救？"

几人迅速围了上去。

"阿陀不行了，叶飞他们只是中了软骨散，倒也不是什么剧毒。"几人看了一下被蜘蛛咬伤脖子的人，摇了摇头。

"居然敢杀我十三太保的人，到了绝望丘陵就是你的死期！"秦歌望着战无命远去的背影，低声咒骂。

"那个儿女人我一定要好好地折磨……咳、咳……啊！"那人一句话没说完，突然咳出一大口鲜血。

"阿冬，你这是怎么了？咳、咳……"

"不好，他们在叶飞身上下了毒！好卑鄙！"秦歌脸色大变。

那两人正是刚才探查阿陀和叶飞几人中毒情况的兄弟。

秦歌将目光转向脸色通红的一名兄弟，此人刚才也碰过叶飞的衣服。

"我……我……我没有咳。"

"你的脸色……"秦歌一脸骇然，对方的脸色如血一般殷红，脸还在不断肿大，就像被一点一点吹大的气球，对方居然没有丝毫感觉，这究竟是什么毒？

"哇，你们怎么还在啊？我落了点儿东西没拿，回来拿一下，你们别客气，做自己的事情就好。"

满腔愤怒的秦歌听到一个嬉笑的声音响起，蓦然回头，居然是刚刚离开的战无命，这家伙居然去而复返。

秦歌再傻，此刻也想明白了，战无命说放他们离开，不过是戏弄他们而已，他只是想兵不血刃地将他们全部摆平。

"你太卑鄙了！"秦歌大吼了一声。

战无命像看傻瓜般望着秦歌，轻笑了两声道："哥做事从来不喜欢留尾巴，难道你们会因为我放了你们而心存感激？以后不找我的麻烦吗？我们都知道，那是不可能的！可惜，只有三个家伙中招，哥还得亲自动手了结你。"

"逃！"秦歌对身边两人道。

眼前这少年虽然笑得一脸人畜无害，实际上心狠手辣，老谋深算，这样的对手太可怕了。战无命的战力他很清楚，十多个人围攻都没让战无命受半点儿伤，此时只剩下他们三个，根本不可能对战无命造成威胁。所以，他很明智地选择逃跑。

只要能逃得一命，将消息告诉吴江，东江王必会为自己报仇；如果这些人全战死此地，东江王根本就不知道凶手是谁，死了也是白死。

"唉，如果刚才你们几个不去碰那几个中毒的，或许还有逃命的机会。

可是现在，我只能说声抱歉了，因为我没准备放过你们！"战无命一笑，眼里尽是戏谑之色。

他很满意颜青青用毒的功夫，有所长进。虽然他出手斩杀六人也没有多大困难，但是能省点儿力气他还是非常乐意的。

这些人一来就对四女不敬，身后还有厉害人物撑腰，如果让他们活着离开，后患无穷。战无命不怕麻烦，但是不喜欢麻烦。

秦歌扫了一眼四周，转身向青媛和祝芊芊的方向奔去。在他眼中，这两个女人虽然一个是战王巅峰，但经验不足，另一个不过是三星战王，手到擒来。

另外两人与秦歌心意相通，分开逃成功几率太小，集中优势反而可能冲出一条路，逃命的机会也大一些。

战无命眼中闪过冷笑，身形一动，快如闪电。《风帝诀》能将人的速度提升到极限，虽然鲲鹏之速是天下极速，但战无命不是鲲鹏，也无法张开翅膀做个鸟人，倒是这源于鲲鹏身法的《风帝诀》，将鲲鹏的御风之法演化成最适合人类修炼的法诀。

"想逃，可没那么容易！"战无命后发先至。

秦歌的速度很快，他身后的两人就没那么幸运了，他们最先承受战无命的攻击，要全力奔逃，除非他们愿意将后背留给战无命。

战无命施展极速，剑的轻灵十分合适，不像拳头，击中之后的反震之力会让自己停顿一下。

"老大，你快走！"秦歌身后两人边喊边转过身，迎向战无命。

以战无命的速度，他们根本就没有逃走的机会，倒不如拼死阻拦，给秦歌逃走的机会。

秦歌微微一怔，脸上闪过悲愤之色，却也无奈。他根本就不是战无命的对手，咬了咬牙，从怀中掏出一张紫色符篆，一道灵气注入其中，符篆上顿时紫芒大盛，秦歌一把拍在自己身上。

"嗡……"空间一震，一道紫光如炸裂的烟花般向四面八方溅开，那缕强光闪得几女的眼睛都睁不开了。等她们看清面前的景象，发现秦歌的身影已经消失不见了，战无命的长剑如一道天虹般没入最后一个人的胸腔，另一位则双腕尽断，血流如注地趔在地上惨嚎不绝。

战无命缓缓拨出剑，目光投向正在消散的紫芒，脸色难看地道："想不到，一个小小的战王身上居然有紫色遁符，真是有钱。"

"命哥哥，究竟是怎么回事？那紫光是什么东西？"青媛一脸困惑。

其他几女的眼中也充满了疑惑，刚才她们明明守得好好的，居然没看清秦歌是怎么逃出去的，一个大活人随着一道紫光突然消散了。

战无命脸上显出一抹凝重，道："这是一种可以让人瞬间遁去千里的符篆，用来逃命最合适。这东西我们破炎大陆没有。"

"符篆？可以让人瞬间遁去千里？世间还有这样的东西？"颜青青惊讶地道。

战无命不好说是从前世的记忆中知道这种东西的，正自纠结，就见祝芊芊美目中泛着异样的神采道："我曾在一本残卷上看到过，世间有一种神奇的秘术，叫作符纹术，懂得符纹术的人称为符师。这种人就像丹师炼丹一样，可以制作出神秘的符篆，这些符篆中的秘纹配合虚空元素，拥有通天遁地之能。我原本以为只是一种传说，想不到世间居然真有这种东西。"

"不错，正是这种符术，刚才秦歌使用的那张叫作遁符，紫色的遁符，最远可以遁出两千多里，而且根本不知道他遁去的方向，所以，想追也不可能。"战无命无奈地摊了摊手道。

除祝芊芊之外，三女都听得一愣一愣的，她们被这神秘的符篆镇住了。看来，破炎大陆与其他大陆之间的差距实在太大了。

"如果他们都有这种东西，我们不是根本杀不死他们了吗。"史若男泄气地道。

战无命笑了，伸手摸了一下她的红发，道："你当这紫遁符是大白菜啊？人手一张，你们丹宗的九品定神丹能不能人手一颗啊？"

"啊，那当然不可能了，九品定神丹，那可是圣级灵药，炼制需要数十种灵药，而且也不是谁都能炼的，我现在最多也就能炼制七品低阶丹药，已经是我们丹宗最牛的药王了呢！"史若男傲然道。

"就是这个道理。紫遁符本就不是什么大路货，不仅需要许多天材地宝，而且其制作对符师的要求也很高，不是一般符师能行的。"战无命道。

"原来如此。"史若男这才松了口气。

"制符所用的笔和颜料、纸张都有要求，好的符笔本身就是法宝，最好的笔是用成年啸月苍狼的毫制成的，不同的符用的颜料也不同，里面需要添加魔兽血和骨粉，非常难得。"战无命继续说道。

祝芊芊眼中闪过异彩，没想到战无命居然懂这些。

"命哥哥你知道的真多，比芊芊姐知道的还多！"青媛像个小女生似的，她一直十分崇拜祝芊芊，觉得她博览群书、见多识广，这时望着战无命的眼神也满是崇拜之色。

"都是书上说的，我也没见过，不知道是不是真的。"战无命挠挠头，难得露出羞赧之色。

颜青青和史若男相视一笑，问道："主人，我们现在做什么？"

"看来，那镇天秘藏里面有不少好东西，咱们也去凑个热闹吧。"战无命望向远方，兴致盎然。

《涅槃百晓通》上有战皇之路的介绍，白银战皇之路只能通过单一世界的考验，黄金战皇之路需走遍九大世界。黄金战皇之路贯通九大世界，走这条路的人，看到的并非九大世界，而是一个大世界的九个区域。

战无命的选择是对的，进入黄金战皇之路，他们可以随意去各个区域，寻找适合自己修炼的区域涅槃。

绝望丘陵，在赤土大世界的西北方。

一望无际的丘陵上，零散地长着几棵低矮的赤红色的怪木，如蛇如虫。丘陵上的赤土并不平整，像是被无数铁锥扎过一般，坑坑洼洼。这里的土地坚硬得令人咋舌，即使是战王全力一击，也只能在上面留下一道浅浅的印痕，所以战无命无法想象，这些坑坑洼洼的是被谁砸出来的。

绝望丘陵之所以让人绝望，原因之一是没有生灵可以在这片绵延几万里的地方凌空飞翔，即便是鸟雀也不行，这里的重力远远超过其他地方，在上面每走一步都重若千钧，这几十万里的路还只能一步一步地走。

一个习惯了御风飞行的战王突然只能像普通人一样缓步穿越这无尽的

丘陵，可能要走几个月，也可能要走几年。这片丘陵不同区域的地形相差无几，深入其中，连方向都很难辨认，有许多战王进去之后再也没出来，最后走出来的人，除了几个人是因为非常幸运，其他的都是真正的强者。

这是这片区域被称为绝望丘陵的另一个原因。

欲望山，位于绝望丘陵边缘，说是山，不过是高一些的土丘。此时的欲望山已经聚集了各路天才。

站在欲望山上往北望去，可以看到一道红光冲天而起，插天接地，仿佛希望之门。

那里就是镇天秘藏的所在地。虽然在欲望山上就能看到镇天秘藏的红光，但是两地之间至少相距千里。在绝望丘陵，千里是一个让人头疼的距离。

各路天才聚集于此，主要考虑怎么从镇天秘藏回来这个问题，去的时候那道红光是指路灯塔，可是回来时欲望山可无法成为坐标。一旦走反了方向，极有可能成为下一个迷失在绝望丘陵中的倒霉鬼。

在绝望丘陵长途跋涉对所有修行者都是一种考验。围杀、猎杀，整个战皇之路就是一条血腥的成长之路，只有笑到最后的人才是真正的皇。

在这里，没有人敢单独行动，各路人马都是组队来的。这种团队在各种秘藏开启时十分常见，这些人相互熟识，也有不熟识的，每个小团队都会发下血誓，全心合作，不内讧和背后暗算。获得宝物后会协商分配。这样才能安心出发。

战无命等人赶到欲望山已是第三日，他不熟悉赤土大世界的环境，虽然有地图，但也找了好长时间。

四女重纱遮面。战无命也不敢太嚣张，这里毕竟不是破炎大陆，虽然他不怕麻烦，但是也怕麻烦追着自己跑。狂蜂浪蝶太讨厌，杀之不绝，战无命还没狂妄到敢群挑九大世界的各方势力。要是都像秦歌一样，杀一个惹一群，一群一群的人来找麻烦，他这战皇之路只怕就要一路血洗过去了，他皮糙肉厚，可万一四女有个什么闪失，他可就心疼了。

"哇！这么多人。"史若男一看这么热闹，登时就有点儿兴奋。

"哎，兄弟，刚来吧，想进绝望丘陵吗？哥这里有灵宝指北针，可以让你在绝望丘陵中轻松找到方向，永不迷路，绝对是探险的好宝贝，一千上品灵石一个……"

战无命刚走过去，就有人拿着一个小小的玉盘似的东西走上来，热情地介绍着自己手中的小东西。

战无命一怔，欲望山是进入秘藏的必经之路，有人趁机摆起地摊做起生意。

战无命看了看那指北针，无论怎么转都指向北方，确实是个好用的东西。这东西只有微弱的灵气波动，最多也就是一件下品灵器，居然要价一千上品灵石，这可是上品灵器都卖不到的价格。看来眼前这哥们是将自己当肥羊宰了。

战无命一笑，道："哥们，你这指北针有多少个?"

"仅此一个，所谓物以稀为贵……"

"你骗人，他们那里也有卖……"青媛眼尖，看到不远处还有人在推销这玩意儿。

那人本想继续编下去，被青媛的话一堵，尴尬地笑了笑，厚着脸皮道："我是说我手上这种玉盘指北针仅此一个，他那样水晶的还有不少。"

战无命笑了，这人的脸皮不是一般厚，不过他也没生气，做生意就是如此，全凭嘴上功夫赚钱。

"这里是两百上品灵石，你卖，就给我五个，不卖，我就去那边问问。"战无命随手掏出一小袋灵石，摇了摇手道。

"哥，你看，五个，要不你加一点儿呗，二百五行不?"那青年顿时苦着脸道。

"就这么多，你只回答我一句话，卖还是不卖?"战无命的语气不容置疑。

那青年扫了一眼祝芊芊等人，无奈地耸耸肩道："哥们，你行，这五个指北针算我帮你带货，卖给你了。对了，你想要什么消息都可以向我买，在这赤土大世界上，就数我消息最灵通了。"

"没问题，有需要我自然会找你。"战无命笑了，这青年倒也干脆。

交易完后，那青年掏出一颗水晶珠道："这是可以在千里之内联系我的应声珠，有什么事尽管呼我，价钱公道，你就是想找杀手、佣兵都不是问题，保证让你满意。"

"这个也收费？"青媛忍不住插口道。

那青年一脸尴尬地挠挠头道："这个，这个免费，这个免费。"

战无命顿觉有趣，赤土大世界居然还有捎客，连杀手和佣兵都能请到，自己虽然不需要佣兵，但这个人说不定真能用上，于是收下了青年的水晶应声珠。

"秦歌！"祝芊芊在战无命身边低低地说了一声。

战无命顺着祝芊芊的目光望去，发现一群人中间，秦歌正怨毒地望向他这儿，看到战无命看过去，扭头挤到人群中一青年身边，耳语了几句。

"看来，那个人应该就是他的主子了。"战无命轻笑一声，回头对祝芊芊等人道："一会儿若真打起来，你们先进入我的空间法宝。"

"在这种地方显露空间法宝，只怕会被许多人惦记。"颜青青担心地道。

"大不了进绝望丘陵，谁能追得上我！"战无命不以为然。

颜青青的担心很有道理，如果这里的人知道他有空间法宝，只怕所有人的目光都会盯着他，毕竟空间法宝非常稀少，会令许多人眼红。战皇之路本来就是丛林法则，弱肉强食，再加上他又没什么背景，接踵而来的麻烦必然会令他不得安生。但是为了四女的安全，他不得不这么做。

没杀掉秦歌是一个巨大的失误，东江王吴江身边有数十人，是欲望山上非常强大的一股势力。

战无命感觉到一股寒意笼罩在自己身上，他将目光投向寒意传来的方向，正是秦歌的主子。

这是一个很强大的对手，他的命魂透着红色，证明他血气极其旺盛，肉身十分强悍。

战无命心中感叹，自己的肉身在破炎大陆已然无敌，可是在东陵大陆，肉身强大如斯的吴江不过是东陵七王之一，看来他在这战皇之路上还真得低调行事。

对上战无命无畏的目光，那年轻人眼中闪过轻蔑的笑容，挤开人群缓缓地来到战无命面前。

人群分开，没人挡吴江的路，众人看出战无命与吴江不对付，都一脸兴味地等着看热闹。原本站得离战无命比较近的人都走开了，与战无命保持一定距离，不想让吴江误会。看来吴江在这里的地位还不低。

吴江在战无命身前丈许停下脚步，一脸冷笑地望着战无命，问道："就是你杀死了秦歌的属下？"

"你就是那个东江王吴江？"战无命未答，而是反问道。

"不错，我就是吴江，你不该杀我的人。"吴江眼里的杀意毫不掩饰。

"我杀什么人是我的事，你要是有意见可以跟我提，不过接受不接受就是我的事了。"战无命一脸我就把你的人杀了，你能怎么地？

众人都听呆了，这少年居然杀了吴江十三太保座下的人，此刻面对吴江的威胁，还无动于衷。

"我要她们，还有你的命！"吴江随手指了一下祝芊芊等四女，而后猛然出拳轰向战无命面门，他的拳头带着杀气，呼啸着砸了过来。

战无命眼中闪过点点异彩，吴江居然用他最喜欢的方式打架，看来他们还真是一类人。战无命喜滋滋地挥出了拳头，不避不让，以硬碰硬。

"轰……"仿佛两颗彗星相撞，两人之间居然出现了虚空褶皱，一股狂暴的气流如同飓风般向四面散去。

四女身形微微后撤，面上的轻纱被气浪一冲掀起一角，看得旁边的人目光都呆滞了。

战无命和吴江双双暴退，两人眼中闪过惊讶和兴奋的神色，一击之下，两人居然不分伯仲，这让许多看热闹的人大为惊讶。

这个名不见经传的战无命居然能与东江王吴江打成平手，这小子究竟是何来路？看到祝芊芊等女容貌的，暗自揣测，东江王肯定是看上了对方的女眷，这才出手硬抢。众所周知，他是出了名的色魔，也不是第一次强掳女人了。

一个可以和东陵大陆东江王分庭抗礼的年轻人！欲望山上，几双原本闭着的眼睛猛然睁开，他们突然对战无命感兴趣起来。

"想要我的命，你还办不到，要不，你和你那群手下一起上吧。"战无命自怀中掏出一块丝帕，轻轻擦了一下拳面，好像刚才与吴江对了一拳弄脏了他的手似的，一脸嚣张。

吴江脸上的杀意一闪而没，他感觉到那几双眼睛看过来了，冷冷一笑道："对付你，还用不上他们。我先饶你一命，如果你也进绝望丘陵，那么你记住，你的命是我的！"

战无命一笑，不以为然地道："很多人都对我说过这句话，最后都是我收了他们的命，希望你不要步那些人的后尘。"

吴江笑而不语，转身向自己的队伍走去，走到秦歌等人身前，扭头对战无命喊了一声："保护好你的女人，因为她们也是我的！"

"保护好你的蛋蛋，下次见到你，它是我的兽粮。"战无命向吴江伸出大拇指，倒了过来，冷冷地还了一句。

"扑哧……"有人忍不住笑了出来。

战无命这句话还真是够狠，吴江的脸都变成猪肝色了，差点没忍住回头接着打，最后还是忍了下来，目光投向一旁的麻衣青年，对方还是一脸漠然，不过看向战无命的眼神却充满好奇。

战无命知道，吴江之所以不敢在这里杀他，主要是没把握，刚才那一击让吴江知道，战无命的修为不在他之下，也是肉身修炼者，他没把握自己一个人能干掉战无命。他成名已久，在赤土大世界有极大的影响力，如果与战无命交手，最后却不能取胜，对他的影响很大。

吴江输不起，他更不可能在这么多人面前，与属下一起群攻战无命。他喜欢征服女人，女人喜欢的是强者，真正的强者，而不是强盗。

因此，在外人面前，他一直保持着他无敌的形象。干掉战无命的机会很多，这小子既然来了欲望山，必然要进绝望丘陵，只要进了绝望丘陵，他就能让战无命永远留在那里。

"精彩！兄台贵姓，在下杜绝，敢问兄弟你是否愿意与在下组团进入绝望丘陵？"战无命刚想看看怎么进绝望丘陵，一个爽朗的声音在耳边响起。

"组团？"战无命一愣。

确实有人举着牌子求组团，上面写明了入团要求，必须是九星战王以上，有的明确要药师，还有求符师和阵师入团的。

"我可是一个惹了大麻烦的人，你不怕有人找你麻烦？"战无命向吴江努了努嘴，笑问道。

杜绝不以为然地笑道："你的麻烦就是我的麻烦，我也正嫌他烦呢，所以多找几个让他烦的人，就不怕他烦了。"

"哦！"战无命没想到杜绝居然也是东江王吴江的对手，找他算是给自己找帮手，想了想道："你的团队在何处？我们一起有五个人。"

"就在那边。"杜绝指了指不远处的一圈人，居然有十几个，看来东江王吴江的对手还真不少。

战无命点头道："如果杜兄不嫌弃，我就入团好了。我叫战无命，杜兄叫我无命好了，这几个都是无命的女人。"

杜绝打量了一下四个戴着面纱却身姿娉婷的女人，眼前这少年还真不是个省油的灯，闯战皇之路还带着一群女人，好在四个女人中有三个是战王巅峰，但是带个三星战王算怎么回事？战无命把战皇之路当旅游了？

"欢迎战兄加入，我们去那边一叙。"杜绝连忙笑着欢迎，根本不搭理远处一脸怨毒的吴江。

杜绝不是东陵大陆的人，而是西陵大陆的人。除破炎大陆之外的八块大陆这些年来并非一团和气、共同发展，相互之间经常争战，有的是为了资源，有的是为了宝藏。

大陆与大陆之间时常发生战争，不同大陆的宗门之间也会发生战争。

杜绝代表西陵大陆的三绝门，东江王吴江代表的则是东陵大陆的江流堂，两大宗门本就有仇怨，所以杜绝根本不在意战无命是否得罪了吴江。相反，战无命与吴江之间有矛盾他更开心，一个可以力抗吴江的战友，对于他的团队来说，是强大的助力。

战无命从杜绝口中得知，东江王吴江的对手不只是西陵大陆的人，还有灵苍大陆的苍君生。

苍君生是欲望山上众天才中最强的，连吴江都不是他的对手。吴江十分畏惧苍君生，因此，看到苍君生出现，他立刻将座下十三太保全都召集过来了，就是怕苍君生杀上门去。吴江之所以不与战无命继续斗下去，主要原因是不想在苍君生面前露出自己的底牌，不想让苍君生找出他的破绽。

战无命的目光转向被杜绝称作苍君生的麻衣青年，他也正在打量战无命，战无命友善地笑了笑，敌人的敌人就是朋友，这一点战无命把握得很好，能利用的资源战无命从来不会错过。

苍君生眼中闪过温和的笑意，显然对战无命加入杜绝的队伍是认可的，而后便不再看向这边，再次闭上眼睛，似乎周围的一切都与他无关。

战无命只与他对视了一眼，就知道此子是个可怕的对手。苍君生的眼里虽然有笑意，那目光依然如两柄无坚不摧的剑，直入人心。战无命知道，并不是苍君生刻意为之，而是因为他的剑道达到了恐怖的境界，剑由心生，眼是心灵的窗口，因此剑意才会从他的目光中透出来。

苍君生是剑道修习者，以战王的修为就达到了心剑的层次，还真是一个可怕的天才。难怪吴江惧怕这个独来独往的家伙。

战无命不由感叹，在无限的资源下，确实能培养出无数的天才，连破炎大陆这样灵气匮乏的地方都能培养出破炎十王这样的天才，东陵大陆、灵苍大陆那些充满元气的世界，又会出现多少天才呢？

杜绝给战无命介绍了一下身边的人，大多是西陵大陆的，其中有三位女性战王，姿色绝佳，都是难得一见的美人，不过比起战无命身边四位，要逊色许多。

彼此介绍完，战无命看向其他团队，只扫了一眼，就被一队女人吸引了目光，为首的是一个头戴金冠、一头银发、穿着一身银裙、亮得晃眼的少女。少女手持水晶权杖，有如天使，她的美貌居然丝毫不逊于颜青青和祝芊芊，绝对是祸水级的女人。

女人大大方方地将容貌展现在众人面前，居然没人敢多看几眼，仿佛多看几眼眼睛就会坏掉似的，这让战无命十分意外。

"兄弟，那位你可别招惹。"杜绝一看战无命目不转睛地望着银裙少女，急忙一扯战无命的衣袖，提醒道。

"啊，那位有什么特异之处吗？"战无命对杜绝的话生出几分好奇，这样的美人居然让众男子畏若蛇蝎，连看都不敢看。

"那是白日教皇的女儿，光明教廷的圣女苏菲亚。光明教廷在八大陆都有自己的教众，高手无数，咱们师门虽然也在一片大陆称雄，可是与人家比起来，那还是小巫见大巫，我可惹不起他们，就连苍君生那个剑疯子也对苏菲亚敬而远之呢。"杜绝小声提醒道。

"原来是这么回事？可是我只是看看她，又没把她怎么着，这不会犯法吧？"战无命一脸无语。

还真是长了见识，战无命没想到八大陆还有这样的巨无霸势力——光明教廷，看杜绝的神情，要是让他去和苏菲亚说几句话，他说不定马上就会逃之夭夭。

"兄弟，你知道亵渎吗？知道什么是亵渎吗？"杜绝无语地望着战无命，发现战无命像一个什么都不懂的二货，居然连光明教廷的圣女也敢乱看。

盯着圣女看是亵渎罪，亵渎罪是要挖眼睛的。当然，在战皇之路，光明骑士也没办法执法，可是苏菲亚身边的那些女人，个个如狼似虎，连东江王吴江那样的好色之徒都不敢正眼盯着苏菲亚看。

"靠，还有这事儿，看几眼就成亵渎了，那干吗不把脸遮起来，那样就不会被亵渎了……呜……"战无命低声嘀咕。一句话还没说完，嘴巴就被杜绝给堵住了。

战无命看着一脸惶急地冲他摇头的杜绝，心里翻了个白眼，竟然怕成这样，那就不要和这个鬼女人待在一起啊。

"大家为什么都待在这里啊，有的团队都几十人了，难道人手还不够？"战无命想了想问道。

"大家都在等沙暴，按时间计算，每年这几天，或是秘藏开启的前几天，绝望丘陵会有一场可怕的沙暴。原本绝望丘陵已有百倍重力，若是再加上沙暴，只怕没几个人能安全抵达秘藏了。"杜绝解释道。

"还有沙暴？"青媛吃惊地道。

"小妹，你的宗门没提醒过你吗？凡是秘藏开启，必须等天象过后才能前往。所谓天象，赤土世界是沙暴，烈火世界则是熔岩潮……各个世界都不同。估计到明天绝望丘陵的沙暴就会过去了，到时候，我们就可以出发了。"为青媛解释的是一个叫苏红叶的女子，英姿飒爽。

战无命一脸尴尬，他们对战皇之路的事还真是一无所知，跟乡下人进城似的。再问下去，只怕会露出马脚，战无命只好闭上嘴巴。

这时，他十分庆幸加入这个团队，贸然闯入绝望丘陵，必会险象环生。

"百倍重力对这位小妹来说也是个大麻烦，修为不到九星战王，只怕很难走太远，还望战兄弟有心理准备。"杜绝看着青媛，提醒了一声。

"哦，多谢杜兄提醒，这个不用担心，我自有办法。"

杜绝确实是善意的提醒，百倍重力到最后拼的就是修为。肉身越强，占的便宜就越大，这也是进入绝望丘陵之后，东江王吴江敢与战无命拼斗的原因。

战无命与杜绝等人有一句没一句地聊了一会儿，对八块大陆的情况，他都十分感兴趣。破炎大陆被封印得太久了，他们说的事情，在战无命听来都十分新奇。

正聊着，战无命眼角扫到一个身影，心头狠狠一跳，差点儿冲过去。他看到一张非常熟悉的面孔，这张面孔在他的记忆深处一直如此清晰，在那段未来的记忆中，这是他的第二个女人仪裳。当年仪裳从战皇之路逃到破炎大陆，与他共患难，直到郑家灭亡，最后与自己飞升元界。到了元界，两人被送去矿山挖矿数年，仪裳不堪欺凌，死在自己怀中。

进入战皇之路，战无命便一直留意仪裳，这个记忆中与自己共患难几十年的女子。仪裳与战无命的感情甚至比柳婉如和他的感情更加深厚。

战无命攥紧拳，用尽所有的意志力控制自己，才没暴起冲上去，因为他看到仪裳被人锁着拖到光明神廷圣女苏菲亚身前。

上一世，他并不清楚仪裳的伤心往事，每每提及，仪裳就会落泪，所以，他并不知道仪裳与光明神廷有瓜葛。现在不是冲动的时候，既然未来仪裳能逃脱，并闯入破炎大陆，说明今天仪裳不会有事。

他现在还没有能力与光明教廷公开叫板，得另想办法才行。

第六章

做人不能太嚣张，嚣张遭雷劈

欲望山的夜，一片静谧。

各个团队小心守护着自己的营地，几大势力则划出自己的领域，禁止闲杂人等靠近。大家都在等，等绝望丘陵的风沙过去。这段时间足够他们做好准备。

光明神廷的营地在欲望山东侧，靠近山顶，几座大营相连，呈梅花状，将光明圣女苏菲亚的营帐护在中间。光明神廷地位超然，没人敢和他们抢地方，光明神廷理所当然地选了最好的位置，安心休息，他们不相信有人敢挑战他们的权威。

整个欲望山，光明神廷的防守最松，当然，也是因为他们的高手最多。不过事情总有意外。

夜风清冷，夹着尘土的气息，绝望丘陵风沙的余威卷到了欲望山上。赤土大世界里没有日月，但有昼夜，不过晚上也会有微光。

一道暗影出现在光明神廷的营地外，仿佛融入黑暗，没有丝毫痕迹。

暗影正是战无命，明天就要进入绝望丘陵了，在那里，所有人都会受到重力影响，很难潜入光明神廷的队伍中。他实在做不到明明看见仪裳了却视而不见，所以天色刚刚暗下来，他就借口要修炼，退到自己的小帐篷里去了。

天刚黑就领着女人进帐篷，战无命的行为让杜绝等人侧目，不过毕竟是人家夫妻间的事情，他们也没什么好说的，就算眼红也没办法。

远处吴江眼中闪过浓浓的杀意，他在与战无命对拳时，激起的拳风使得四女面纱轻扬，他窥见了四女的容颜，登时让见惯了美女的他心痒难忍。他一直关注着那四个女人的一举一动，此刻见战无命早早与四女入帐，顿时嫉妒得眼睛都红了。

可是，他拿战无命没办法，杜绝不是好惹的，杜绝那群人的战力极强，战无命那小子更不好对付，他必须等待时机。

战无命进帐篷之后，隐去身形来到营外。战无命没说要去救仪裳，因为他没办法向四女解释，为什么会认识其他大陆的女人。他只是说看上了光明圣女苏菲亚水晶权杖上那块碗大的纯净的上品元石。

那东西于破炎大陆而言，价值不在战无命给兽神的那块丈许见方的大元石之下。

战无命给兽神的那块元石虽大，但却是下品元石。光明圣女苏菲亚权杖上那块上品元石马上就要成长为极品元石——元晶了。这样一块极为纯净的、有成长潜力的上品元石，虽然还不是元晶，也能换一百万块下品元石。

对于光明神廷来说，这或许只是一笔比较大的数目；对于破炎大陆来说，这可是惊天的宝藏。破炎大陆实在太穷了。

四女听战无命解释了元晶的价值，都咋舌不已，虽然对战无命的行为有些担心，但却相信战无命的能力，于是答应帮战无命打掩护。

史若男会口技，能模仿战无命的声音，偶尔在帐篷中发出低低的调笑之声，杜绝等人听在耳中，都以为战无命还在帐篷里，出事后方便脱身。

战无命调动体内的黑暗元素之力，如黑夜的幽灵，虽然无法像玄冥战虎那样融入虚空，但只要有阴影，他就能轻松隐藏自己。黑暗元素之力干扰了元素波动，战无命移动时悄无声息，连气息都被黑暗之力掩盖了。

"没在那贱婢身上找到神之墓地的钥匙。"战无命靠近其中一座大帐，听到这样一句话。

为了寻找仪裳的位置，战无命把太虚之力融入虚空，捕捉附近的声音。虽然帐篷中的两人说话时以领域之力隔绝了声音，却无法隔绝战无命的太虚之力。

战无命瞪大了眼睛："神之墓地的钥匙，居然真有这东西？看来记忆中的东西都是真的，不是一场梦境。神之墓地的钥匙居然真的在仪裳身上。"

战无命被这人的话一激，脑海中的一段记忆逐渐苏醒，关于神之墓地的事情一下子清晰起来。

"贱婢还是不肯说出神之墓地钥匙的下落吗？"又一个声音传来，低沉沙哑。

战无命有些印象，这人应该是苏菲亚身边的一个中年人，当时杜绝介绍过他，是保护圣女苏菲亚的"霹雳雷暴"四大金刚之一，暴金刚暴风猿。

"我不管你用什么办法，哪怕是搜魂，今天晚上必须将神之墓地钥匙的下落问出来。"暴风猿的话中透着一丝狠厉。

"可是，仪裳毕竟是袁大护法的女儿，若是……"

"没什么可是，袁大护法根本不会在意这个野种，否则也不会这么多年一直不认她，更不会将她娘献给教皇做女宠。一个连自己的女人都可以送给别人的男人，有什么好怕的！"

"老暴，说话要小心！虽然袁四月不是什么好东西，但是对付你我这样的小角色还是轻而易举的，祸从口出……"一个声音突然打断暴风猿的话语，训斥道。

"大哥说的是，老四知错了。"暴风猿立刻改口，对另一人道："我不管你用什么方法，这里是战皇之路，一切皆有可能，就算是护法的女儿又如何？何况还是护法的私生女，有圣女在，你怕什么？"

"是，请四爷放心，我一定会办好！"

脚步声传入耳中，战无命知道那人去找仪裳去了，只要跟着他，就可以找到仪裳。

战无命暗暗叹了一口气，难怪上一世自己一问仪裳过去的事，她就流泪，没想她身世如此可怜。

光明神廷有六座大帐，主帐是圣女苏菲亚的住所，四大金刚分散四方，带着自己的属下。另一帐是光明神廷放杂用的帐篷，里面住着进入战皇之路的光明神廷的天才们，也是圣女苏菲亚的临时囚室。

战无命幽灵般跟在从暴风猿帐中出来的青年后面，潜到杂用帐篷之外，以太虚真气感应大帐中的情况，他不敢外放神识。进入战皇之路的人，都是战王中的佼佼者，光明神廷在八大陆有如此威势，遣入战皇之路的精锐岂是好对付的。

大帐分成若干小房间，那青年径直走到最里面，停在离帐门五十多步的地方。战无命估算了一下大帐的直径，绕到大帐背面。大帐以特殊材料制成，上面刻满了秘纹，是一种简单的灵阵，这种阵纹不仅可以隔绝声音、防寒防热，还能防贼，因为它一旦受到破坏，就会立刻发出警报声。因此很多人扎营都用这种灵阵。

战无命估算了一下这个位置离仪裳被囚禁之处的距离，静静地等待时机。

"仪裳，你再不交代我可就用搜魂大法了，你知道，被搜魂之后，你就会成为一个废人，而我依然能知道我想要的事情。"

战无命听到那人的声音。

"你敢，你就不怕我自爆神魂，与你的神魂同归于尽？"

"我怕，所以，我决定先给你吃颗逍遥快活丸，让我们一起享受极乐，在你乐极之时我再搜魂，那时你就是想自爆都无法自主了。"

"你，卑鄙无耻！"仪裳的声音中满是惊惧。

战无命狠狠地皱起了眉头，此人的心肠还真是狠毒，居然用这么阴损的招数。

"你不能怪我，这是你逼我的。你乖乖的，我会让你变成废人之前好好快活一场。"

"你个禽兽！我做鬼也不会放过你！"仪裳的声音愤怒而绝望，可是她挣扎的声音却很小，很可能是身体已然受制。

"哈哈，你叫吧，叫破了嗓子也不会有人来救你，这大帐是隔音的，你不知道吗？你那么美丽，又那么高傲，我想你想很久了，苍天有眼，给了我这个机会。仪裳，你就乖乖地享受吧！"

那人正得意，突然刺骨的寒意让他心头警铃大起，骇然回头，就见一个身影如一道幽暗的青虹，在明珠的光润下，突然从阴影中窜出来，大帐警声大作。

仪裳眼中闪过一抹惊讶，一切发生得太突然了，她原本已经绝望，没想到变故陡生，一道人影一闪就破开了帐篷，速度快到他的剑已经到了近前，警报大阵才响。

"你是谁？"青年惊呼，眼前人笼罩在暗雾之中，明明就站在面前，自己居然看不清他的面目，一片模糊，那道乍然闪过的青虹却越来越清晰，像是一道绝美的霞光。一闪之下，青年感觉喉间一凉。

太快了，那人突然出现，剑光乍闪，青年甚至来不及拔剑就失去了知觉，天下间居然有这么快的剑。

来人正是战无命，大帐的阵法可以隔绝声音，但毕竟是低级灵阵，根本就阻挡不了他的太虚真气，就算没亲眼看见，依然能精准地感应到仪裳的位置。

战无命知道自己没有多少时间，必须一击必杀，若是一击不中，这次救仪裳的行动只得放弃。警报声一起，必然会惊动四大金刚和光明圣女，这些人哪一个都不会比东江王吴江弱，若是被这五人所困，即便是他，也很难逃出去。

所幸战无命速度够快，黑暗元素隐匿了他的攻击气势，等青年发现危险时，剑已临身，已无力回天。战无命一剑挥出，目光落在一个丈许见方的铁笼子上，仪裳衣衫凌乱，呈"大"字型被锁在笼内，身上鞭痕纵横交错。

战无命一剑挥出。

"叮……叮……"一串清脆的金铁交鸣之声，铁锁上迸出一片火花，丝毫无损。

战无命一惊，他手中的剑可是莫东升的心爱之物，是法宝，他这一斩之力几近万钧，竟没斩断这锁链。

"没用的，这是沉星紫金铁所铸，只能用钥匙打开。"仪裳无奈地叹了一口气，又道，"不管你是为什么而来，不管你是谁，你快走吧，再不走就没机会了。"

战无命不由得摇头一笑道："我就是为你而来！带不走你，我怎么会走！"

"为我？"仪裳不屑地一笑，眼前的男人她根本就不认识，她心中奇怪，自己有神之墓地的钥匙一事，只有圣女苏菲亚和她身边几个重要人物知道，眼前这少年是怎么知道的？

战无命扫了一眼那大铁笼，脚下一蹬，身体如蛮牛般撞在铁笼上，原本固定在地上的铁笼被撞得动了一下，战无命一挥手，将铁笼整个收入空间法宝。

战无命闪身自破洞冲了出去，他已感应到数道狂暴的气息自帐中升起。

一切发生得太突然，战无命没在帐中耽搁时间，他刚冲出帐篷，就见四大金刚也自帐篷中冲出来，还有一些零散的光明神廷弟子也冲了出来，一时没找到是哪里发出的警报。

战无命幽灵般从黑暗中逸出，紧接着又没入另一个阴影。所幸，关押仪裳的帐篷在光明神廷营地外围，冲出大帐的战无命很快就能离开光明神廷的营地。

"嗡……"几道可怕的气息迅速笼罩了整个营体，四大金刚同时放开自己的领域，以领域之力探查营地的异常。

战无命感应到有一股灵力在身上扫过，知道没法隐藏下去了，好在他已到了营地边缘，四大金刚已然追赶不及。

"呼……"战无命马上就要冲出营地了，前方突然出现一根巨大的狼牙棒，这一棒砸来之势有如泰山压顶，天地间浓郁的土元力一股脑涌向狼牙棒。

战无命的身体突然变得无比沉重，仿佛有万钧之力压在背上，减缓了他的速度。战无命骇然，此人居然将土元素之力运用得炉火纯青，将重力领域发挥得淋漓尽致。

"轰……"一声巨响，战无命手中长剑发出令人牙酸的声音，剑身弯曲欲折，战无命的手臂也跟着抖了一下。

"好大的力道！"在重力领域的加持下，这一棒的力量翻了数倍。

战无命暗叫不好，若是被这莽汉阻在此处，必会陷入重围，四大金刚只怕都比此人厉害，那可就危险了。

战无命一个侧身翻滚，卸去狼牙棒作用在身上的力道，顺手洒出一把带着异香的粉尘。

持狼牙棒的大汉正欲再砸，突然闻到扑鼻而来的异香，顿时吃了一惊，闪身飞退。他不知道神秘人洒出的是什么东西，总不会是一把花粉吧？大汉只得放弃追击，总不能明知可能中毒还要上前吧？杀敌虽重要，自己的命更重要。

战无命松了一口气，身形一滚，没入阴影。

大汉避开香气，再次砸向阴暗处，发现人已经不见了。

"童勇，是什么人？"大金刚劈山刀的声音响起。

"没看清楚，此人极善隐藏。"狼牙棒大汉吼了一声，声如破锣。

刚才他感应到战无命的气息，但是战无命身体一直被黑暗元素笼罩着，根本就看不清面目。战无命居然以剑架住了他以重力领域加持的一棒，不仅没受伤，还借势卸去了力量，倒让他高看了几分。

"在那里，常仇，挡住他！"童勇击空，失了战无命的踪迹，马上升到空中，发现一道暗影在不远处一闪，马上就到营地外围了。

"留下来吧！"常仇在童勇的提醒下发现了战无命，一对分手刺幻起一张大网，封住了战无命的去路。

战无命眼中闪过一抹冷笑，这种雕虫小技也想拦住我。

来人一对分手刺材质特殊，应该是海族魔兽的肋骨，散发着奇异的能量波动，不过在战无命眼里，根本威胁不到他。与刚才的童勇相比，此人的攻击轻灵有余力量不足。

"开！"战无命低喝一声，身形如陀螺般自阴影中冲了出去，旋转时，竟生出一股无坚不破的毁灭之力。

"叮……"一声轻响，战无命的身体钻入那片刺网，如电钻破竹，径直穿了过去。

那人一声闷哼，双刺如同刺在滑不溜手的金石上，向两旁滑开，一道冷光在他眼前亮起，锋锐的寒气迸发，他还没来得及变招，寒光已刺入额头。战无命与常仇擦身而过。

远处的大金刚劈山刀一声怒吼，猛然挥出大刀，大刀横贯长空，追向十丈外的战无命。大金刚怒了，刚才他离战无命虽有十丈，可是却清晰地感应到战无命与常仇交手的过程。常仇死了，一招斩杀常仇，这人绝对是个可怕的对手。

战无命杀了常仇，其他人也发现了战无命的行踪，但是离战无命还有一些距离，根本来不及阻挡。

虽然光明神廷这次来了几十人，但一部分人在听到警报后，就到中帐保护光明圣女苏菲亚去了。还有一些人在各个帐篷间搜索敌人。

战无命的速度太快，自报警到现在，不过两息，很多人还没反应过来。

战无命刚要逃离营地，就感觉到一道炙热的锐风从背后破空而来。战无命一扭头，看见一柄火焰刀已然劈到了他身后，刀上所带气势不仅有刀的锋锐，还有好似能烧穿天地的炙热。战无命瞪大了眼睛，大金刚劈山刀居然将火元素之力运用到如此程度，竟然能融入到刀势中。

杜绝说光明圣女身边的四大金刚个个都不是易与之辈，在战王中都是横行一方的人物，所言不虚。

战无命不敢接刀，他也没时间浪费，此时他已离开营区，完全暴露在光明神廷众高手眼前，如果再停留一下，等着他的必然是没完没了的连环攻击，那样，他就再也没机会脱身了。

虽然他隐在黑暗元素中，他们看不清自己面目，但是一旦被围，肯定会被识破身份，不仅仅是他，祝芊芊等女也会受到牵连，想到此处，他作出一个决定。

"轰……"一声巨响，大金刚劈山刀瞠目结舌，那人居然不躲不闪，硬受了他一刀。

大金刚只想减缓对方逃跑的速度，为己方争取时间。从刚才对方与童仇的交手可以看出，他完全可以避开这一刀，只是要停一下。

劈山刀一刀砍在了对方的背上，却未能把人劈成两半，刀上的火元素之力好似落入冰湖一般，消失无踪，刀锋上那股强大的冲击力反而将刺客推了出去。他不仅没挡住对方的脚步，反而加快了对方逃离的速度。

战无命只觉喉头一甜，一股逆血涌了上来，被他硬生生吞了回去。劈山刀这一刀让他难受至极，就算肉身强悍，还是受了伤。他背上的上帝之甲再次救了他。

劈山刀中的火元素对于战无命来说不过是小菜一碟，他的火元素洞天瞬间张开，轻松吞噬，对他身体没造成任何伤害。

借着劈山刀一击之力，身形在空中疾速翻滚，再次融入黑暗。

劈山刀见一刀起了反作用，就知不好，对手比他想象的更狡猾，不管他是怎样硬接下这一刀的，必然受了伤。就算对方能藏匿身形，可是受伤之后，必有血腥味，就算隐匿虚空，也能靠血腥气找出来。

他不知道，战无命强行吞下了逆血，就是怕对方嗅到血腥气。

"仪裳被人劫走了！"有人惊呼。

有人发现了帐篷的破裂之处，顺着裂口看到了身首异处的尸体，原本关在帐篷里的仪裳连铁笼子一起消失了。

"给我追！"大金刚大惊，他知道仪裳有神之墓地的钥匙，如果那家伙是来行刺的，圣女安然无恙，即便死了两个人，他也懒得追。但是仪裳失踪了，那可就是大事了，圣女苏菲亚那里交不了差啊。

暴风猿一声怒吼，仪裳是他与大金刚负责的，刚刚还准备让人用搜魂大法，没想到不到半盏茶的工夫，居然被人救走了。

"那人逃走时是孤身一人，仪裳会不会还在营中？小心被人声东击西，受误导！"三金刚雷天行道。

"老三，你立刻让所有人仔细搜查营地，不能放过任何地方，同时保护好圣女。老二和老四，你们随我去追，我倒要看看，是谁狗胆包天，居然敢打我光明神廷的主意。"大金刚一想也是，立刻进行了安排。

他们来到战无命硬接一刀的地方，竟然没有一丁点儿刺客的气息，与童勇交手的地方也不曾留下半点儿气息，应该是被怪异的香味掩盖了。

"他在那里！"一人惊呼，众人循声望去，看到一道暗影一闪进了东江王吴江的营区，不见了。

大金刚眼中闪过凌厉的杀机，那道影子微不可查，只在黑暗中晃了一下，他还是认出了那道暗影就是刚才自营地逃出去的刺客。

"居然是三江堂的人，吴江，你这是在找死！"劈山刀一声冷哼，带着暴风猿和众高手涌向三江堂营地。

光明神廷的动静惊动了各方势力，事不关己，大家都冷眼旁观，看热闹。

这些年光明神廷确实扩张得很快，也嚣张得可以，许多宗门对他们敢怒不敢言。虽然招惹不起光明神廷，但是有人让光明神廷吃瘪，他们还是非常乐意看到的。

欲望山上的火光再次点亮了虚空，劈山刀带着暴风猿、雾水心和一群高手气势汹汹地冲了出来。

"吴江，你给我滚出来！"劈山刀径直来到三江堂营地外，大声呼喝道。

欲望山众人一惊，这是怎么回事，难道刚才光明神廷那出闹剧是三江堂的人干的？三江堂虽然是东陵大陆数一数二的大势力，可是比起光明神廷，还是稍逊一筹，照理说吴江不会傻呵呵地主动招惹光明神廷。

此时吴东的十三太保已聚集了八人，各个太保的手下加在一起，整个营地近百人，也算是这欲望山上最大的势力之一了。

像三江堂这种规模的还有八九家，西陵大陆的望月宗、南陵大陆的铁剑门、北陵大陆的北陵观、法苍大陆的末法城、符苍大陆的万符道、魂苍大陆的九奇门和炼魂教，灵苍大陆除了苍君生之外还有点苍山，每个大陆都有一两股大势力。

"我三江堂与你光明神廷井水不犯河水，不知大金刚为何深更半夜来我三江堂营地外大吼大叫？"吴江一脸怒容地走了出来。

虽然三江堂比光明神廷弱一些，但也不怕光明神廷。一个战王级的金刚，居然敢在自己面前大吼大叫，不管怎么说自己也是三江堂掌门的三公子，至少也与光明圣女是一个级别的。

"速速将人交出来，否则别怪我劈山刀不客气！"劈山刀不屑地望了吴江一眼，冷冷地道。

"我不知道你在说什么！"吴江脸色一变，他确实不明白劈山刀在说什么。

天刚黑，他就被战无命刺激了，那么美的四个女人居然被战无命一锅炖了，在一顶低级帐篷里面鬼混，连隔音都没有，大庭广众之下传出那等声音，就算他将来灭了那小子，抢了四女，也会被各大陆的人笑话他捡人破鞋。

其实这也不能怪战无命，他哪知道走战皇之路还要带帐篷啊，现在用的低级帐篷还是刚买的呢，这种低级帐篷别说没有隔音灵阵了，连火都防不了，能防水就不错了。

吴江怒火冲天，也找了几个女人来，在温柔乡里正爽，被劈山刀一声大吼败了兴致，让他十分恼火。

"你不知道我在说什么？敢做就要敢当，如果你问心无愧，可敢让我们搜上一搜？"劈山刀也怒了。

他见过无耻的，却没见过这么无耻的，若不是刚才亲眼看到那团黑影闪进了三江堂营地，还真会被吴江那无辜的表情骗了，不去演戏真他娘的浪费了。

"莫非大金刚对我找回来的几个女人也有兴趣？若真是如此，请大金刚入我营内一起玩场大无遮如何？"吴江冷笑。

"你……无耻，我劈山刀从不玩别人玩过的女人，你还是留着自己用吧。"劈山刀脸色一变，恼羞成怒。

吴江的名声向来不好，常与属下一起开无遮大会，一群男人与一群女人淫乱，被人所不耻，他居然用这种事羞辱自己，劈山刀大为光火。若非三江堂也有些分量，吴江又是堂主之子，他只怕早就冲上去开打了。

"大哥，六子发现了血迹，那人受伤了，从吐血的方位看，确实是进入了这个营地。"二金刚雾水心快步走来，对劈山刀道。

劈山刀跟雾水心到三江堂营地一侧，果然看到鲜红的血渍，还有余温，显然是刚才吐的。

"吴江，你对此做何解释？不要告诉我那血是你女人的？"血滴正是向三江堂营地方向去的，众人恍然，看来今晚光明神廷发生的事情与三江堂脱不开关系。

众人面露期待，如果三江堂与光明神廷打一场，说不定明天进入绝望丘陵就会少两个可怕的对手。

吴江的脸色非常难看，血还没干，是刚吐的，可是他没让人去惹光明神廷啊，他手下也没有那个胆子敢惹光明神廷的人啊。

大营中除了自己，只有大太保能与四大金刚一拼，可是刚刚大太保正与自己一起玩乐。其他人就算去了也不可能逃回营地。

想到这儿，吴江立刻明白了，有人陷害自己，想让自己与光明神廷火拼，坐收渔人之利。可又一想，这事也有可能是光明神廷故意演的戏，以光明神廷的防守，谁能轻松逃出来，还弄出这么大动静，明显是故意找事，想在进入秘藏前削弱对手实力。

自己短时间内召集了这么多手下，圣女感觉到压力了。想到这里，吴江冷哼一声道："就凭这个能说明什么，如果光明圣女对我三江堂不满，尽管开口就是，何必搞这么一场闹剧，还喷血寻凶。"

三江堂营地外，看热闹的人越来越多，敢上欲望山的人都是有些底气的，虽然惹不起光明神廷，但是看看光明神廷的热闹还是可以的。

杜绝一脸兴奋，准备去三江堂营地附近看热闹，吴江遇到麻烦，他很开心。

杜绝刚走出营地，就听战无命叫道："杜兄，外面出了什么事？这么吵。"

杜绝扭头一看，就见战无命拖着鞋子系着衣带正往外走，不由腹诽，什么叫外面这么吵，你在里面弄得那么吵，也不收敛一点，现在还来问外面为什么吵。

主要是杜绝心情大好，懒得和战无命计较，兴奋地道："走，看热闹去，那只疯狗遇上打狗的了！"

"哦，"战无命漫不经心地望了一眼三江堂那边，顿时大笑道："哈哈，做人不能太嚣张啊，嚣张遭雷劈，这热闹值得看，杜兄等等我！"迅速系好衣服，三下五除二穿好鞋子，战无命跟着杜绝一起往三江堂赶去。

三江堂外，气氛剑拔弩张，吴江一句话把大金刚气得七窍生烟。吴江不认账，一口咬定是光明神廷是故意找事儿。

证据就在地上，吴江连一句解释都没有，看来那人就是三江堂的！

"看来东江王是铁了心要与我光明神廷为敌了！"劈山刀语气阴冷，身上散发出浓郁的杀机。

这时，远处跑来一人，挤到劈山刀身边耳语了几句，劈山刀脸色更加难看。仪裳失踪，找遍整个营地都不见她的踪影，连关押她的笼子也消失了。光明圣女苏菲亚大为恼怒，这么多高手，居然被人抢走了仪裳，等于甩了光明神廷一个响亮的耳光。如果仪裳找不回来，神之墓地钥匙的线索也就没了。

找不回仪裳，光明圣女返回光明神廷也没办法向她父亲交代，四大金刚不惜一切代价也要找回仪裳。看来和吴江这一战是不可避免了。

吴江不知道光明神廷究竟发生了什么事，如果知道个中缘由，他还真不敢跟光明神廷硬碰硬。他以为光明神廷就是想借他三江堂要要威风，不信光明神廷真敢动手，毕竟在没到镇天秘藏之前血拼，对谁都不利。

正因为有这种认知，吴江底气十足，三江堂有近百名弟子赶到这里，比起光明神廷，人数也不少。见劈山刀如此嚣张，他傲气顿生，道："不是我三江堂要与你们光明神廷为敌，而是你们光明神廷太霸道了，你还真以为你们能只手遮天为所欲为……"

"我为你娘……给我杀！"劈山刀一声怒吼，提刀狂劈。

霎时，火元力如狂潮般汇聚过来，一道刺目的火焰刀刀光当空斩下，劈向吴江。

围观众人大感意外，大金刚今天吃火药了，说打就打。看来光明神廷是玩真的啊。众人纷纷猜测，光明神廷究竟吃了多大的亏，大金刚劈山刀如此愤怒，不惜与三江堂在进入绝望丘陵之前就开战。

吴江大吃一惊，他没想到大金刚说出手就出手，光明神廷的高手像发了疯似的，不管是谁，只要是三江堂的，出手就是杀招，好像有深仇大恨似的。

原本三江堂的人和吴江的心思一样，认为光明神廷肯定不敢出手，事发突然，有意战无心，顿时吃了大亏，三江堂被杀了十余人之后才组织起有效的反击。

现场一片混乱，等战无命赶到时，三江堂外已打得热火朝天，战无命心情大爽。看来仪裳对于光明神廷确实很重要，或者说，神之墓地的钥匙对光明神廷很重要。

劈山刀乍然出手，令吴江措手不及，吴江毕竟非常人，迅速反应过来，面对疯狂斩来的火焰刀，他可不敢像战无命那样硬扛，迅速闪身。他一闪身，他身后的人就遭殃了。

劈山刀这一刀劈得异常凶猛，也是因为他一肚子火，这一刀尽了全力。

"轰……"吴江身后的人没想到吴江会闪身避开，仓促间迅速出剑，哪里架得住劈山刀这狂暴的一击，两人顿时口吐鲜血跌了而出。

由于是两人同时出招阻挡，勉强架住了刀势，若是一人抵挡，定会一命呜呼。即便如此，接刀的两人，一人被废，另一人被火元之力侵体，口中喷出的鲜血中都带着火，冒着黑烟。

吴江怒急攻心，劈山刀居然下此狠手，看来今天光明神廷是想对三江堂下狠手了，当着各大陆各方势力的面，被逼到这个份上，他也顾不得了，大吼一声道："给我杀，狠狠地杀！"

吼完吴江第一个扑向劈山刀，刚才吃了暗亏，自然想找回场子。他是忌惮光明神廷的势力，但是被欺到头上，也只能用实力和鲜血证明，三江堂不是软柿子，可以随便捏！

"轰……"吴江的攻击非常直接，他的兵器是一双透明的手套，上面波动着神秘的力量，一拳轰在劈山刀的刀锋上，震得劈山刀连退数步。

在力量之上，吴江胜过劈山刀。吴江就像一只人形凶兽，一旦性起，凶残霸道。

劈山刀退开，吴江身形逼近，却不追击他，而是挤入光明神廷的战王堆里，拳影有如雨点般落下。等劈山刀再次挥刀砍下，吴江已经解决了两名光明神廷的战王。

"轰……"吴江不再避让，狂暴的火元素与锋锐的刀芒遇上吴江的拳套，居然被卸去了元素之力，对吴江没造成任何伤害。

吴江的拳套居然不怕元素之力，战无命眼前一亮，这可是好东西，戴上拳套的吴江更加狂暴，拳速更快，拳套居然还有增加力量和提高速度的功效，对于像战无命这种喜欢抢拳头的家伙来说，是最佳的宝贝。

吴江可不知道战无命惦记着他的拳套，他已经打出了真火。光明圣女是倾城佳人，他垂涎很久了，就因为对光明神廷的敬畏，才不敢乱想。光明神廷先一步挑起战争，那就别怪他下狠手了，要是能把战皇之路上光明神廷的势力全灭了，他就可以把光明圣女收为私房，到时候，还真是牡丹花下死，做鬼也风流了。

劈山刀低估了好色如命的东江王，外传东江王为东陵大陆七王之一，走的是狂猛刚烈的路线，战皇之下无敌手，看来传言非虚。

"东江王修炼了一种功夫，女人在他手上活不过几日，所以此人虽然酒色无度，但修为却越发精深。"杜绝看战无命呆呆地望着吴江，以为他是惊讶于吴江的战力，解释了一句。

他哪里知道，战无命盯着吴江看，是看中了吴江手上的拳套。

"原来如此！"战无命还真是第一次听说这种功夫。

"轰……"吴江一拳将劈山刀的刀打偏，身形一滑，再次撞入光明神廷的战王堆，吴江也是身经百战之人，知道自己的力量完胜劈山刀，可是想杀他却不容易，毕竟二人境界相同。

除劈山刀，其他人吴江根本不放在眼里，只要一有机会，就对其他战王下杀手。四大金刚中的雾水心和暴风猿在三江堂众战王中杀进杀出，造成大量损伤。

三江堂的十三太保虽然战力极强，可是与四大金刚比起来还是弱一些，只有大太保多隆恩能敌住一位金刚，其他都是两三个人围攻一人，这才堪堪抵住暴风猿和雾水心的攻击。

就综合实力方面而言，光明神廷略强一些，但是这里是三江堂的营地，营地周围三江堂也费了心思，布了一些机关，双方杀得难解难分。

第七章

绝望丘陵当真是修炼者的天堂

三江堂主场作战，占了优势，光明神廷渐渐处于下风。

三江堂弟子一上来就吃了大亏，损失了十几名弟兄，哪里还会客气，什么暗器、毒药、符纹，凡是能用上的都往光明神廷的人身上招呼。战皇之路上，要么就别撕破脸，一旦撕破脸，就得往死里整，光明神廷可不是好相与的。

光明神廷一开始打了三江堂一个措手不及，等三江堂稳住了阵脚，又还了回来。劈山刀这个郁闷，三江堂一个个杀红了眼，他后悔把三弟雷无行留在营地保护光明圣女，就应该全带来，雷霆一击，将三江堂击垮。

劈山刀一声长啸，叫光明神廷的高手过来支援，再不来他们就要吃大亏了。

旁观的各方势力都看傻眼了，居然成了一场混战，还没进绝望丘陵呢，就打得热火朝天了。三江堂果然名不虚传，光明神廷三大金刚都扛不住了，还要搬救兵。

最高兴的莫过于杜绝等与吴江有仇的人，巴不得三江堂与光明神廷两败俱伤。

"究竟发生了什么事？这还没进绝望丘陵呢，就打成这样。"欲望山顶的混战把整个欲望山都震动了，双方打得火光冲天、灵气咆哮、吼声如雷。原本在山下扎营的势力也被惊动了，半夜赶上山来，看到这么混乱的场面，大惑不解。

"听说三江堂的色魔东江王调戏了光明神廷的圣女，还偷了她的内裤，光明神廷雷霆震怒。"一位想象力丰富的老兄回答。

"靠，厉害啊，连光明圣女的内裤都敢偷，果然是我辈楷模。哥我采花一生，都没敢打那光明圣女的主意。说真的，光明圣女真他娘的迷死人了，若是哥能一亲芳泽，死也愿意！"有人在一旁赞叹道。

"哇，打成这样，看起来都觉得过瘾！"

战无命对这些脑洞大开的人佩服不已，更为自己的神来之笔得意不已，没想到自己小施手段，就搞得这么热闹，还能安稳地看热闹。

"光明圣女出来了！"

光明圣女一脸傲然，俏得倾国倾城，看得所有男人都失了神。

劈山刀一声长啸惊动了光明神廷留守的人，在绝望山，光明神廷居然吃了亏，光明圣女震怒。仪裳的失踪已然令她怒火冲天，没想到光明神廷的人出去找人也能遇到麻烦。

三金刚雷天行带着光明神廷剩余精锐加入，立刻将阵脚稳定下来。

众人终于看明白了，拼到最后，三江堂必然讨不到便宜，光明圣女和她身边的两人一直没有参战。光明圣女身边两人本就是战王巅峰，刚进入战皇之路，便利用天才地宝涅槃成为战皇。他们的目的一开始就不是参加战皇之路，而是保护光明圣女。

两位战皇一直冷眼旁观，根本没出手。

光明圣女俏脸含怒，也没有出手的意思。

三江堂不是光明神廷的对手，不过这样打下去，光明神廷就算能灭了三江堂，也会元气大伤，争夺镇天秘藏也就失去了优势，这不是光明圣女想看到的。可是她必须找到仪裳，找到神之墓地的钥匙。这是一个两难的抉择。

"圣女，要不要我们出手？"光明圣女身边的护卫皱眉问道。

"你们出手也改变不了情况，三江堂的营地中有战皇的气息，你们若出手，结局就是两败俱伤！"光明圣女苏菲亚的目光投向三江堂营地，他能感应到那股气息，十分隐晦，却令她忌惮。

毕竟三江堂在东陵大陆也是数一数二的宗门，东江王吴江是三江堂的天才，还是三江堂主吴大海的儿子，吴大海怎么可能不派人保护吴江？

"会不会是那人进了我们的营地？"一名战皇讶问。

"我不清楚，当时我并未找到那人的气息，那人绝对是高手，知道如何收敛气息，他唯一留下的气息也被兰香掩盖了，即使是我，也无法根据气息辨认出他是谁。"光明圣女苏菲亚一脸困惑。

"那我们该怎么办？这样打下去，必然会两败俱伤，虽然会重创三江堂，但是我们的损失也会很大，最后也不一定有机会进入三江堂搜寻仪裳。"

"很奇怪，仪裳的事情只有我光明神廷的少数人知道，为何三江堂会知道，还能巧妙地将她救走？"另一位战皇说出了自己的疑惑。

"这件事只能迟一些再说了，眼下只能先放过三江堂，等进入绝望丘陵之后再与他们清算。"苏菲亚看着眼前的情况，艰难地作出决定。

这个决定会令光明神廷颜面大损，可是颜面大损也比伤亡惨重要好。

"住手！"吴江和劈山刀正杀得兴起，一声大喝响彻夜空。

吴江以一敌二，力敌劈山刀和雷天行两大金刚，虽然压力很大，但是短时间内，他也吃不了什么亏。很久没这么痛快地打一场了，居然被人打断了，那声音穿透所有人的耳鼓，直击心灵。

光明圣女身边的男战皇，得到了圣女苏菲亚的暗许，准备结束这场闹剧。

光明神廷的人听到声音，立刻退开，三江堂处于劣势，有人叫住手，也不敢继续上前。

吴江有些意外，光明圣女突然喊停让他摸不着头脑。等他看到一地狼藉，瞬间明白了她的意思，不是光明圣女不想杀他，而是担心损伤太大。

一场混战，三江堂死伤近半，光明神廷也死伤三十余人，再打下去，光明神廷明天能有十人进入绝望丘陵就算不错了。这种损失光明圣女承受不起，三江堂也承受不起。

吴江窝火，莫名其妙地被光明神廷的人大杀一通，死伤四五十人，却没搞清楚对方为什么要来打自己，这是最令人崩溃的。

"苏菲亚，你是什么意思，想打就打，不想打就不打？你把我们三江堂当什么了？"吴江怒视光明圣女。

"东江王，你很清楚这一切是为了什么？今天的事是你们三江堂挑起的，还好意思质问我？"光明圣女被吴江这一问，差点儿暴怒，典型的恶人先告状。

光明神廷吃了个闷亏，丢了仪裳，丢了神之墓地的钥匙，她都不知道回去怎么和父亲交代，吴江居然还敢质问她！

吴江也气啊，这是哪儿跟哪儿啊，什么叫三江堂挑起的，他不就是花了点儿钱从掮客手中买了几个女人吗，又没抢他光明教廷的女人。

"是不是有什么误会？不如二位再仔细想想，我感觉二位都没搞清楚状况。"双方刚要暴发，一个淡然的声音传了过来，一下子将吴江的火气压了下去。

光明圣女看吴江的表情不似作伪，蛾眉轻蹙，望向说话的人。

"支承圣，你这话是什么意思？"光明圣女认识来人，此人正是东陵大陆与吴江齐名的东陵七王之一承圣王支承圣。

光明圣女倒是没发飙，这个人倒是有资格说话。此人与东江王吴江关系很好，今天没出手帮吴江，可见他也不想得罪光明神廷。

"圣女，我很了解东江王，如果他知道是因为什么的话，不会是这样的表现。我猜东江王到现在还不知道究竟因为什么令圣女大动肝火。"支承圣望着吴江一脸委屈的样子，笑了笑道。

"你们关系好，自然帮他说话。"光明圣女脸色一冷道。

"苏菲亚，我吴江做事从不怕承认。我吴江与你们光明神廷向来没有过节，我倒是想听听，究竟是什么事让你们光明神廷大动干戈，要灭我三江堂。"吴江一脸愤怒。

"今天晚上，我们光明神廷的叛徒仪裳被神秘人劫走，我的人亲眼看到那神秘人逃入你们三江堂营地。"光明圣女怒气冲冲地道。

战无命不得不承认，这女人生气的样子也漂亮得让人心动。这虎头蛇尾的乱战让他有些失望，虽然三江堂损失不小，可是活下来的人还有不少。

"那神秘人逃走时中了我一刀，受了伤，刚才我们在神秘人消失的地方，也就是你们营地外发现了他的血迹，难道还会冤枉你们不成？"劈山刀补充道。

吴江一怔，光明神廷难道真出了事，不是故意来找茬儿的？自己的人明明没去劫什么仪裳，鬼才认识那个女人。吴江突然想到，白天他看到一个被锁链锁着的女人，被人带进光明神廷营地，那女人长得很美，可是与光明神廷有关的女人，他可不想沾惹。

"多隆恩，立刻查一下，晚上是哪位兄弟值岗。"吴江对身后的大太保道。

大太保离开一会儿，很快带回十余位身上带伤的三江堂弟子。

"少主，今夜是老七的人值夜。"大太保多隆恩应了一声。

"属下见过少堂主。"几人上前恭敬地道。

"今晚值夜的时候可有可疑人物进入我们营地？"吴江冷冷地问道。

"回少堂主，没有。"

"晚上有谁离开过营地？"吴江又问。

"也没有，兄弟们都在营地喝酒赌钱，没有人离开过，我们还去各营查了岗。"

吴江脸色微变，他相信自己的弟兄不会说谎，可是光明圣女和劈山刀也没有必要说谎，他们也付出几十条生命，那可是几十个战王精锐，是夺取镇天秘藏的希望。

"我相信我的兄弟没说谎。圣女的属下会不会眼花了？"吴江说得斩钉截铁。

战无命暗赞东江王确实是个人物，对自己人还真不错，难怪名声那么差，十三太保还死心塌地地跟着他，就凭刚才那一句话，就将人心收买了。

"既然你说没有，就让我们进营地看一下，三江堂的营地中没什么见不得人的秘密吧？"劈山刀粗声道。

"吴兄，我看可以，光明神廷选几个代表进去，也算是对三江堂的尊重。"支承圣插嘴道。

劈山刀一怔，脸色变了几变，派几个代表进去，万一吴江变卦，那不成瓮中之鳖了？劈山刀将目光投向光明圣女。

"好！"光明圣女骑虎难下，光明神廷丢不起这个人，如果连三江堂的营地都不敢进去，今天光明神廷就真的栽了。

整个欲望峰都传开，这次光明神廷只怕真的栽了。搜查三江堂营地肯定不会有结果，看得出来，吴江没说谎。

"支承圣是什么来路？"战无命问杜绝。

看得出来，支承圣与东江王吴江关系不错，若不是因为吴江的对手是光明神廷，只怕支承圣早就出手帮吴江共同对敌了。

"是东陵大陆的七王之一，东陵圣堂的掌教关门弟子，与吴江关系密切，真要与吴江对上，这个人一定要小心。"杜绝眉头微皱，没想到支承圣也来了。

"看来我们的对手比想象的强大，不仅是这个支承圣，我怀疑三江堂藏有更厉害的暗子，营地中有战皇的气息。"战无命耸耸肩低声道。

"什么？"杜绝脸色大变，惊疑不定地问道，"你能确定？"

"应该不会错，我的感应还是挺准的。你看，光明圣女身边那两位也是刚突破战皇不久，刚才那两人之所以一直没出手，不是不想出手，而是忌惮三江堂营地里那位高手，他们没把握将所有人都灭掉，所以才停战。"战无命指了指光明圣女苏菲亚身边那一男一女。

杜绝眼中闪过一抹冷芒，他感应到那两人身上的气息比他强很多，只是不敢确认是否已然涅槃，战无命的话证实了他的猜测。这两人必是进了战皇之路后涅槃的。这种情况并不少见，很多势力为了保护重要的人，都会这么做。到战皇之路最后阶段，大部分人都会成为战皇，不足为奇。

"看来我们的计划要改变一下，不能与三江堂的人一起进入绝望丘陵，要先行一步。"杜绝一脸担忧地道。

"有战皇的又不只是三江堂，今晚三江堂元气大伤，折损一半战力，明天那些伤残不可能进入绝望丘陵，还得留下几人守护。进入镇天秘藏之前，三江堂不会与我们火拼，那样只会让他人渔翁得利，吴江又不是傻瓜。"战无命否定了杜绝的话。

光明神廷一干弟子围住三江堂大营，劈山刀和暴风猿领着五人进入营地寻找，吴江与支承圣带着人跟在后面。

劈山刀等人很快就找遍了整个大营，大营中除了一个干瘦的老头外，还有几个守营战王和几名赤裸的女人，劈山刀没敢招惹那老者，因为老者正是三江堂潜于帐中的战皇。

老者的身形与劈山刀看到的神秘人的身影一点儿都不像，另外几位战王的战力并不怎么样，不可能是夜闯光明神廷的人。

搜了半天一无所获，劈山刀也很无语，没看到那人，也没看到仪裳，他怀疑自己是不是真的看错了，可又明明见到那人进了三江堂的营地。

"没有发现那人。"劈山刀无奈地回复光明圣女苏菲亚。

苏菲亚的神色十分难看，这是她最担心的结果。

"不久前的确有人到过我三江堂营地外，但是并未进入我们营地，绕了一个圈走了。"一个苍老的声音自三江堂营地传了出来，是那干瘦的战皇老者。

光明圣女一怔，大喜道："这么说先生能认出那人？"

"我也认不出他的面目，那人极擅黑暗元素之力，居然将自己隐于黑暗之中。因为他只在营地外停了一下就绕开了，老朽并未关注。没想到那人如此阴险，居然将祸水引到我三江堂头上。"

"啊！"吴江脸色铁青，居然真有人算计他们，自己被人陷害损失了这么多战王，可惜他不知道对方是谁，否则一定将那人抽筋剥皮！

光明神廷与三江堂的乱战偃旗息鼓，谁都伤不起，到底是谁闯入光明神廷的营地救走了叛徒仪裳也成了谜。

在三江堂没找到仪裳，光明神廷秘密探访了多个营地，依然毫无头绪。以光明神廷庞大的信息网，竟然没查出这欲望山上有谁拥有强大的黑暗元素之力。

时间过得很快，转眼天就亮了，光明神廷折腾了一夜，也没找到丝毫有用的线索。

战无命回到帐篷，进入空间法宝。仪裳虽然被救出来了，可是怎样让她相信自己，也是一件令人头痛的事。

战无命看着仪裳，恍若回到前世，两人虽然受尽苦楚，但却能相互慰藉、相依为命。此刻，仪裳只是冷冷地望着他。

"你安全了。"半天，战无命才说出一句话。

"这不是还在你手中吗？你想要什么？你是什么人？"仪裳一脸漠然地问道。

"我不想要什么，我叫战无命，救你不过是顺手而已。"战无命走上前，双手握紧沉星紫金铁铸的铁链，运转体内金之洞天，强大的吸力将铁链中的金元素缓缓吸走。

仪裳的眼中闪过不屑，她很清楚沉星紫金铁，这种金属比一般的法宝还坚韧，没有钥匙，就算是法宝级别的利器也不可能斩断它。这人居然想用手拉断，简直是天方夜谭。

半响，战无命缓缓松手，对仪裳道："你的修为还在吗？"

"并未受到限制。"仪裳面无表情。

"那好，你试着活动一下。"战无命退后两步。

仪裳冷笑，虽然战无命说得一本正经，但是她心中却十分不屑，不过她还是依言活动了一下手脚。

"叮……"仪裳双手一拉，系住她手臂的沉星紫金铁链居然断了，长长的铁链落下，撞在铁笼子上，发出清脆的声音。

仪裳瞪大了眼睛，一脸不可置信，双脚一分，脚上的铁链也断了。

"这，怎么可能……"仪裳没想到眼前神秘的少年居然如此恐怖，也没见他有什么动作，沉星紫金铁居然就废了。

"你究竟是什么人？来自那里？"仪裳怔了半响，又一次问道。

"我不是你们熟悉的八个大陆的人。"战无命道。

"你是外域之人？"仪裳警惕地望着战无命。

"外域？什么外域？"战无命问道。

"你别装模作样了，光明神廷就是外域的走狗，他们只是借光明神廷的手，暗中控制玄武大世界的八大陆而已。你既然是外域之人，那你就打错主意了，我是不会成为外域人的走狗的！"仪裳一扭脸，傲然地道。

战无命怔了半晌，他没想到，在八大陆横行无忌的光明神廷居然是外域力量渗透进来的，如此看来，破炎大陆之外的八大陆也不是太平世界。他原本以为是九大陆之间的争端，八大陆联手封印了中央大陆，现在看来，还不是这么简单。

"玄武大世界是什么地方？我们这里不是九玄大世界吗？"战无命想了想问道。

仪裳像看傻瓜似的看着战无命，讥讽道："玄武大世界与另外八域合称九玄大世界。玄武大世界之外的域都算外域。"

"你是说八大陆合称玄武大世界，玄武大世界只是九玄大世界的一部分？"战无命点点头。

仪裳说的这些是八大陆人尽皆知的事，却见战无命一脸迷茫的样子，以为他在耍自己玩，登时一扭头，不再搭理战无命。

战无命见仪裳不搭理自己，顿觉无趣，耸耸肩道："如果是这样的话，那我也是玄武大世界的人。不知道你听说过没有，玄武大世界原本是九块大陆，我来自中央大陆，并非你所说的外域，或许是我们大陆被封印得太久了，许多传承和消息都不全，我原本以为九玄大世界指的是以中央大陆为中心的九块大陆。"

"啊，你真是来自中央大陆？怎么可能，听说每次战皇之路开启，很少看到中央大陆的人，有也非常弱，连白银战皇之路都进不了，你怎么会这么强？"仪裳眼前一亮，惊问。

"如假包换，再贫瘠的草原也可能生出好马，也许我就是那匹好马。"战无命自嘲地道。

"好了，话也说完了，你想怎么样？"仪裳整了整衣衫，突然迸出一句让战无命很无语的话。

战无命也不知道要怎样对仪裳，放她出去吧，很危险；不放她出去吧，仪裳肯定会误会自己。

仪裳有神之墓地的钥匙，战无命早就知道，也很想要，但是他救仪裳的目的并不是为了那钥匙。

战无命想了想道："你在我的空间法宝里，这里是一方小世界，可以暂时住下。我们还在欲望山，昨天晚上我将光明神廷引到了三江堂，他们血拼了一场，不过双方都保存了实力，现在放你出去非常危险。"

"话都是你说的，我在你的空间法宝里，当然是你说了算。"仪裳翻了战无命一个白眼。

"我可以放你走，进入绝望丘陵之后，在那里，你逃生的机会大些。我救你只是适逢其会，光明神廷杀了我师兄，我要他们付出代价，光明神廷的敌人就是我的朋友。"战无命必须找一个借口，眼前这个女人就像一个刺猬，他即使想接近她都不知该如何下手。

"你师兄被光明神廷的人杀了？"仪裳将信将疑，自己有神之墓地的钥匙一事只有光明神廷高层知道，眼前的少年明显不是光明神廷的人，应该不会知道。

"不错，战皇之路开启，我们一起进来几十人，现在只剩我和我的女人，除了走散的师兄弟，大部分死在光明神廷手下，就是为了一株灵药。我发誓要让光明神廷的人付出代价！"战无命继续编故事，他太想接近仪裳了。

仪裳不语，她知道光明神廷的人向来霸道，看上的东西一言不合就动手抢，从不讲道理。中央大陆的战王非常弱，若真有什么天材地宝被光明神廷看上了，只怕连对话的机会都没有。她对战无命的遭遇生出一丝同情。

"我现在加入了三绝门杜绝的团队，我可以放你出去，但是你必须保证，不能将杜绝和我们的团队牵扯进去，我们现在还没有能力与光明神廷的人正面冲突。我听光明神廷在三江堂外称呼姑娘仪裳，说是他们的叛徒，想必你对光明神廷的情况很熟悉，希望你能帮我对付他们。"战无命想了想道。

仪裳眼中闪过深切的恨意，想到自己的身世和遭遇的一切，狠狠地点了点头，深吸了口气道："欲望山上苏菲亚身边的人并不是光明神廷进入战皇之路的全部力量，只是以圣女为首的一支而已。像光明圣女苏菲亚这样的力量，至少有五支，分别由苏菲亚的哥哥苏黎世和光明三子带领，这几个人都是光明神廷的不世天才，每个人的战力都不弱于圣女苏菲亚。有传言称，苏黎世比苍君生更可怕。"

"啊！"战无命一怔，他本以为苏菲亚他们在欲望山上的力量已经很强了，没想到居然只是光明神廷进入战皇之路力量的五分之一。看来，光明神廷能让各路势力畏惧不是没有原因的。

绝望丘陵的风沙已停，各方势力陆续进入了，所有人的目的地都是那道冲天而起的光华，那里是镇天秘藏的所在地。

杜绝的团队第一时间进入绝望丘陵，与三江堂和光明神廷这些大势力刻意拉开了一段距离，谁都不愿意与其他人分享镇天秘藏中的东西，所以进入绝望丘陵的人，都是潜在的竞争对手。

战无命刚走进绝望丘陵，感觉像是陷入泥沼似的，天地灵气如铅一般沉重，一步踏入，浑身骨骼都咯吱咯吱作响。

百倍重力，即使战无命肉身强悍，也举步维艰。再看其他人，脸色通红，也没能马上适应重力转换。特别是一只脚在绝望丘陵外，一只脚迈进绝望丘陵内时，若是没有准备，都有可能骨折。

"战兄弟，感觉怎么样？"杜绝脸色通红，走了几步之后，停了下来，深深地吸了一口气，适应绝望丘陵的重力。

"在这种地方修炼，每个人都能以最快的速度成为同阶顶尖的人物。"战无命感叹了一句。

绝望丘陵真是个好地方，如果破炎大陆有这么一个好地方的话，就算天地间没有元气，也能让破炎大陆的修行者走出一条不同于其他大陆的道路来。

杜绝眼前一亮，明白了战无命的意思，点头道："战兄看得比我们透彻！"

"在绝望丘陵淬炼体魄，必将受益无穷。如果有一天，我们的肉身能在这里跑，那么，绝望丘陵之外，就没有什么力量能减缓我们的速度了。"

战无命深深地吸了口气，缓缓张开双手，感受着天地间自然孕化的重力磁场。

"若真能在绝望丘陵自由奔跑，那么这天地间确实没有什么可以束缚我们的肉身了。战兄与人看问题全然不一样，高见，铁铮佩服！"一位粗豪的汉子赞了一声，不由高看了战无命几分。

"这一路到镇天秘藏只怕有千里，以这种速度，一天能走百八十里算好的了。我们有的是时间强健体魄。"战无命笑了笑。

这里有浓郁的土元之力，其他元力全都被排斥在外。浓郁的土元力形成奇特的重力场，介于法则和规则之间。战无命感悟到法则与规则的演变过程。

"看来战兄很享受这段旅程，那就祝我们一路顺利吧。"杜绝吐出一口浊气，好似已经适应了这片重力空间，活动了一下双手，说："我们出发吧！"

战无命看了一眼祝芊芊等人，只有青媛的状态不太好，毕竟修为低了些，虽然肉身被战无命改造过，但是修为的差距毕竟在那里，"青媛，牵着我的手。"

青媛看了看祝芊芊等人，咬咬牙，倔强地摇了摇头，她不想成为战无命的累赘，进入战皇之路后，她一直是战无命等人的累赘，总需要战无命分神保护她，这让她感觉自己很没用。

战无命笑了笑："那你走在我前面，我在后面看紧你，可别溜掉了。"

青媛笑了，她知道战无命担心她掉队，心中十分甜蜜。

一天过去，各个团队逐渐拉开距离，实力强的与实力弱的开始两极分化。实力强的一口气走半天都不休息，实力弱的走上个把时辰就开始减速。

天将黑，跟战无命他们一起出发的几个团队都不见了，附近只有一个两个之前没见过的团队，正在找地方搭营休息，长途奔走之后补充灵气是非常必要的，真到了灵气耗完再休息，很容易被人一锅端了，保留逃命的体力是非常有必要的。

"杜兄，我们也找个地方扎营吧？"战无命怜惜地看了看倔强的青媛，这一天下来，她硬是跟上了众人的脚步，没拖后腿。一个三星战王竟有如此耐力，团队其他人都大为赞赏。相较而言，青媛比许多巅峰战王的表现都好，大家暗自惊叹，战无命与他四位夫人的体质都胜过常人。

"战兄，我也想扎营啊，可是后面一群疯狗紧追不舍，显然对我们意见很大！"杜绝无奈地苦笑道。

"哦？"战无命微讶，他没感觉到后面有人啊。

杜绝的耳朵特别灵敏，有顺风耳之称，战无命皱着眉问道："杜兄可是听到什么了？"

"应该是三江堂的人，不知道是不是哥哥我帅过头了，他们居然这么惦记我，一日不见就追上来了。"杜绝耸耸肩道。

"三江堂，估计不只记挂着杜兄你，还记挂着我呢。东江王还欠我宠物一顿大餐呢，他这么急着送来，我宠物的晚餐也算是有着落了。"居然是三江堂，战无命眼里闪过凌厉的杀机。

吴江这么念念不忘地跟着自己，就是不想放弃祝芊芊等人，对于一个天天惦记着自己女人的人，战无命唯一的想法就是让他以后再也做不了男人。

"要不，我们今晚就试试，看能不能把你宠物的这顿饭给解决了。"杜绝听了战无命的话，语气也轻松起来。

战无命并未将三江堂的人看在眼里，想痛快地干上一场。杜绝也对三江堂的行为非常愤怒，刚进入绝望丘陵第一天，三江堂就纠缠不休，还真把自己当软柿子了。虽然他们有一个刚突破的战皇，但是杜绝并不担心，在绝望丘陵，比拼的可不是境界，而是耐力和体魄。

比拼体魄，东江王吴江的肉身之强，在八大陆的战王中都是能排上号的，极为难缠。不过杜绝不怕，因为自己这边有战无命。杜绝之所以邀请战无命加入自己的团队，就是看重了他的肉身之力居然可以与东江王吴江分庭抗礼。

"就这么干！"战无命冷冷一笑，打量了一下四周的环境，绝望丘陵中没有什么险要的地方，每寸土地都有无数剑痕，每寸土地都无比坚硬，在这里的特殊规则下，这片土地越来越结实。

"大家先恢复一下，我这里有些复元丹，或许对大家有些帮助。"药王史若男一听有架打，登时兴奋起来，大方地掏出一瓶复元丹。一打开瓶子，浓浓的药香顿时让众人精神一振。

　　杜绝接过一颗，毫不犹豫地吞了下去，顿时感到一股暖流流向全身，一日的疲累尽释，白天消耗的灵气得到补充，赞道："好药，真是好药！"

　　团队每个人都分到一颗，迅速恢复了灵气，提升了战力。

　　"这药是哪里买来的，真是好东西。"杜绝问道。

　　"是我自己炼的，只要有药材，我可以炼出更多。"史若男傲然道。

　　"内子在家乡有药王之称，擅长炼丹之术。"战无命看得心都疼了，史若男是不当家不知柴米贵，复元丹在这绝望丘陵是最好的恢复体能的药物，她就这么大方地给了出去，真是个败家娘们！

　　八大大陆有擅长炼符的，有擅长阵法的，擅长炼丹的宗门却不多。破炎大陆因为元气稀缺，提升太难，修行者不得不寻找辅助之法，因此，炼丹之术反而是最强的。

　　"太好了，想不到战兄身边还有这样的贤内助，这可是各大宗门求之不得的稀缺人才，战兄可有宗门？"杜绝一听，眼睛都亮了，立刻起了拉拢之意。

　　战无命好笑地望着杜绝，没好气地道："杜兄还是干点儿正事吧，也让身后那群老鼠享受享受。"

　　杜绝一拍脑袋，不好意思地笑了。

第八章

一个丧家之犬还敢口出狂言

吴江心中的怒火从点燃起，到现在都无法浇灭，先是顾虑马上要进入神藏之地，没能干掉战无命那个无名小卒，眼睁睁看着他带着四个绝色女子在自己眼皮底下鬼混。后来又被光明神廷打上门，莫名其妙地打了一仗，死了几十人。

明明是光明神廷理亏，吴江却不敢跟他们理论，硬忍下了这口气，吴江已然怒火攻心。

东江王身为东陵大陆七王之一，有自己的骄傲，昨晚，被光明神廷在众人面前狠狠抽了一个耳光，他必须找人将火发泄出去，他想到了战无命的四个女人。

一进入绝望丘陵，吴江就急不可待地追了过来。

一开始大家几乎一起出发，各大势力并未拉开距离，三江堂也不好立刻出手，谁也不知道会不会被其他人抓住机会来个螳螂捕蝉黄雀在后，他一直在等待机会。

到了下午，杜绝的队伍突然加速，使得他们追赶起来竟有些困难，杜绝的队伍人数虽然少，但个个都是精锐，吴江的队伍中还有伤者和修为略低的人。

天将黑时，三江堂已经落后杜绝他们挺远了。不过吴江没有放弃，各个团队晚上必会停下休息，杜绝他们跑不远。

天色已晚，绝望丘陵的夜晚，只有赤色的泥土散发着微弱的粼光。

赤土大世界的天空中无星无月，却有一种神秘的光，没人见过赤土大世界苍穹的真正模样，八大陆流传着一种说法，说战皇之路各大世界的苍穹是有顶的，每个世界都被巨大的盖盖着。

"有蛇！"有人惊呼，打破了绝望丘陵黑暗中的宁静。

吴江原本有些走神的思绪瞬间归位，"放屁！绝望丘陵哪里来的蛇？"吴江怒斥。

"少堂主，确实有蛇，郑三被咬了，有毒！"很快，一名三江堂弟子抓着一条暗红色的小蛇跑了过来，这种蛇身体的颜色与赤土的颜色十分相似，又是在晚上，确实让人防不胜防。

吴江脸色大变，蛇已经死了，受伤的弟子被咬伤的同时杀了它。

"郑三怎么样？"吴江问道。

"郑三死了！"那人黯然回应。

"有谁知道这是什么蛇？"吴江一脸狰狞，一口咬死一个战王巅峰，何等剧毒。他从未听说绝望丘陵有这种毒物啊。

"提醒各位兄弟，小心……"

"啊……"

"蝎子……"

"蜘蛛……蛇……"一连串的惊叫打断了吴江的话，一种不好的预感升起。

"点亮火把！"多隆恩高喝。

吴江不想惊动不远处的杜绝等人，因此，一直摸黑前行，反正这绝望丘陵只是重力加倍，没有什么危险。没想到突然出现这么多可怕的毒物。

一片惨叫声中，火把亮了起来。在火光的映照下，三江堂的人才发现，脚下毒虫密布，颜色与土地的颜色十分相近，若非火光照亮，根本就看不见。

在百倍重力之下，这些毒物的行动速度并不快，但是因为他们之前没注意，很多毒物已经爬到他们身上了。毒物造成十余人死伤，几个幸运的人胡乱吞下一堆解毒药，暂时保住了性命，大部分被咬的人瞬间毒发身亡。

多隆恩带着几人将毒虫消灭之后，三江堂能行动的只剩下四十余人，刚才吞药减缓毒发的变成了累赘，多隆恩愁眉不展。

"什么味儿?"吴江皱了皱眉，嗅到空气中有一股异味，像是虫子尸体散发出的味道。

"看那些毒虫的尸体……气味是虫尸发出来的……"多隆恩低头一看，那些被他们拍死的毒虫的尸体像是被什么东西腐蚀了般，瞬间化成脓水，发出奇怪的恶臭。

"不好，快熄灭火把……"多隆恩意识到了什么，可惜还是迟了。

"轰……"一团火光炸开，以极快的速度化成一片火海。

怪异的气味是一种气体，这种气体挥发到空气中，与火把接触，顿时燃烧起来，引燃了所有怪异的气体。

跑了一整天，原本就体力不济、灵气所剩无几的三江堂弟子，又有十余人被火海吞噬，在这绝望丘陵，他们连逃跑都没有力气。

"呼……"修炼水元力的人聚起不多的灵气，洒出一片水珠，火势稍稍弱了一点，但并未完全熄灭，已化成火人的几人毫无章法地扑腾着。

这种火原本是烧不死战王的，可是大家的灵力都消耗得差不多了，很难快速聚集战气撑起护体气罩，被沾在身体上的气体引燃之后没办法快速扑灭。火源找到载体，越燃越烈。

"离他们远一点。"吴江的脸色变得十分难看。

毒虫腐化后散发出的气体有很强的附着力，而且见火就燃，如同燐粉一般。那些人着火是因为他们身上附着这种气体，那气体如同毒素般转化着他们的肉身和骨骼，使他们的肉身也挥发出那种难闻的气味。

看着这诡异的毒阵，吴江意识到这不是偶然，这是针对他们三江堂设计的陷阱。

吴江看向远处火光之外，那是杜绝他们的营地。

"少主，战无命身边有一个用毒高手，是四个女人之一，极擅用毒虫。这些毒阵与他们脱不了干系，看来杜绝已经发现我们了。"秦歌凑了过来。

吴江一巴掌将秦歌抽得翻了个跟头，怒吼道："你早知道战无命身边有用毒高手，为什么不提醒我？"

秦歌都被打傻了，闷着头没敢反驳，他向吴江汇报当时的情况时提到过这个用毒的女人，当时吴江还说，越毒的女人越喜欢，这时又怪自己不提醒他。秦歌心里想着，嘴上却不敢说，忙道："是属下的错！"

吴江哼了一声，他自然记得秦歌说过的话，可是指挥失当的黑锅总要有人背，正好秦歌撞上来。

"战无命，我要扒你的皮！"吴江火冒三丈，他低估了战无命的阴毒。

这毒阵实在歹毒，居然有这样的毒虫，死了之后，身体迅速返本归源，化成稀有的木毒之气。木毒之气不仅能附着和侵蚀人的肉身，还遇火便燃。最可怕的是，木毒之气附体之后，只要遇到火焰，便会在高温之下将人的肉身转化成可燃的木毒之气。这么歹毒的毒物吴江闻所未闻，八大陆从未听说有如此可怕的用毒高手。

吴江看了一眼仅剩二十余人的队伍，心头的杀意无法抑制，双眼射出凶狠的光芒，令人胆战。

杜绝的营地，灯火通明。这是一片山丘间的洼地，扎营者极少扎在这种地势低洼的地方。

吴江带着三江堂高手赶到杜绝的营地外，见山谷中一座座营帐紧密相连，十分安静。

"少主，属下感觉不对劲儿！"多隆恩皱了皱眉头，低低地提醒道。

"营地太安静了，不应该啊。"有人附和。

"去四周查探一下，如果他们不在营地，我要知道他们在哪儿？"吴江的眼睛都红了，战无命已经成了他的眼中钉、肉中刺，今天一定要杀了他，不然吴江死也咽不下这口气。

"啊……"吴江正思考着怎样杀掉战无命，突然传来凄长的惨叫，出去探查的弟子遇到了敌人。

"啊……"又一声惨叫自另一个方向传来，吴江一怔，不知道去哪个方向好。

"少主，我们不宜分散，杜绝这小子诡计多端，不知他们用的什么手段。"多隆恩见吴江犹豫，怕他再作出错误的决定。

吴江点头，他们此刻十分被动，敌暗我明，主动权在杜绝等人手中。

吴江带着众人向第一声惨叫传来的方向赶去，很快就发现了三江堂弟子的尸体被钉在一根低矮的乔木上，浓烈的血腥气刺激得吴江双眼通红，都快喷火了。

"上面有字……"一人发现尸体上挂着一条白色的布。

"吴江，洗涮干净，哥的宠物喜欢干净……"

"啪……"嘴快的兄弟还未念完，就被一记耳光扇了出去。

那人一声惨哼，脸颊红肿，嘴都被打歪了，此时他才意识到刚才自己念的是什么意思，登时冒出一身冷汗。

"战无命，我要活扒了你的皮！"吴江暴怒。

只有战无命能说出这种话，昨天两人交手过后，战无命就说要把他喂魔兽，此刻居然写在这白布上，这是赤裸裸的羞辱。

多隆恩脸色十分难看，不等吴江发话，一挥手一股浑厚的战气轰在那白布上。

"轰……"一股狂暴的灵气自尸体下涌出，冲向三江堂众人。

"不好，是灵爆阵……"有人惊呼。

吴江迅速后退，心中的恨已无法言语。战无命和杜绝太阴毒了，居然在尸体下放了灵爆阵，用尸体遮掩着灵石，他们这是算准了那条白布会被吴江的人毁掉。

多隆恩轰出去的战气毁了布条，同时也引爆了灵爆阵。

灵爆阵威力的大小主要取决于灵石的品质和数量，巨型灵爆阵连战神都能炸死，天地灵气暴动，会引发元素混乱，进而引起人体灵气暴动。经脉中灵气相冲，若是身体的承受力差一些，不死也是重伤。

面前这个灵爆阵威力不小，战无命和杜绝为了对付他们，还真是舍得。这种冲击力在平时，对战王根本不足以致命，但是在这有百倍重力的绝望丘陵，就算感应到暴乱的灵力过来了，也不可能迅速避开，只能眼睁睁被灵潮淹没，体内灵气跟着一起暴乱。

这群人本就疲惫不堪，灵气殆尽，在百倍重力之下，很难将灵气护罩撑起来。

吴江因为肉身强大，所以后退的速度很快，灵爆阵只让他身形跟跄了一下。三江堂其他人就没这么幸运了，离灵爆阵最近的三江堂弟子被炸成了碎片，远一点的有死有伤。有几个反应快的，以灵器护体，灵器虽被炸裂，所幸保住了性命。

吴江这群人确实是身经百战的精锐，刚有人喊出灵爆阵，众人就迅速拿出灵器护体，离得近的几人，立刻靠在一起，组成防护阵。因此，灵爆阵虽然十分凶险，但只炸死了六人，轻重伤者十一人。

吴江脸都黑了，就这么一会儿，他们的队伍就又损失了十二人，受伤的十一人中有六人丧失战力，成为累赘。

在这绝望丘陵，受伤就等于被淘汰，所幸这里离欲望山只有一天的行程，幸运的话，伤者还可以返回欲望山。只要出了绝望丘陵，失去重力压制，或许还能恢复。不过吴江也知道，战无命和杜绝不会给他这个机会。

"走，我们马上离开这里！"吴江道。

之前到营地四周查看的四名弟子被袭杀，现在又死掉六人，重伤六人，另外五人虽是轻伤，但已经影响战力了，他身边可战之人不足十个，此刻面对战无命和杜绝，已处劣势。虽然他有战皇守护，可是在这绝望丘陵，战皇的优势并不大，战皇的领域因为百倍重力而被压缩得很小，很难大规模压制对方，也就不能对对方团队形成威慑。

吴江除了撤退没有第二条路可走。

"带上他们！"吴江没丢下那几名重伤战王。

给他们一些时间，他们还是有机会返回欲望山的。至于最终几人能活着离开绝望丘陵，也只能听天由命了，吴江也算是尽到了做老大的本分。

吴江心头的阴影越来越大，战无命和杜绝到现在还没出现。他实在没想到，这两个人走到一起，居然如此可怕。

吴江不是第一次和杜绝交手，他很清楚，杜绝虽然也很强，但是太骄傲，很少用诡计，可是跟战无命组队之后，竟然变了，变得如此恐怖。吴江心里对战无命生出莫名的恐惧。

看得见的敌人不可怕，最可怕的是看不见的敌人。到目前为止，吴江连战无命和杜绝的影子都没看见。

他们在哪？下一步的计划是什么？自己再往前走会不会又踩进他们的陷阱里？这些问题在吴江的头脑中不停翻滚，让他备受煎熬。

吴江现在后悔不迭，当初想对付杜绝等人就是一个错误！

"怎么，来了也不到我们营地喝杯茶，这么急着走啊？"

吴江等人刚准备撤走，一声轻笑自吴江过来的方向传来。在百倍重力下，还用这种懒散的音调和调侃的语气说话的只有一个人——战无命。

不远处一字排开站着十几个人，战无命身旁，四女风姿绰约，轻纱罩面，在微弱的夜光下，更是飘飘若仙子。

吴江回头看了看身后，身后也站着十几人。杜绝将人分成两拨，一拨战无命带队，另一拨自己指挥，两队人将吴江困在中间。

看来对方早就打算要全歼自己这些人了，吴江心中泛起一丝寒意。

"杜绝，你真是丢武者的脸，竟要这种小伎俩……"

"成王败寇，你就不用找借口了，我家魔兽早就看上你了。你是自己动手还是要我动手啊？本人动作粗撸，动手可是会痛的哦。"战无命打断了吴江的话，一脸调侃。

"战无命，我要让你生不如死！"吴江狠狠地望着战无命，咬牙切齿地吼道。

战无命笑了，指着吴江对身边的人说道："看到没有？丧家之犬，都要逃跑了居然还敢说要我生不如死。"

战无命身边的人哄然大笑，吴江的脸红得都要滴出血了，低吼一声："杀出去！"

战无命望着吴江蛮牛般带着三江堂弟子向自己冲过来，好笑地摇了摇头。

暴怒的吴江，连绝望丘陵的百倍重力都没能减缓多少他的速度，他就像一只狂暴的魔兽。三江堂弟子看到吴江的神勇，顿时斗志大盛。他们很清楚，如果不一鼓作气冲出去，他们就成了瓮中之鳖，今天就得葬身此地了。

多隆恩跟在吴江身后，与吴江并排冲在最前面的是战皇厚叔。厚叔虽然肉身之力无法和吴江相比，但他有战皇的灵气和力量，他的主要责任就是保护吴江。

战无命很欣赏吴江这一往无回的气势，难怪被称为东陵七王，相比之下，破炎十王与东陵七王之间的差距太大了。即使对方没用战气，战无命也感觉到一股森然的杀机笼罩着自己。

吴江身上有尸山血海的戾气，这种人不一定杀过很多人，但绝对经历过残酷的训练。这一切对战无命而言并不重要，重要的是如何打倒对手。

战无命轻蔑地望着看似勇猛的东江王，轻轻一挥手。

战无命一挥手，他身边一排人轻巧地从背后拿出一张闪着幽光的精致弩弓，根根短矢如光影般划破虚空，射向冲过来的三江堂弟子。

吴江的行为就像是一头冲向陷阱的凶兽，虽勇猛，却愚蠢。

吴江一声怒吼，身形瞬间涨大一倍，像一头巨大的棕熊，双臂一挥，射向他的几点幽光被拍落在地，他身边的厚叔轻松闪过弩矢。可惜不是所有人都有吴江的力量和防御力。

多隆恩一声怒嚎，勉强避开一支弩矢，惊出一身冷汗，若不是他在吴江身后，射向他的弩矢被吴江拍偏了，只怕他也躲不开。多隆恩刚松一口气，就听到身后一连串惨叫声此起彼伏，中间夹杂着秦歌绝望的惨呼，可惜他已无能为力。

吴江心中悲愤莫名，没想到只有世俗中用得上的弩弓，在绝望丘陵居然有意想不到的作用。

在绝望丘陵，所有修行者都是被折断了翅膀的鸟，没有快速行动的能力，没有飞跃纵横的天赋，连灵气都消耗得更快，在这里，他们跟普通人一般无二。

在这种情况下，原本对修行者没有一点儿威胁的弩矢突然变得实用起来，这种感觉让人绝望。

战无命拍了拍手，望着欲哭无泪的吴江，笑了，道："与我为敌，你真是蠢。现在，你凭什么和我斗？"

不远处，杜绝怔怔地望着眼前的一切，吴江身边只剩下战皇和多隆恩，其他人非死即伤。战无命身边的人不慌不忙地给弩弓装上短矢，只要他们愿意，随时可以给那些痛得嗷嗷叫的三江堂弟子补上一箭，结束他们的痛苦。

胜利来得太轻松了，杜绝之前从未想过。

他很清楚吴江的可怕，在之前的交手中，他虽然不曾失败，但也没占到便宜。昨天晚上三江堂与光明神廷一场混战，三江堂损失了近四十人，光明神廷也没好到哪去，等于是两败俱伤。此刻，战无命竟然轻描淡写地就废掉了三江堂二十多人，自己的队伍甚至没出手。

战无命实在太可怕了！

战无命那慵懒无赖的样子在众人眼中瞬间高大起来。

杜绝的人与战无命的人合到一起，吴江和多隆恩以及他们身边的战皇还站在原来的地方，他们没有把握躲过新一轮弩矢的攻击。

"战无命，是男人就与我通通快快地打一场，我们在欲望山的战斗还没结束！"吴江突然迸出这么一句话。

吴江很清楚，这绝望丘陵很可能就是他的葬身之地。他虽然自信，但是还没自信到凭三人斩杀杜绝一个团队！

他可以用遁符，但是他不甘心，不甘心这么窝窝囊囊地败在一个无赖手里。

"靠，现在和我谈男人，太晚了，你们都成这样了，还有什么资格和我谈？只要我愿意，随便一轮散射，你们就得变成刺猬，我还可以将箭矢换成带着剧毒的。"战无命一脸不屑地逗弄着吴江。

吴江此时恨不得生吃了战无命，"我要和你决战，你敢不敢？"

"既然你这么热情，我不出手都不好意思了，怎么说你也是东陵什么王来着，我怎么也得给你留点儿颜面，让你像个男人一样死去。"战无命向前走了一步。

"战兄!"杜绝出声制止了战无命,他们已然胜券在握,没有必要冒这个险。

战无命向杜绝摆了摆手,道:"没事,杜兄帮我押阵就好,别让其他人跑了。"

"命哥哥怕他们身上有遁符,如果命哥哥不出手,他们可能会用遁符逃走。"青媛看穿了战无命的想法,悄悄对杜绝说道。

她们见过秦歌使用紫遁符,吴江手下十三太保都有这种逃命法宝,吴江怎么可能没有。

杜绝心中一阵感动。如果不是战无命算无遗漏,他们今日根本不可能大获全胜,按他的意思,早就逃了,所有人拼尽全力尽量与三江堂的人拉开距离。战无命没有,他不喜欢留下潜在的威胁。

今晚的一切全都是战无命一手布置的,最后还变戏法般拿出一堆弩矢。

战无命为了留下吴江,竟然亲自出马。虽然在欲望山上那一拳二人不分伯仲,但吴江东陵七王绝非浪得虚名,而战无命的名字,他之前连听都没听说过,杜绝担心战无命会吃亏。

杜绝给身边的人使眼色,一旦战无命遇到危险,立刻放箭,就算吴江等人用遁符逃走也没有办法。

比起杜绝的忧心忡忡,战无命的四个女人倒是气定神闲。

战无命步子轻快地走到吴江身前不远处,百倍的重力对他的影响并不大。在外人看来,战无命一派轻松,只有战无命眼中满是凝重,他感觉到吴江体内有一股强大的力量正在苏醒,像是一头蛰伏的凶兽,一直藏在吴江的血脉中,只有面对生死时,那股力量才会苏醒,战无命心中升起危机意识。

吴江缓缓地向战无命走近,每一步好似重若万钧,他对战无命的恨意无以复加。眼前的人不只肉身之力惊人,还有令人恐惧的智慧,这种敌人是最可怕的。

战无命活着，就是自己最大的威胁，吴江要在用遁符逃走之前杀掉战无命，那样他才能放心，否则战无命将会成为他的噩梦。

"嗷……"吴江一声狂吼，如猛兽扑食前的吼声般，棕熊似的身体往前一跃，两条手臂瞬间涨大，有如两条巨蟒，向战无命攻去，威猛而狂野。

杜绝眼中闪过惊骇之色，吴江居然在绝望丘陵百倍重力下如此迅猛，如果东陵七王都有这么恐怖的战力，那他西陵大陆就要重新审视这些天才了。

战无命见吴江一脸怒气、来势汹汹，并没有冲上去硬碰硬，而是侧身闪过了吴江的拳头。

吴江一击落空，两条巨蟒似的双臂砸在地面上，居然把地面砸出两个一尺深的浅坑。

远处杜绝和众人看得大骇，绝望丘陵的地面比金铁还硬，吴江竟然能砸出两个坑，他的拳头是肉做的吗？这要是打在身上，谁还活得了？

众人的目光都被吴江的拳头吸引了，都忽视了战无命轻巧的步伐，只有那位战皇老者眼中闪过惊讶之色，如此轻松地避过吴江挟怒含威的一拳，此子不容小觑。

吴江转身回步，抬手又是一拳，战无命这次没给他抡圆一拳的时间，吴江的手臂刚抬起来，战无命一脚已然踢到。这一脚正好踢在吴江手肘侧面，吴江被这一脚踢得横移出去好几步，战无命也被震得倒退了两步。两人的距离再次拉开。

战无命这一脚踢得非常妙，中途打断了吴江的拳势。战无命看不透吴江，直觉告诉他，吴江并非表面这么简单，他体内可能藏着更可怕的东西。

吴江惊讶于战无命居然能算准他出招的轨迹，在他蓄满力量之前打断他。

战无命踢出一脚之后，身形陡然趋近，攻击的招数如滔滔江水连绵不绝。拳如山、膝如杵、肘如锤，战无命的进攻，一拳赶一拳，身体仿佛一个可以自由旋转的陀螺，总是从你想不到的地方出击，吴江不得不全力防守。

战无命这种打法也是不得已，他不敢让吴江缓过气来，怕激发出他体内那股恐怖的力量。

吴江越打越憋屈，他根本发挥不出自己力量的优势，只能被动防守，这不是他想要的结果。但是不管他如何怒吼，战无命一拳接着一拳，一直占着先机。

绝望丘陵的百倍重力下，每挥出一拳都十分困难，战无命居然有如此可怕的速度，看得众人目瞪口呆。

"轰……轰……轰……"周围的人已经记不清战无命与吴江有多少次硬碰硬了，两个肉身强大的人对轰的声音听得大家心惊肉颤。

战无命的动作有如行云流水，吴江的动作有如巨猿搬山，战无命主攻，吴江主防。一直被战无命压着打的吴江面红如血，怒发冲冠，濒临暴发。

"轰……"战无命一拳击出，吴江身体微侧，避开重要部位，硬受了战无命一拳。众人听到一阵令人牙酸的骨骼呻吟声。

吴江闷哼了一声，侧身用手臂接下战无命一拳，身体借着这一拳之力，打着旋撞入战无命怀中。

战无命急退，依然被吴江的拳风扫中，好似被大山撞中心口，张嘴呼出一口浊气，身体倒跌出十几步。

战无命没想到，吴江居然以伤换伤，宁可硬生生承受他一拳也要扭转被压制的局面。

吴江狠狠扭了几下手臂，一阵骨头交错的咔嚓声传来，原本折断的手臂就这样接上了，看来刚才战无命那一拳并未打碎他的臂骨，只把他胳膊打脱臼了。

战无命一脸惊讶，吴江居然以身体旋转之力，化去了自己的力量，这人肯定有非常丰富的战斗经验，或者经过特殊的训练。这样的人最可怕，他们知道如何避开要害，保护自己同时给敌人最大的打击。

"你的力量超出我的想象，但是就凭这些想要打败我，还不够！"吴江长长地吁了口气，总算从被压着打的状态中缓解出来。能遇上一个旗鼓相当的对手，是一件快慰的事。因此他没有沮丧，反而浑身都洋溢着兴奋。

战无命脸上泛起一抹凝重，漠然地道："如果你还要打下去，那么你的身体就不再是你的了！"

吴江脸色大变，像是被当头泼了一盆冰水，浑身冰冷，失声问道："你是怎么知道的？"

"你是一个不错的对手，可惜你的命魂却被侵蚀殆尽，虽然他能让你拥有常人无法想象的力量，让你的肉身得到滋养，但是你这具身体终会变成他的。当你的命魂失去控制之时，就是被他取代之日！"战无命望着吴江，眼中只有怜悯。

想到自己生生世世轮回，仍不能摆脱天道，就好像此刻无法掌握自己命运的吴江，战无命对吴江生出一丝同情。

"你究竟是什么人？你怎么会知道这些？我经过最残酷的训练，不会给他机会，我肯定能将他炼化，没有人能取代我！"吴江几近歇斯底里地狂吼，像是一头红眼的狂兽。

战无命轻轻摇了摇头，此时吴江的状态就像地心烈炎鱼的始祖，苍宇用无数年改造老鱼的身体，使其能承受自己神魂入侵，不至于肉身崩溃。现在的吴江就是他命魂中某种力量的躯壳，他想要吴江这具完美的身体，所以才不断进化吴江的肉身，教吴江秘法提升修为，最终目的只有一个，就是夺舍。

吴江现在还有自己的意志，只能说明一个问题，就是吴江体内那股神秘的力量用好处诱哄吴江接受他在体内共生，直到有一天吴江神魂出现破绽，他就可以占据吴江的身体了。

战无命修习了《太虚神经》，又对莫家的命术有着极深的研究，所以能从吴江体内力量的波动及其命魂的特殊看出他的不对劲。

吴江体内那股力量一旦支配了他，吴江也就不再是吴江了，也许是恶魔，也许是太古大能的残魂。无论是什么都非常恐怖，对战无命而言都不是好事。

"战无命，无论你说什么，今日都难逃一死，不过，以你的能力，有资格见识一下我真正的力量。"吴江长长地吸了口气，眼中射过一缕神光，仿佛下定了决心。双臂一张，两个巨大的拳头轰在自己胸前。

"嘭、嘭……"两声闷响，仿佛有一层隔膜瞬间被打破，一股浓浓的煞气从吴江的体内涌了出来，仿佛无数冤魂尸鬼自地府冲了出来，这方天地瞬间变得无比阴森。

众人眼前仿佛出现一片尸山血海，无边无际，血气冲天。

杜绝等人的后背渗出一层冷汗，在他们眼中，吴江已不再是吴江，而是一头苏醒的魔王。众人骇然后退，一种源于本能的惧意让他们想要逃离此地，越远越好。

"吼……"战无命发出一声高昂的吼叫，如龙吟凤鸣，如晨钟暮鼓，响彻天地。声波迅速漾开，传入杜绝等人耳中。

"嗡……"杜绝等人只觉脑袋一震，心神猛然自那尸山血海中抽离出来，贴身衣物已被冷汗浸湿。刚才他们如同置身于噩梦中一般。

众人向战无命投以感激的目光，若不是战无命那一声吼震醒了他们，只怕他们会在恐惧中陷入疯狂。

众人望向吴江的眼神变了，满是恐惧和惊骇。这就是东江王吴江真正的实力吗？这还是一个正常人吗？

吴江身上长出黑长的倒刺，双目通红，如同红宝石般发出妖异的冷芒，身体拉长，弯曲，就像一头野兽。

一直追随东江王吴江的多隆恩和战皇老者也脸色惨白，完全不认识眼前的主人一般。吴江的变化太大了，不像人，而像是一头来自地狱的恶魔。

战无命后退一步，向杜绝等人一挥手，吴江已经疯了。

战无命一挥手，弩声顿时响起，数十支怒矢射向吴江。

吴江一声嘶吼，他没想到战无命居然这么阴险，暗箭伤人，双臂同挥，如同盾牌般，将身前的箭矢大部分打落，有几支射在他身上，却如中败革，弹落在地，居然连吴江肉身的表皮都没射穿。

杜绝等人大为惊骇，此时的吴江已不是人类，更像是从地狱里钻出来的魔王，不能让战无命一个人面对一个魔王，吴江是所有人的敌人，战无命已经做得够多了。

"杀！"杜绝一声低喝，众人同时冲向吴江。

"战无命，你个懦夫！"吴江的声音就像是敲破的铜锣，刺耳而尖利，众人听了都皱起眉头。

多隆恩大怒，他没想到战无命如此不要脸，此时吴江正在发狂，让他用遁符逃走是不可能的，丢下吴江更不行，多隆恩怒吼一声，向杜绝扑去。

吴江完全没有畏惧之心，他眼里只有战无命。为了对付战无命，他不得不调集体内的全部力量。和战无命说得一样，他刚刚调动起体内的能量，灵魂中的那股力量就开始和他的命魂角力，想要控制他的身体。如此一来，吴江的思维变得越发混乱，满脑子只有杀掉战无命这个念头支撑着他。

战无命闪身暴退，他感应到身后一股股狂暴的能量正在汇聚。在他身形闪开的刹那，一股汇聚了数十道强悍力量的洪流与他擦肩而过。

"轰……"数十道战气同时轰在吴江身上，如同山洪决堤般，吴江的身体在这道洪流中，打着旋跌出数丈。

虽然在这绝望丘陵，战气受到极大压制，可是杜绝身边的高手们都吃了史若男的复元丹，体内的灵气已经恢复得差不多了。之前一直是战无命设计三江堂弟子，此时他们终于有机会亲自对付吴江了，谁会不卖力。

吴江发出一声怒吼，虽然他的防御力极强，但也经不住十几人的力量，身上根根突刺崩断了许多，血肉飞溅，却并未受太重的伤，落到地上后，翻身而起。倒是他身后的多隆恩被这股可怕的气浪震飞了。

吴江刚翻身起来，就见一只白皙修长的手逼近面庞，修长的手指根根如枪，透着锋锐的气息，是金之锐气。

是战无命的手，战无命不会给吴江任何机会，吴江的防御力量太可怕了，十几道战气汇聚在一起，就算是法宝也被打残了，吴江竟只受了点小伤。一旦被这魔王般的吴江靠近，杜绝等人只怕都不是对手。

"哧……"吴江虽然及时把头偏到了一边，但是战无命这一下实在太快了，五指上还射出五道锋锐的剑气，虽然没刺穿吴江的脑袋，也削去了吴江肩头的一片血肉。

"轰……"吴江躲过了战无命的手指，却没躲开战无命的脚，战无命一脚踢在了吴江的手上，两股力量相撞，在地面划出一道浅浅的印痕。

战无命借力暴退，吴江向前急抓，还是没能抓住战无命的脚，反而被撞得倒跌出几步。

"轰……"战无命刚退开，又一道战气自他身边冲出，杜绝出手了，眼前这个已无人形的吴江太强大了，如果今天吴江不死，他们都得折在这。杜绝心中无比庆幸，幸好团队中有战无命。

战无命与众人配合默契，一进一退间，吴江没有一点儿喘息的机会，更不可能靠近杜绝等人。

吴江这次摔出更远，身上的伤口深可见骨，差点儿被轰穿身体，即使这样，吴江居然不见衰弱。

战无命刚想再次上前，却被一道指向咽喉的冷芒逼退。守护吴江的战皇出手了。

第九章

阵斩千山王，霸气冲霄汉

守护吴江的战皇被称为厚叔，年龄极大，这样的年龄还只是个战皇，也不算什么天才。战无命深切地感受到此人身上那厚重的气息，他的修为非常扎实，扎实得过头了，使得他进入战皇之路涅槃成功后接连突破两阶，成为二星战皇。

异域战皇，战无命还是第一次遇上，速度极快，角度精准，那道破空而来的剑气都能洞穿战无命的喉咙。

吴江激发了体内潜在的力量，无论是速度、力量，还是防御，都得到大幅提升，可是再强悍也承受不住十几人的联手攻击。

对付众人的联手攻击，唯一的方法就是与对手近身搏斗，让他们无法集中力量，只要能杀进人群中，以吴江的防御，根本不用担心受伤。

吴江怒吼连连，可是杜绝就是不给他近身的机会，众人集中力量远攻，每次都能给吴江填些新伤，几次下来，吴江被打得血人一般，浑身是伤、血肉模糊。

战无命很想过去给吴江补几刀，可是厚叔的剑法细密而绵长，虽然一时半会儿伤不了战无命，却也缠得他无法脱身。

"厚叔，少主就交给你了!"多隆恩看吴江的伤越来越重，双眼血红，再这样下去，吴江就是不被这些人杀了，血也流干了。

多隆恩一狠心，在下一道战气攻向吴江时，他挺身挡在吴江身前，将手中的紫色符纹拍在吴江胸前。

吴江一怔，虽然神智混乱，但是对多隆恩的动作还是有所感应，发出一声长嚎。

"轰……"那股轰在吴江身上只能伤其皮肉的力量，瞬间将多隆恩轰成了碎片。与此同时，吴江身上升起一道刺目的紫光，他那魔王般诡异的身体瞬间化成无数紫光，消失得无影无踪。

"多隆恩……"厚叔一声痛心疾首的呼叫，已无回天之力。

见吴江的身形化作紫光逃走，他也不再犹豫，迅速掏出一张紫符拍在胸前。

"想走，总得留下点儿什么吧！"就在厚叔化成紫芒的刹那，战无命甩出一道长虹般的冷光，穿入紫芒之中。

"啊！"紫光中传来一声愤怒的惨呼，几滴血花自天空飘落，一柄雪亮的长剑透过紫光重重地钉在不远处红褐色的土地上，厚叔的身影与吴江一样消失了。

望着地面上凌乱的血迹，杜绝等人轻轻地叹了一口气，他们没想到多隆恩居然如此忠义，在战无命成功激怒吴江，使其失去理智后，居然舍身救主，用自己的紫遁符送走了东江王吴江。

对这样的人，战无命和杜绝都十分敬重。

同时，战无命和杜绝的心情都十分沉重，他们都看到了吴江真正的实力，这样一个强大的敌人逃走了，必然后患无穷。吴江的十三太保还有六位没跟过来，他要是花些时间招齐旧部，到时必是一场恶战。

战无命从地上拔出长剑，轻轻擦拭着上面的血渍，他没能留下战皇厚叔，对方一心想逃，他根本没办法。

"打扫一下战场，我们尽快离开此地。"战无命郁郁地说道。

"那些重伤的人怎么办？"有人问战无命。

"问杜兄，杜兄说怎么办就怎么办，我听他的。"战无命一点兴致都提不起来。

三江堂的精锐都是战王巅峰，在灵爆阵和乱弩下不少人受了重伤，战无命把处置权交给了杜绝，这支队伍毕竟是杜绝组建的。

杜绝感激地看了战无命一眼，道："他们既然已经身受重伤，上天有好生之德，我们也不做那赶尽杀绝之事，就让他们自生自灭吧。如果三江堂的人能找到他们，算他们命大，如果他们能返回欲望山，也能活下去。"

杜绝的做法相当于杀了这些人，在这百倍重力下，只要伤口在流血，就难以止血，重伤者想在这种环境活下去，简直是天方夜谭。所以杀与不杀结果都一样。

清理完战场，战无命的眉头皱得更紧了。杜绝的脸色也有些难看，与战无命对望了一眼，深深地吸了口气道："战兄，你也感觉到了？"

战无命无奈地摇了摇头，深吸一口气苦笑道："看来，他们都将我们当成肥羊了。"

"你们在说什么？怎么了？"一人莫名其妙地问道。

"我们被人堵了前路，截断了后路，这是想捡我们和三江堂的便宜啊。"杜绝的神色有些难看。

众人神色大变，刚刚打得三江堂几乎全军覆没的喜悦顿时消失无踪。

"可知是哪几股力量？"苏红叶神色凝重地问道。

"是我们的老对头，东陵大陆的神土宗和千山盟。"杜绝叹了口气。

如果是其他势力，或许还有缓和的余地，可是这两宗与他三绝门有大仇。上次大陆之争，神土宗的神子方越和千山盟盟主的弟弟千无忌就是被三绝门的大长老杀死的。因此，三绝门与神土宗、千山盟之间的仇恨根本无法化解，只要一有机会，他们就会对三绝门下死手。

昨夜他们在欲望山并未看到这两宗的人，还当两宗会来得迟一些，现在看来，这两宗应该驻扎在欲望山脚。

"是他们？"苏红叶的脸色变得十分难看，此时遇到这两股力量，只怕真的凶多吉少了。

"战兄，你有什么办法？"杜绝看向战无命，战无命心计过人，也许能有好办法。

众人全都一脸希冀地望着战无命，希望战无命能扭转乾坤，化解接下来得危局。

战无命摇头苦笑，"我们没时间做布置，而且他们首尾呼应，人数上我们相差太大。他们正快速向我们靠近，显然已经知道我们与三江堂的战斗结束了，甚至清楚我们用过的手段，所以不想给我们时间和机会。"战无命的耳朵轻轻地动了一下，他虽然没有杜绝千里耳般的听觉天赋，但是他的太虚真气运转起来，能捕捉到他人无法听到的声音。

"那我们现在怎么办？"

"我们和他们拼了，杀一个够本，杀两个赚一个……"

"我们西陵大陆没有怕死的懦夫……"

"胡说什么？他们只是堵住了头尾，并不是说我们没有突围的机会。"杜绝怒斥众人一句，那几个嘈杂的声音顿时消失了。

"战兄，你说怎么办，杜绝听你的！"杜绝对战无命道。对眼前这个少年，他没来由地信任，在最后关头，竟将指挥权交给了战无命。

战无命眼中闪过狠辣之色，看了一眼远处逐渐清晰的火光，是神土宗和千山盟，离他们越来越近了。要不是置身绝望丘陵，几个呼吸他们就会与两队人马相遇，在绝望丘陵百倍重力之下，至少需要半盏茶时间，他们才能形成合围之势。

战无命想离开这里也需要这么长时间，所以无论往哪边走，都会和其中一股力量相遇。

"每人拿出两根箭矢。"战无命说道，对颜青青使了个眼色。

颜青青自乾坤戒中掏出一个小玉瓶，化出一小坛腥臭的黑水。

众人顿时明白了战无命的意思，迅速掏出两根短矢，将箭头伸入瓶子中蘸了蘸，小心地收好。

"我们向右突围，不得点火把，不许发出声音，只要遇上拦路的人，不管是谁，必须在二十步之内射出第一支毒箭，在与对手接触之前将两支毒箭射空，至于是否能射出第三支，就看你们自己的能力了。

所有人不可恋战，只要射出突破口，即使对手已经溃不成军，也要迅速冲出去，绝不可恋战。"战无命深吸了口气。

现在不是仁慈的时候，若是冲不出去，对方可不会管他是不是三绝门的人，只会当成杜绝的同伙。

两个宗门加起来足有百余人，根本不是他这三十来人能应付的。如果攻击时间把握得好，有心算无心，还是有机会冲出去的。

"如果大家走散，就自行前往镇天秘境，我们在镇天秘境外会合，先到的人留下记号，让后到的好找。"杜绝在空中画了一个三叉戟的形状作为记号。

"好！"众人齐声应道。

众人暗自庆幸手中有战无命提供的灵弩，这种灵弩在绝望丘陵外，足可以射穿四百步之外的铁板，但对战宗之上是无效的。在这绝望丘陵，有效射程只有三十步左右，超过三十步威力大减，二十步之内，如果射在致命要害，敌人必死无疑。

若对方全无防备，遇上这种有备而来的袭杀，他们很可能打开缺口，突围而去。

"将所有能点燃的东西都点燃，包括帐篷，让这里的火光更亮一些。"战无命打出一个火球将帐篷点燃，带着四女一马当先向右侧冲去。

杜绝咬咬牙，低喝一声："走！"

追在战无命身后向千山盟众人靠去。战无命选择千山盟作为对手，是因为他感应到千山盟的人比神土宗的人多一些。杜绝对战无命的选择虽然有疑问，但是自己已经将指挥权交给他了，就应该无条件听从他的安排。他相信战无命这么做肯定有他的道理。

千山盟在东陵大陆与三江堂平起平坐，千山王千飞夜在东陵大陆的声望一点儿也不弱于东江王吴江，二人在多种场合下发生过争斗，因此，千山盟与三江堂并不和谐。千飞夜很喜欢看到东江王吴江吃瘪的样子，就算对手是三绝门的杜绝，他一样乐于看到吴江的窘态。

千飞夜与神土宗的土王周山岳关系倒是不错。原本他们应该早一步赶到杜绝的营地的，最后是千飞夜说，给三江堂和三绝门多留点儿时间，等他们两败俱伤，他们就可以轻松地坐收渔人之利了。

可惜他低估了杜绝团队的能力，高估了吴江的能力。

等杜绝等人轻松地收拾了吴江，他们还没赶到杜绝的营地，还让杜绝有时间安排退路。

千山盟跟在千飞夜身边的有七十余人，全都是战王巅峰。很早，他就看中了三绝门杜绝这块肥肉，只是不想打草惊蛇。进入绝望丘陵之前，他就与土王周山岳约好了，要让三绝门在这次战皇之路上全军覆没。

杜绝营地明亮的火光让夜晚更加诡异，千飞夜离杜绝的营地越近越觉得不妥，火光的面积太大，太旺，不像是火把，反倒像是整片营帐都被点燃了。

"不好，他们向南面跑了，马上截住他们。"千飞夜看见了战无命和杜绝等人的身影，他们都快要逃出合围了。

千飞夜顺着山脊追赶，走的是直线，战无命等人的路线需要穿过丘陵洼地，先下坡再上坡，因此，千飞夜在杜绝等人逃出合围之前，绕到了杜绝前方。

看到杜绝等人越跑越近，千飞夜嘴角泛起笑意，一种猎人看到猎物的笑容。杜绝的团队与千山盟的人毫无意外地在丘陵之巅遭遇。

"杜绝，我看你往哪里逃！"千飞夜的笑声无比畅快，他成功了，他还是堵住了杜绝的去路，要是再晚来一会儿，他就只能追在杜绝屁股后面吃灰了。

三十丈……二十丈……眼看两队就要短兵相接了，千飞夜发现杜绝眼中闪过暗藏嘲讽的笑意。

"千飞夜，你自己着急送死，就别怪我下手狠了！"杜绝冷冷一笑，一把将藏在身后的弩弓拿了出来，低喝一声："杀！"

此时，双方的距离不足十丈，杜绝团队的人同时张开灵弩。

"嗖……嗖……"一片弦响，一道道暗黑色的幽光没入千山盟疾速奔行的弟子之中。

千飞夜一惊，一根根黝黑的箭矢在黑夜中显得特别模糊，杜绝那边没有半丝光亮，连杜绝拿出灵弩，他们的人都没意识到黑暗中多出一只死神之手，直到杜绝喊出"杀"，才使得他们心头升起浓浓的危机感。

"啊……啊……"一连串惨叫打破了夜空的宁静。

三十个人三十张灵弩怒射，火光下的千山盟弟子就像黑暗中的明灯，这么短的距离，一方有心，先射箭后发出声响，对方猝不及防，立刻便有二十余人受伤。箭矢临体，再闻对方杀声四起，千山盟的弟子一阵惊慌。

这种灵弩的箭矢只要不射在致命要害，一般不会一击要命，但箭上有毒。

"快，灭掉火把……"千飞夜一声怒喝，一方透亮，一方暗淡，己方毫无遮掩地暴露在杜绝等人的视线中。

千飞夜的喊声还是迟了，第二轮怒矢已经飞了过来，在这么近的距离下，人与人站得如此紧密，就像是一排活靶子。

"啊……"又一串串惨叫声传来，同时响起怪异的嘶吼声。

"不好，箭矢有毒！"有人意识到了什么。

越来越多的嘶吼声传来，火光渐灭，千飞夜的队伍变得十分混乱，原本只被箭矢擦破皮的人并没太在意，还暗自庆幸自己闪得够快，此刻那股钻心的痒让他们恨不能将身上的肉撕下来，发狂的野兽般，拼命撕扯着自己的皮肉。

千飞夜的肉身强一些，速度更快，弩矢并未对他造成伤害，可惜他身边的人没有他这么快的速度。两轮箭矢下来，队伍中至少有四十人中招，狂乱起来。千飞夜的心如同跌落深渊，原本成功截住杜绝的兴奋瞬间变成恐惧和愤怒。

两支队伍仍在快速靠近，杜绝的队伍中能射出第三轮箭矢的并不多，即便如此，还是有近十支弩矢射出，没入对手的身体，此时，杜绝的人数与千山盟剩下的人数已然相差无几。

"杜绝，拿命来！"千飞夜一声怒吼。

如果今天不能将杜绝截杀于此，他今天的损失将成为东陵大陆的笑谈，带七十余人截杀杜绝三十人的队伍，竟被人干掉一大半，最后连人家的毛都没留住一根。

只要他能将杜绝阻在这里片刻，周山岳的人很快就能赶到，到时，杜绝就成了瓮中之鳖，不足为惧了。

千山盟中箭的弟子胡乱将解毒药塞入嘴中，可是并不能缓解毒性对身体的侵蚀。

颜青青的毒，岂是那么容易解的，否则也不会被称为破炎大陆最具天赋的用毒高手、破炎大陆的毒王、五毒教的圣女了。

"你们先走，他交给我！"杜绝刚想迎向千飞夜，就听到战无命一声低喝，顿时松了一口气。杜绝很清楚东陵七王的战力，比起来，自己还是弱上一筹，真被千飞夜缠上，他根本就没有机会脱身，但战无命不一样。

战无命在对战吴江时，已经展现出了他超绝的力量，战无命出手他放心。

"小心！"杜绝只说了一句，毫不犹豫地冲向千山盟迎上来的弟子。

成败在此一举，虽然刚才让千山盟吃了个大亏，可千山盟还剩近三十多人，万一被他们缠住脚步，大家就走不了了。不远处，周山岳神土宗的人已经到山丘下了。

"轰……"战无命纵身一跃，落在千飞夜身前，一双铁拳像两柄大铁锤，直直地砸在千飞夜手中一对形状像孔雀翎似的奇门兵器上。

那是一对非常漂亮的翎羽，翎羽边缘泛着金灵之气。战无命的拳头打在翎羽上，那股锋锐的金灵气自拳面而入，直冲入经脉。好在战无命对金之锐气十分熟悉，倒也不惧，要是换一个人，必被翎羽上的锋锐之气震伤经脉。

千飞夜被战无命这一拳的蛮力震得够呛。战无命这一拳沉重而狂暴，把他的虎口震得差点儿裂开。战无命的力量不只作用在他的孔雀翎上，一股狂暴的劲风透过孔雀翎轰向他的面门，那厚重而沉闷的拳风迎面扑在他脸上，震得肌肉一阵抽搐。

千飞夜身形暴退，一口气没上来，憋得面红耳赤。

战无命一声冷笑，并未乘胜追击，身形猛然退入千山盟弟子之间，手臂伸展间，呼啸的拳风搅得灵气暴动起来。虽然战无命还没开辟出土之洞天，但是可以利用命元中土元力的种子，调动这方空间浓郁的土元之力加持在拳头上。

"轰……轰……"战无命的拳所向披靡，将阻拦四女的两人轰了出去，发出两声惨哼。

战无命的表现太抢眼了，千飞夜越看越心惊。战无命越强，他越要留下这个对手。战无命太可怕了，必须尽早除掉，一旦给他机会成长起来，必将是自己的噩梦。

千飞夜再次扑向战无命，这次，他没再跟战无命硬拼。

孔雀翎幻散，仿佛融入虚空裂缝，战无命感觉四周仿佛被无数利刃寸寸割裂，他被千飞夜逼入一个独立的世界，在这个世界里只有千飞夜和他。千飞夜是这个世界的主宰，他则是一头待宰的羔羊。

这是一种很奇怪的感觉，战无命从没想过，居然能在兵器中融合精神之力，这种力量直接作用在被攻击者的心神上，即使战无命心坚如铁，也被他影响了。

当痛楚传入心神时，战无命猛然惊醒，这才发现，孔雀翎已经切入他的肌肤了。

"啊……"战无命一声低吼，肌肉猛然绷紧，孔雀翎刺入身体少许便无法再进一步。战无命肉身之坚如极品灵器，在他清醒的情况下，孔雀翎根本无法切开他的身体。

战无命低估了千飞夜这对孔雀翎，这绝对不是一件普通的兵器，而是一件带有自我意识的法宝，这东西让战无命想起当年炼制上帝武装时所需的孔雀明王羽。

战无命心头一亮，这对孔雀翎极有可能是神兽孔雀明王近亲的羽翎，血脉极其精纯，不然，一对脱离身体的羽翎不可能有如此可怕的灵性。

孔雀本源就是魅惑，属于妖姬之力，千飞夜这对孔雀翎有异能不算奇怪。

战无命神志甫一清醒，立刻出拳，身上的肌肉还紧紧地夹着那对刺入身体的孔雀翎。

千飞夜带着笑意的脸顿时变得铁青，他没想到战无命的肉身如此恐怖，孔雀翎都无法切入对方的身体。战无命双拳再次轰了过来，他不得不倒退，但是战无命的肌肉如两片相融的铁块一样紧紧地夹着他那对孔雀翎。

战无命不想让他抽回兵器，他又不想放弃这对宝贝。这对宝贝是他成为东陵七王的重要筹码，它们有震慑人心的能力，使得他无往不利，同阶中没有对手。他也没想到，战无命的心神如此坚定，竟然破了孔雀翎对其的作用。

"轰……"千飞夜最终还是抽出了孔雀翎，勉强避开了战无命的双拳，却未能避开他自下而上的脚。

千飞夜的身体仿佛射向天空的炮弹，战无命这一脚，似有劈山断岳之力，千飞夜清晰地听到骨骼错位的咯吱声，感觉整个人都仿佛散架了一般。

"轰……"千飞夜的身体重重地砸在地上，向后滑出五六丈远，狠狠地咳了起来，满眼惊骇地抬头望去。

战无命像没事人似的，已经转身冲进千山盟弟子中间，所过之处，惨叫声一片。

祝芊芊等女快速穿过千山盟弟子的封锁。战无命就像是一台推土车，所有拦截在他的铁拳下都形同虚设。杜绝和苏红叶一左一右，成为他的侧翼，冲出了千山盟的包围。

"走！"战无命对杜绝等人一声低喝，目光落在千飞夜手中那对孔雀翎上。他想做一套上帝武装护身，眼下这对孔雀明王羽怎么能放过。

杜绝看出了战无命的心思，急道："战兄，不可。"

战无命挥手道："你们先走，我随后就到！"

战无命话音未落，回转身形闯入千山盟弟子中间。此时，千山盟大部分人都受了伤，只有十几人完好无损，根本不可能对战无命形成太大的威胁。但是神土宗周山岳那张焦黄的脸已经清晰地出现在众人的视线中，双方距离不过百丈，若是再耽误哪怕数息时间，就可能被围住。

杜绝心头犹豫，他实在无法让所有人陪战无命疯。他将目光落在祝芊芊等人身上，希望四个女人能让战无命改变主意，但是他失望了。

"你们走吧，我们相信他！"祝芊芊说话时一脸坚定，颜青青也跟着点了点头，认可祝芊芊的说法。

苏红叶等人一脸犹豫，目光投向杜绝。他们听杜绝的，战无命已让他们撤离，他们却不愿意留下战无命一个人冒险。

"走！"杜绝深深地吸了口气，说服自己相信战无命。

他不敢拿所有人的命赌，这个团队是他组建的，他要对大家负责。战无命让这个团队拥有更可怕的战斗力，数次让他们化险为夷，但他也看出此刻十分危险，让他们先行离开。杜绝这么做也是战无命的意思。

众人犹豫了一下，最后一咬牙，转头向远处跑去。

"我们在前面等你，一定要来找我们！"杜绝对战无命吼了一声。

战无命并未回应，他已经逼近千飞夜，他的目标是千飞夜手中那对孔雀翎。

千飞夜见战无命去而复返，心中大惊。这绝望丘陵的百倍重力对战无命好似没有作用，而且这么多人也无法延缓战无命的速度，难道战无命的肉身真的强悍到了这种程度？

不只是千飞夜吃惊，战无命自己也十分惊讶，情急之下，他调动了体内各大洞天之力，发现各大洞天中的元素之力同时运转起来，竟然平衡了土之世界的百倍重力。

战无命的速度不再受百倍重力的影响，身体的灵活性立时提升。

千飞夜的孔雀翎一合，化成一柄怪异的刀，一股洪荒之气自刀上散发出来，仿佛高贵的灵魂苏醒过来，是羽翎原主人的气息。

战无命的眼睛都红了，是兴奋的。感觉到刀锋上苏醒的气息，他更加确定，这对羽翎是从孔雀至尊身上取下来的宝贝，这种东西可遇不可求。

"千飞夜，这对宝贝是我的！"战无命影子般出现在千飞夜身边，一甩手，一根长长的铁链如出洞怪蟒般缠在千飞夜的手臂上。

千飞夜大吃一惊，战无命的速度太快了，他原本想拉开距离，凭借手中的孔雀刀与战无命周旋，没想到战无命看穿了他的想法，居然用铁链锁住自己的手臂，眨眼间就拉近了二人的距离。

千飞夜迅速旋动手腕，孔雀刀在指掌间旋转，斩在那粗长的铁链上。

"当……"一声脆响，铁链猛然一震，一股柔和的力量将刀锋的力量卸去。千飞夜吃惊地发现，他这一刀只在铁链上留下了深深的痕迹。再补一刀就可以斩断铁链了，可是战无命没给他这个机会。

战无命看到千飞夜一刀斩开了链链，心中大喜。这铁链是锁仪裳那根沉星紫金铁链，当时他用莫东升的宝剑斩过，连痕迹都没留下，千飞夜一刀差点儿斩断。若不是战无命在沉星紫金铁链上用了水之柔力卸去一部分力量，只怕它一刀就被斩断了。这刀越好，战无命越开心。

"轰……"战无命一拳击出，千飞夜抬臂相挡，和战无命硬碰硬，哪里会讨到半点儿好处。

千飞夜眼泪差点没下来，战无命这一拳不仅力道猛，拳劲中还有一股炙热的火元素之力，侵入他的经脉中，那股熔岩般的热力让他浑身颤抖起来。他勉强将手中的刀转了一下，斩开锁臂的铁链，但已然无法阻止战无命趋近的身体。

"咔嚓……"千飞夜听到手腕处传来骨头断裂的声音，握刀的手一阵剧痛，再也控制不住手上的力道，孔雀刀滑落。

"我就不客气了！"战无命一声低笑，手臂一勾，孔雀刀就到了他手中。

"嗡……"孔雀刀上突然涌出一股血气，凶厉的锋锐之气斩向战无命的脖子。

战无命吃了一惊，孔雀刀居然如此凶悍，在失去主人之后还能自发攻击。

这东西实在是太好了，战无命简直喜不自胜。

战无命浑身一震，强大的太虚真气贯入孔雀刀，数股元素之力纠缠着扑向刀身的凶厉之气。

"铮……"孔雀刀一声悲鸣，刚生出没多久的微弱灵智差点儿被太虚真气和几股元素之力冲散，立时不敢再抵抗，在战无命手中化成两根美丽的孔雀翎。

一切发生得太快了，从战无命返身杀回，穿过十余名千山盟弟子围堵，到冲到千飞夜身前抢夺孔雀翎，一切皆发生在弹指之间。

千山盟弟子怎么也没想到，战无命会去而复返，更没想到，在他们眼中高高在上的千山王在战无命面前连兵器都保不住。战无命再次鬼魅般出现在他们面前时，傻眼的众人甚至没组织起有效的堵截。

孔雀翎到手，战无命转身就撤，已经没有时间了，神土宗的人眼看就到了。

战无命一人的攻击，像是一片流星雨，天地间不再只有土元之力，一股汹涌的火元之力扑面而来，无比炙热，在战无命的拳头前面幻化出无数火鸟，将夜空映得诡异而华丽。

"轰……"火鸟在千山盟众人间炸开，火元之力风暴般向四面散开。

前面的人被火元之力炸开，战无命没有了阻碍，闪身准备冲出去。

战无命刚想溜之大吉，就觉得腿一紧，跃起的身体一个趔趄，从空中栽了下来，几件兵器同时砸了过来。

战无命一惊，低头看见脚上被一根极细的透明丝线缠住了，出手之人是刚刚追过来的千飞夜。

战无命没杀千飞夜，千飞夜却不想放过战无命，那对孔雀翎就像他的生命一般，如果被战无命夺走，他必然实力暴跌。千飞夜怎么可能放战无命离开，只要再拖一会儿，等神土宗的浑土王周山岳赶到，他就能抢回自己的兵器了。

战无命就地一滚，避开砸过来的兵器，再次陷入十几人的包围圈。战无命大怒，看着千飞夜冷哼一声："这是你自己找死！"

战无命声音甫落，被丝线缠住的脚猛一用力，千飞夜登时身形不稳，向人群扑了过来。刚才与战无命交手时，千飞夜就受伤不轻，他又不敢松开手中的丝线，怕战无命突围出去，带走自己的孔雀翎，怎么也没想到战无命会来这一招。

等千飞夜再次站稳，战无命也灵蛇般自人群中退了出来，来到他面前。

一股恐怖的威压自千飞夜灵魂深处升起，他瞪大了眼睛，眼前的战无命仿佛高高在上的战神，让他恐惧，这是一种从未有过的感觉，如同兔子面对老虎，连反抗的勇气都没有。

"怎么可能？"千飞夜的心都在战抖。

战无命轻蔑地一笑，一拳轰在千飞夜的脑门上，千飞夜应声而倒。

运转太虚真气，战无命进入一种奇妙的状态，在他眼中，天地间到处都是美丽的色彩，每个人的命魂都带着不同的色彩，赤黄的土色仿佛漫天的大雾，将生命的色彩笼罩其中，将原本夺目的华彩压制得一片暗淡，那是土元力的色彩。

战无命瞄了一眼疾奔过来的浑土王周山岳，眼中闪过漠然与不屑。

神土宗弟子眼睁睁看着战无命杀了千飞夜，心头生起阵阵寒意。周山岳的目光与战无命的目光相交，感觉到一股藐视众生的霸气扑面而来，心神狠狠一震。这是一种很微妙的感觉，他心中顿时生出一种战无命无法战胜的念头。

背后，千山盟十余人联手攻到，将地面轰出一个浅坑。战无命的身体如轻巧的灵狐，几个纵跃，从十几人中穿了出去，阻了他路的两人像两团肉球般被撞出老远。

周山岳距战无命不足三丈，眼睁睁看着战无命自十余人的围堵中闯了出去。

脱身而去的战无命全速奔行，看得周山岳等人目瞪口呆。战无命灵巧得跟魔兽似的，居然比他们在绝望丘陵外面的速度还要快。百倍重力之下，每个人都举步维艰，战无命竟无视这里的重力压制。

"不要追了！"浑土王周山岳低喝一声，阻止了准备追击的千山盟弟子。

千山盟弟子眼中闪过仇恨的光芒，神色间尽是不甘和屈辱。七十余人拦截杜绝三十人的队伍，不仅没拦住对方的脚步，还被杀得差一点儿全军覆没。

"浑土王，还请为我家师兄报仇！"千山盟的弟子全都跪下了。

"我们轻敌了，杜绝和战无命在一起居然这么恐怖，对付他们，我们必须从长计议。马上给千凌峰传信，告诉他，他弟弟被杜绝的人杀了。我联系镇山王朱子敬，对付这个小子，我们必须得联手。"浑土王深吸一口气，望着战无命消失的方向，一脸阴沉。

第十章

将黑旗盗玩弄于股掌之上

战无命迅速与千山盟的人拉开距离，跑出没多远，就看到四女等在前面。

四女见到战无命，顿时松了一口气，围了上来。战无命虽然灰头土脸，好在并无大碍。胸前一片血迹，是孔雀翎造成的。

"我们先离开这里，此处不是久留之地。"战无命心中高兴，总算没白忙，拿到一对孔雀翎。

"杜绝他们在前面等我们，我们去与他们会合吧。"祝芊芊道。

战无命摇了摇头，道："我们自己走，若是有缘，会在镇天秘藏外会合。和他们一起目标太大，三绝门惹了不少祸，比咱们身上的麻烦多得多。"

祝芊芊想了想，确实如此，三江堂虽然是冲着他们来的，但也有三绝门的原因。千山盟和神土宗完全是因为与三绝门的恩怨趁火打劫。他们在这两场危机中帮了杜绝很多忙，将三宗的人全得罪了。

他们是中央大陆的，根本没有什么敌人，此时却麻烦缠身，难怪战无命不想与杜绝等人一起走。她们不知道，战无命不想与杜绝等人一起走，是因为杜绝他们的速度太慢了。发现自己体内洞天与绝望丘陵的恐怖重力场能达到平衡之后，战无命的速度大大提升，不想跟杜绝他们一起，像乌龟一样慢慢赶路。

没有外人，战无命把仪裳放了出来。感觉到这片世界可怕的重力，仪裳就知道身在绝望丘陵。

"这里深入绝望丘陵百余里，不过离镇天秘藏还很远。"战无命看着四顾的仪裳，道。

"已深入绝望丘陵这么远了？我在里面多久了？"仪裳惊问。

"一天。"战无命道。空间法宝中无日无月，没有时间概念。

"你将我放出来可是要我一起对付光明神廷？"仪裳眼中闪过恨意。

战无命笑了，"我们还不知道光明神廷的位置，绝望丘陵的夜别有一番韵味，我们一起喝点儿酒，吃点儿东西，聊聊天。"

战无命变戏法似的自乾坤戒中搬出一大堆美食灵果，在四周点亮烛火，仪裳眼中闪过异彩。她没想到，眼前这个男人居然如此浪漫。

尝了一口桌上的菜，仪裳怔住了，这菜的味道太熟悉了，是母亲的味道，她已经很久没吃过这么美味的菜了。

"你怎么了？"战无命自怀中掏出手帕递给仪裳。

"没有，这菜太好吃了！"仪裳笑着擦掉眼泪，菜还是热的，显然刚烧好没多久，酒却是精心准备的，仪裳问道："菜和酒你是从哪里弄来的？"

"酒是我进入战皇之路前准备的，这些菜的材料也是我进入战皇之路前准备的，刚烧好就把你叫出来了，还是热的。"战无命温柔地看着仪裳。

"这些都是你烧的？你怎么会烧这么好吃的菜？"仪裳不敢相信。

"我曾经做过一场梦，在梦中，我遇到许多人，经历了很多事，最终成为一方霸主。可是最后，我才知道自己的命运被别人操控在手中，我的一生都是按照他设定的轨迹走的，自己不过是被人操控的木偶。"战无命没头没脑地说道

"只不过是一场梦。"仪裳摇了摇头，不甚在意地道。

"也许是一场梦，也许不是。在这场梦中，我遇见过几个人，让我刻骨铭心，这些人陆陆续续地出现在我的现实生活中，和梦中一样。"战无命神态平和，像是在说一个故事。

仪裳不自然地笑了笑，不知道该说些什么。

"在梦里，我曾有一位爱人，她从战皇之路逃到我所在的大陆，我们一起闯荡江湖，一起被神秘人追杀。一次意外，我们到了元界，可惜我们

修为太低，被人抓去挖矿数十年，女人始终与我相依相伴，直到那一日，她不甘受辱自杀身亡。虽然后来我将所有欺辱过我们的人诛了九族，可是伊人不再，唯恨长留。"战无命眼中流出两行清泪。

仪裳怔怔地看着满眼泪水的战无命，心跳得越来越快。

"我这次进入战皇之路的目的之一就是找到她，于是我带了梦中她最喜欢吃的菜、最喜欢喝的酒。我要找到她，好好照顾她，不让她再受梦中的那些苦楚，让她过上平安喜乐的生活。"

战无命说到这里，仪裳只是惊异地看着他，并未插话，她实在分辨不出战无命说的是真的还是假的。

"她最喜欢吃这些菜，她喝完酒就喜欢唱歌，还只会唱一首很难听的儿歌，她说，那是她母亲在她很小很小的时候在她的摇篮边唱的。她说，那年，她不小心摔碎了父亲一件漂亮的瓷器，父亲居然要杀了她，母亲带她逃了出来。那是冬天，外面下着很大很大的雪，她和母亲又饿又冷，母亲抱着她，在她耳边轻轻地唱：美丽的天使在摇篮边轻轻地飞舞，天上的月儿像你漂亮的眼，不要嘟着你的嘴，不要皱着你的眉，我的宝宝，你是我的天……"

"不要嘟着你的嘴，不要皱着你的眉，我的宝宝，你是我的天……"

仪裳与战无命歌声相和，她的眼中尽是泪光，望向战无命的眼神尽是茫然。

"为什么，为什么你知道这些？"仪裳无法控制眼泪，这些事情连她的父亲和身边最亲密的朋友都不知道，这是她心中最隐秘、最柔软的地方。世间除了她母亲和她，没有任何人知道这件事。

这些菜都是她最喜欢的味道，这酒的酿造方法只有她和母亲知道，酒中有一味别人不喜欢的草药的味道，是七星菠萝蜜。那年她与母亲逃离家族，由于天气寒冷，她留下了惧寒的病根。母亲找了很多秘方，最后用七星菠萝蜜酿酒，长期饮用，可驱除她体内的寒气，这才使得她和正常孩子一样修行。

她不相信世间有这么多巧合，这种酒绝不是一天两天能酿好的，这些菜战皇之路上根本找不到，她酒后唱歌的习惯是自小养成的，离开母亲之后就再也没醉过，更没唱过了。战无命竟然都知道。

"我去光明神廷救你，并不是因为我和光明神廷有仇，而是因为你。在欲望山上看到你第一眼，我就知道，你就是那个在梦境中与我一起生活了数十年的女子。救下你之后，我才知道，梦中追杀得我们上天无路、入地无门的神秘势力是光明神廷。你左臀上是不是有一颗淡红色的胎记？你后脑有一块疤，是你小时候淘气和小朋友上树掏鸟窝摔的……"战无命喃喃地说着，像是在回忆往事般。

战无命的话彻底颠覆了仪裳的认知。那胎记在身上最隐秘的地方，只有自己和母亲知道；后脑的那个疤，当时怕母亲担心，她瞒了下来，所以连母亲都不知道，可是战无命竟然都知道！

"难道是真的？"仪裳低低自语，心灵的防线被冲得七零八落。

"都是真的，梦中，你会自战皇之路逃到中央大陆，你就是那个和我一起生活了数十年的女子。上天给了我一次机会，我要改变我们的命运！"战无命目光灼灼地看着仪裳。

"我的心有些乱。"仪裳虽然相信了战无命说的一切，但是一切太突然了，她一时间难以接受。

仪裳茫然了半晌，眼神慢慢变得坚定："我要你帮我对付光明神廷！"

"你的敌人就是我的敌人，这一生，我会好好守护你，绝不会让梦中的一切重现。"战无命笑了。仪裳与他的隔阂已然消除，只要仪裳的心结解开，自然会接受自己。

"我给你准备的那个房间里还有很多菜，如果你想吃，我随时给你做。"战无命温柔地看着仪裳，就像看着一件宝物。

"你陪我喝酒，直到醉。"仪裳吐出一口浊气。

战无命点点头，道："敢不从命！"

没过多久，进入绝望丘陵的人就都听说了一个消息，三江堂几乎全军覆没，下手的是西陵大陆三绝门的杜绝。东陵大陆的千山盟也差点儿全军覆没，千山王死于战无命手中，名不见经传的战无命顿时声名鹊起。

进入绝望丘陵第一天就有两大势力被淘汰出局，还真是前所未有。

同时，另一个消息也蔓延开来。进入绝望丘陵以后，光明神廷的人四处斩杀进入绝望丘陵之前、曾驻扎在欲望山顶的人，还偷袭了几大势力的营地。

很快又传出，光明神廷是为了查找当日被劫走的叛徒，这才四处惹事。

光明神廷之人全都蒙着脸，速度奇快，但是大家自他们的招式和战气中就能看出，四处捣乱的人是圣女苏菲亚座下的四大金刚。

光明神廷的做法激起众人极大不满。

光明神廷大营中，圣女苏菲亚十分生气，她不知道为何那些宗门不断找她麻烦，难道因为自己是女儿身，就以为自己好欺负？

苏菲亚快被气死了，四大金刚一直跟在她身边，根本不曾离开，那些人居然说是四大金刚先对他们下手，害死了他们很多人。这明摆着是陷害。可惜没有人相信圣女苏菲亚的话，光明神廷一向嚣张，四处惹事本就是他们的一贯作风。

几天之后，速度快的人已经走出几百里。光明神廷的速度就很快，远处镇天秘藏升起的光柱十分清晰。

营帐内，苏菲亚轻轻转动着手中的手链，思量着到底是谁陷害他们。突然，大地狠狠地震了一下，劈山刀的声音自外面传进来："起灵潮了！"

苏菲亚急忙推开布幔走了出去，看到远处镇天秘藏高耸入云的光柱突然变了颜色。

"轰"的一声巨响，无数道流光自镇天秘藏的光柱中如烟花般炸上天空，灿烂过后，洒向绝望丘陵赤红色的土地。

"真的是灵潮。"光明圣女苏菲亚脸上闪过喜悦之色。

相传，灵潮是因为秘藏中的灵气浓郁到了一定程度，将秘藏的某一角崩开一道裂缝，秘藏中的灵宝和各种灵药被饱和的灵气喷了出来。

看到镇天秘藏喷发灵潮，各方势力都激动起来，盯着从秘藏中飞出的五彩亮光，连眼睛都不舍得眨一下。这些东西全都是不世奇珍，众人全都满怀期待地等着那团光雨落下来。

"镇天秘藏的灵潮！"仪裳惊呼。

一道瑰丽的红芒从战无命和仪裳等人头顶飞过，划出一道美丽的弧线，落在不远的地方。

"灵潮是什么？"颜青青一脸疑惑。

四女已经接受了仪裳，仪裳反倒有点儿不自然。

仪裳看了颜青青一眼，说道："战皇之路上有许多秘藏，里面藏着上古遗留下来的宝贝。秘藏中元灵充沛，就像一个球，元灵之气充裕到一定程度，就会挤破球体，秘藏就会被灵气冲开。这种间歇性灵气排放，我们称之为灵潮。大多数时候，灵潮喷出来的是元晶，偶尔也会有法宝、灵宝被灵气喷出来，不过大多是残缺的。"

"灵潮喷出来的居然是元晶？"颜青青大喜。

这几天她们才知道，战皇之路上最贵重的东西不是元石而是元晶，元晶是一种含有法则之力的高浓度元石，也可以说是法则碎片。将元晶带在身上，可以时刻体会法则之力，对于修行者来说是无比珍贵的宝贝。

"上次战皇之路，光明神廷的一位弟子在秘藏灵潮喷发时获得一件残缺的灵宝，拥有残缺的神识，非常奇妙，威力无穷。虽然是残缺的灵宝，可也比极品法宝厉害，那东西才是可遇不可求的宝贝。"仪裳补充道。

"那我们快去，刚才那东西飞到东边去了。"战无命眼睛一亮，挥手将仪裳等人收入空间法宝，向东方奔去。

战无命一开始并没有放出寻宝猪，百倍重力下，寻宝猪的速度太慢了。到红芒坠落地点附近，战无命才放出寻宝猪。

寻宝猪对天地灵物十分敏感，找准方向带着战无命狂奔而去。很快，战无命就收回了寻宝猪，他感觉到前方不远处传来两股杀意，显然有两股势力厮杀正酣。

战无命没想到，自己这么快，还有人捷足先登，看来这两股势力都不容小觑。

战无命没敢现身，蹲在一边看了半天，他谁都不认识，不得已将仪裳叫了出来。

仪裳眼中闪过一抹惊讶，低声道："是绝情谷和望月宗的人。"

战无命的目光落在两队人马中间那块巨大的赤红色的晶石上，那晶石好似一团燃烧的火焰，无比灸烈。

"火元晶，好浓郁的法则之力！"战无命眼中闪过兴奋之色。

看来这两股势力就是在争夺那块火元晶了。那块火元晶好似拥有天生的威压，让人无法接近。双方都想接近火元晶，同时又在制止对方接近，于是形成了拉锯战。

"不是火元晶产生的威压，火元晶中有一团阴影。"仪裳很快发现了异样。

战无命仔细看去，果然，火元晶中有一团阴影，好像是一截断骨，那股威压是自那截断骨上散发出来的。

"火元晶中怎么会有这种东西？那骨头究竟多少年了？"战无命一脸惊奇。

"传说，当年那一役之后，无数大能陨落在战皇之路，他们的骨骸留在了这里。战皇之路的元气本就是来自大能的残躯，我怀疑那块大元晶就是那块骨头散发出来的元气凝结成的。"仪裳解释道。

战无命心头大震，如果仪裳说的是真的，那块残骨居然能结出这么大一块带有残缺法则之力的元晶，那它的主人当年该是何等恐怖的存在？

如果这块元晶真的是那块骨散发出来的元力结成的，这人只怕比当年的鲲鹏还要强大。鲲鹏的双眼也才结出灵脉而已，根本不是一个等级的。

战无命暗自决定，一定要拿下这个宝贝，火元晶中的那块骨头可比那块火元晶值钱。

战无命抬头看看前面混战的百余人，又有些头大，想要在他们眼皮底下拿到那块元晶还真是不容易。

看样子，他们都想靠近那块元晶，但都在元晶数丈之外，再往前靠，脸上就会现出痛苦之色。

绝情谷的人身着灰衣，望月宗则全是青衣，双方倒是敌我分明，实力也相差无几。这种混战伤亡较大，照这样下去，战无命还真有希望趁他们两败俱伤的时候捡个便宜。

"东月城，这样打下去也解决不了问题。"绝情谷一个少年扬声喝道。

"他是公孙无常，绝情谷的少谷主。"仪裳介绍道。

"看来他们要协商了。"战无命微微有些失望。

"我当然知道，要不你出个章程，这东西我们怎么分。"东月城应了一声，应该是望月宗一方的主事人。

"我们三战定输赢如何？你我二宗实力相近，我们各出三人，三局定胜负，输赢无怨。"公孙无常高声道。

东月城犹豫了一下，他知道这或许是最好的办法。他也不想与望月宗拼得元气大伤，这里离镇天秘藏还有几天路程，未进镇天秘藏之前，谁都不想消耗实力。

最后，东月城点头道："好，三战定胜负！"

战无命无语，他这个渔翁做不成了，要想得到下面那东西，就得一个人挑对方几十人，这仗没法打了。

正在发愁，战无命感觉地面动了起来，好像有一大群人向这个方向跑来。火元晶飞过天空可不止他一个人看到了，估计有其他势力赶到了。

战无命顿时高兴起来，无论谁来掺和一脚，对他来说都有利无害，这潭水越浑，场面越乱，他的机会越大。

战无命向远处望去，见一队人逃命似的向这边跑来。战无命一愣，这些人不像是来抢宝贝的，倒像是逃命的。人数不多，也就三十多人，身上都带着伤，显然刚经过一场恶战，正在逃命。

不会这么巧吧？逃命也往有宝贝的地方跑。远远的，又一股烟尘紧随而至，那才是正主。只看那烟尘的高度，便知那队人马不在少数。

战无命怀中的寻宝猪突然挣扎起来，有什么东西刺激了他的嗅觉，让它不安分起来了。

"靠，不会是这队人抢到了什么宝贝，才被人追杀的吧？"战无命心中一突。

刚跑过来这队人虽然只有三十余人，且人人身上带伤，但每个人都气息悠长，散发出来的气息满是狠绝。显然，每个人都是经历过生死磨砺的精锐战王，这队人的战力比光明神廷的战王的整体实力更强悍。

远方扬起的烟尘显示，后面那队人人数非常多，应该不止一股势力。

"黑旗盗！"仪裳失声低呼。

"黑旗盗是什么组织？"战无命饶有兴趣地问道。

"是专门在战皇之路抢劫的一群人，黑旗盗里的每一个人，都有同阶中顶尖的力量。他们的头领从未现身，没人知道黑旗盗的头领是谁，但是每次战皇之路开启，这伙神秘的黑旗盗就会出现在战皇之路上。他们四处抢夺别人的宝贝，是各方势力的公敌。这些人的战力确实十分强悍，几乎没有人能留下他们。"仪裳低低地道。

"啊，战皇之路上还有这样一群人。"战无命的眼睛亮了起来。难怪寻宝猪躁动不已，估计这群人身上真有好东西。

战无命顿时有了主意，抬手把仪裳收进法宝空间，转身向黑旗盗过来的方向靠去。以他的速度，追在黑旗盗身后并不难，黑旗盗也不会在乎这么一个人追着他们跑，连看都没看战无命一眼。

"火元晶，哈哈，好东西！这不是绝情谷和望月宗的人吗？既然你们这么客气，那就给我们黑旗盗好了！"黑旗盗中跑在最前面的一个巨猿般的大块头看到前面有那么大一块火元晶，眼睛都绿了。

"黑旗盗！"公孙无常和东月城两人脸色大变，他们很清楚黑旗盗的可怕，虽然这群人人数不多，却有超强的战斗力，最郁闷的是，这些人是专业抢宝贝的。

"截住他们！"公孙无常和东月城已无心赌约，他们得先保住火元晶。

"哈哈，就凭你们这几块料，也想拦我们？"黑旗盗头目一声大笑，像一匹脱缰的野马般冲向那火元晶，无视望月宗和绝情谷的拦截。

"二十丈……十丈……五丈……"就在黑旗盗与望月宗和绝情谷的人即将遭遇之际，黑旗盗的人一声怪笑，甩手向空中抛出一张张透明的丝网，那些丝网罩在望月宗和绝情谷众弟子头上。

"天罗丝网……"公孙无常一声惊呼，他还没来得及提醒宗门弟子，一张张透明的丝网已经落了下来，正向黑旗盗冲过去的弟子被丝网一裹，登时缠住和绊倒了很多人。透明的丝网一遇到障碍迅速收拢，望月宗和绝情谷的防守阵形顿时大乱。

"杀！"黑旗盗一声低吼，所有人清一色全是双刀，三人一小阵，九人一大阵，迅速分成十组，如同巨大的旋转刀轮，清除所有阻了去路的敌人。

"啊！"惨叫声四起，那群被罩在网里的人和随后赶过来的人根本没办法阻止这个巨大的刀轮。

可怕的杀气让跟在黑骑盗身后的战无命也吃了一惊人，这群人绝对不是一般的盗匪，他们组织严谨，配合默契，是一群训练有素的军人。

战无命与黑旗盗保持着一定距离，黑旗盗在前面开路，战无命只要跟在后面跑就行了。战无命脑袋高速运转，前面有一块带有神骨的火元晶，黑旗盗身上有让寻宝猪蠢蠢欲动的宝贝，怎样才能全部收归己有呢？

公孙无常和东月城对视一眼，同时向火元晶奔去，阻止黑旗盗不容易，与其火元晶被黑旗盗抢走，不如先拿到手中。

"你们俩别想捡便宜。"黑旗盗中突然出来一个三人组，向公孙无常和东月城扑去。

他们看出了两人的心思，万一被公孙无常或是东月城拿到火元晶，是不可能追着他们抢的，身后还有追兵呢，如果被堵住，就算自己再强悍，只怕也凶多吉少。

"叮……"公孙无常和东月城双双回身，他们是想抢先下手，可是刀罡已然临体，不得不回身防御。

"轰……"东月城手中长剑一旋，拨开对方的刀。黑旗盗顺着惯性向他撞了过来，东月城抬脚上撩。这一脚要是踢实了，这个黑旗盗可就断子绝孙了。黑旗盗也不是那么好对付的，果断抬脚踢在东月城的脚上。

公孙无常和东月城两人的返击将三名黑旗盗的阵形打乱。虽然每一个黑旗盗都十分强悍，但是公孙无常和东月城毕竟是宗门的罕见天才，自小被宗门精心培养，单个人的战力绝对比他们强。

黑旗盗像是大磨盘似的向中心绞动，速度很快，这种阵形可攻可守，将每个人的力量都发挥到了极致。眨眼间，望月宗和绝情谷弟子的伤亡比刚才两宗火拼时的还多。

公孙无常和东月城两人好不容易甩开黑旗盗，正欲回身去抢火元晶，就见一道暗影一闪而过，快得像一阵风。他们还没搞清楚是怎么回事，就听"嗡"的一声，好似有一股恐怖的意志被敲碎了，那道身影已经到了火元晶边上。

战无命紧跟在黑旗盗后面，当黑旗盗与绝情谷和望月宗遭遇之后，两宗所有人都盯着组成刀轮阵的黑旗盗，根本没人在意他这个普通的家伙。

战无命进入人群之后猛然加速，瞬间从黑旗盗身边插了过去，望月宗和绝情谷的防御形同虚设，他的时机拿捏得非常好，轻松地跑到火元晶旁边。

在火元晶旁边站定，战无命感觉自己像是被烈火焚烧一般，忙调集体内的火之洞，将热量吸收。同时，太虚真气散发出强大的威压，与火元晶中神骨的气息相冲，两股力量同时消弭于无形。战无命这才一挥手，将那块火元晶收入乾坤戒。

一切发生得太突然了，不光是公孙无常和东月城，连黑旗盗也没想到，会突然杀出这么一个人，眨眼间抢走火元晶。

黑旗盗以为战无命是望月宗或者绝情谷的人，绝情谷和望月踪的人则以为战无命是黑旗盗的人，形成了一个可笑的误会。

战无命没想到事情会这么顺利，收了火元晶，也不管两大宗门与黑旗盗打成什么样了，撒腿就跑。此时他已成为众矢之的。

"想走，没这么容易！"公孙无常一声怒叱。

他们忙了半天，死了不少兄弟，就快拿到宝贝了，半路杀出一个程咬金，这还了得。

"你还不行！"战无命头都没回，只向后比了一下中指。

公孙无常气极，使出全身力气，向战无命扑过去。

战无命听风辨位，回头就是一拳，正好轰在公孙无常的兵器上，公孙无常瞬间被打出十余丈外，战无命却借着这股力量跑得更快了。

火元晶被抢走了，众人心里都憋着一口气，望月宗、绝情谷和黑旗盗的人因为误会战无命是对方的人，各自分出一部分人去追战无命，剩下的人继续拼命。

黑旗盗郁闷得不行，他们小看了战无命，战无命之前跟在他们后面跑，他们看他就一个人，修为又不高，就没搭理他。没想到这小子扮猪吃虎，一开始跟在后面跑，像是追不上他们一样，突然快起来，根本不受百倍重力的影响，快得跟一阵风似的。

"铁兄，帮我拖住望月宗和绝情谷，我带东西到约定的地方等你们！"战无命都快跑出众人的视线了，突然扭头高喊了一声。

黑旗盗莫名其妙。但是望月宗和绝情谷的人一听可就不是那么回事儿了，这明显是和黑旗盗的人打招呼。

黑旗盗看着战无命的背影咬牙切齿，谁姓铁啊？谁是你兄弟？

黑旗盗个个火冒三丈，东西没抢到，反而给抢了他们东西的混蛋擦屁股。气归气，他们还得继续跑路，这里没有宝贝了，后面几大宗门的追兵也快追上来了。

其中一人打了个呼哨，黑旗盗一起调头，边杀边退。

黑旗盗刚撤，望月宗和绝情谷就看到远处赶过来的人居然有数百之多，不由得暗自咋舌，究竟发生了什么事？这么兴师动众的。

追来的人有五六个宗门，许多人是他们熟识的。

"公孙兄，东月兄，快帮我们截住黑旗盗！"一个声音遥遥传来，急切中带着期待。

公孙无常和东月城一怔，这不是天命城的少城主孙闯吗？还真是熟人。看孙闯追黑旗盗追得气喘吁吁的，显然是什么重要东西被他们抢了，不然以孙闯的个性，黑旗盗就是把天下都抢光了，只要不抢他孙胖子，他才不会管。

"望月宗和绝情谷的兄弟，帮我截住黑旗盗，我玄冥洞必有重谢！"又一个声音传过来，是一向行事神秘的玄冥洞的万戈。

玄冥洞的人居然也在追黑旗盗，看来黑旗盗这次还真没少抢。

公孙无常和东月城对视一眼，同时喊道："快，拦住他们！"

黑旗盗已冲出了两宗的包围，哪里还会纠缠，阵形也散了，撒腿就跑，立时发挥出他们的逃命优势。

望月宗和绝情谷刚经过一场火拼，又被黑旗盗狠狠地揍了一顿，几乎人人带伤，根本追不上他们的脚步，也就是跟在后面吃灰。

黑旗盗刚跑出没多远，就看到不远处刚刚抢走火元晶的少年探头探脑地向这边张望。想到刚才这小子扮猪吃老虎的劲头，黑旗盗都怒了，立马转向，向战无命冲去。

　　战无命不甘心就这么离开，寻宝猪在这群黑旗盗身上嗅到了宝贝，他在这里，本是想等黑旗盗和两宗火拼到两败俱伤之后自己再出手，没想到刚一露头，就被发现了。战无命撇了撇嘴，转身继续逃。

　　于是，绝望丘陵出现了一幕奇怪的景象，一个少年在前面跑，身后跟着三十多黑旗盗，黑旗盗身后跟着一支数百人的队伍。远远望去，就像是战无命领队跑步一样。

　　战无命一路跑，但并未全力奔行，与黑旗盗保持着一定距离，一直吊着他们，他还惦记着他们身上的宝贝呢，怎么可能自己先跑。

　　战无命带着众人向镇天秘藏跑去，反正大家都要去那里，顺路。大家也因此一路追得不亦乐乎。

　　战无命往镇天秘藏跑还有一个原因，他一直感觉那边有东西在召唤刚刚抢的那块带有神骨的火元晶。

　　这种感觉十分奇妙。记忆中，自己在神之墓地得到的神之骨就能感应到与自己血脉相连的宝贝。因此，战无命跑得更起劲了。

　　"靠，那小子体能这么好，都跑几个时辰了，速度也没降。没看后面那些垃圾天才都快累吐血了。"黑旗盗骂骂咧咧地道。

　　"刚才看那小子吃药了，估计也撑不了多久了。再追一会儿，我感觉那块火元晶不一般，一定要抢过来！"

　　"这小子究竟是哪个宗门的，也太滑了！"

　　"管他是哪个宗门的，敢要我们黑旗盗，等我追上他，打出他屎来。"

　　战无命刚吃了个复元丹，这种药史若男多得是。一颗丹药下去，战无命立刻生龙活虎。又跑了几个时辰，那种感应越来越强烈，看来就要到目的地了。

　　战无命继续闷头向前跑，又跑了几里地，一股浓郁的火元力扑面而来，隐约间竟有与土元力分庭抗礼之势。战无命心中高兴，径直向火元气最浓郁的地方奔去。他命魂中有火之洞天，运转起来，对火元力非常亲近，能清晰地感应到它们传来的方向。

太古时，战皇之路埋葬了很多超级大能。大能们有通天彻地之能，死后身上的骨头化作纯净的元晶，有些大能死后，尸体在地下形成一个小世界，里面的骨头和其他器官不断发酵，形成可怕的元力，直到将小世界冲开一道裂缝，元力外泄一部分，方能恢复平静。

战无命跑到一个丘陵上，看到眼前的景象，大喜，前面有一个赤红色的大门，狂暴火辣的元气就是自赤红大门中涌出来的。

说是大门，其实就是一道巨大的裂缝，在赤色的土地上，吞吐着天地元气。

"这是什么地方？"绝望丘陵的土元力都被那股浓郁的火元力驱散了，绝望丘陵的百倍重力都弱了很多。是什么力量，居然能影响绝望丘陵的土之规则。

战无命毫不犹豫地跳进那道裂缝，乾坤戒里火元晶中的神骨感应越来越强烈了，这说明裂缝中有一件令神骨向往的宝贝。

裂缝很深，伸向地底深处，越向下火元素越浓郁，土元素也随之越来越稀薄，又走了一段，就只剩下单一的火元素之力了，土元素完全没有了。

战无命唤出仪裳和史若男，仪裳熟悉战皇之路，史若男的体质亲近火元素，她修炼的功法也是以火元力为主导，在这里修炼，事半功倍。

"一道裂缝……"黑旗盗追到裂缝处，眼睛都亮了，这里是元气爆裂产生的裂口，里面必定有比火晶神骨更好的宝贝。

黑旗盗众人兴高采烈地跳入裂缝。不久，各宗的追兵也到了，他们和黑旗盗一样，争先恐后地跳进裂缝，唯恐被人抢了先机，自己错过机缘。原本联合追敌的几支队伍，又成了竞争对手，互相防备。

第十一章

想夺舍我的肉身，就怕你没那个命

越向下空间越大，等战无命下到地底时，已看不到边际了，这里没有日月星光，但却处处都是火红的光芒，这里是火的世界，到处都有熔岩在流淌，地面上尽是赤红色的石头，远处是一片熔岩湖，湖中犬牙交错地立着几个石堆，勉强可供人在上面落脚。

地下空间非常燠热，充斥在四周的火元力像是燃烧的火焰一般，每吸一口，就像是一股火蛇窜入身体。战无命热得难受，不得不动用所有灵气在身体周围形成护罩，抵抗周围的火元力。

仪裳热得难受，被战无命收入空间法宝纳凉去了。

火元晶中神骨指引的方向在熔岩湖对面。熔岩湖中的熔岩如同火灵液一般，但却有一股深沉的怨念，战无命猜测，熔岩湖很可能是死去大能的血液，历经无数岁月，大能血液中的灵气挥发出来，热力烧穿了地壳，将地底熔岩引了出来。

熔岩与血液融为一体，形成了这片熔岩湖。虽然大能已死，但是他的怨念依然存在于血液之中，这才使得地底熔岩更加灼热。

幸好这里已经没有百倍重力了，可以低空飞行了，战无命在熔岩湖的突起上跳跃前行，很快就到了对面。

对面有很多火元石，战无命大喜，元石在哪里都是硬通货。战无命欢快地捡着地上的元石，史若男突然戳了他一下，战无命百忙之中抬起头，就见史若男向一旁努了努嘴。顺着史若男暗示的方向看去，战无命皱起了眉头，那里有一片凌乱的痕迹。有人来过这里，还拿走了大块的火元石。

战无命大恼，他来的已经够快了，居然有人比他还早。战无命挥手放出颜青青和祝芊芊等人。众人一出来就热得撑起了灵气护罩，扑向地上的火元石。战无命无奈地摇摇头，几个女人跟着他时间长了，对他的性格已然了如指掌。

战无命留下几人捡元石，自己继续向前走去。没走多远，路上出现了零散的尸体和干涸的血迹，战无命提高了警惕。

又走了一段距离，路断了，横亘在前面的是一条蜿蜒而过的熔岩河。河面宽广，一股怪异的力量盘旋在河面上，形成可怕的威压。

战无命手中的元晶神骨欲脱手而飞，显然这里就是它的目的地了。一个死了不知多少年的大能的一块残骨，居然有如此灵性，还真是不可多得的宝贝。

威压自熔岩河传来，看来那东西在熔岩河底。战无命一阵头大，地下熔岩灼热难当，潜入熔岩河捞宝贝，战无命还真没有十足的把握。

想了半天也没想出办法，战无命一咬牙，拼了！

战无命调出命魂中的火元力，用太虚真气将其转换成主要力量，体内的火元素之力沟通外面的火元力，在体外形成炎火罩，纵身一跃，跳进熔岩河。

熔岩可怕的热力瞬间冲破了炎火罩，扑到战无命身上，顺着毛孔疯狂涌入体内。战无命傻眼了，炎火罩居然对地下熔岩一点儿抵抗力都没有。

跳进熔岩河的战无命已无退路，只得屏气凝神将冲入体内的火热之力引导到气海，那里有一个大旋涡，能同化任何能量。

果然，可怕的热力刚进入气海旋涡，立时激活了原本死气沉沉的旋涡。气海旋涡越转越快，狂暴的火元素之力旋入气海，转化为一股清凉反哺身体。战无命的身体都快被熔岩河烤干了，贪婪地吸收着这股清凉。

在清凉和火热的夹击下，战无命感觉体内的细胞演化成一个个小空间，每个空间如同一个小小的水池，将气海送出来的力量放进去，细胞就像注入了活力。

战无命心中大喜，火元洞天果然妙用无穷，熔岩中的火元力纯净而浓郁，对他的身体是大补之物。气海旋涡不断旋转，战无命的身体也不断强化，不用再担心会被熔岩烧成焦炭了。

战无命全身心沉浸在对火元素的转化中，突然，一股危机感升上心头。猛然睁开眼睛，正好看到熔岩之下一股激流向他涌来，战无命本能地向一侧躲开，一只水缸大小的怪鱼自深处扑了过来。

"地心烈炎鱼！"战无命大吃一惊，这里居然有地心烈焰鱼？

看着刚躲开的那条地心烈炎鱼，战无命心中一动，地心烈炎鱼从来不会单独行动！战无命登时绷紧神经，盯着地心烈炎鱼蹿出来的方向。

果然，另一侧又涌出一股激流，战无命暗叫不好，这样下去，只怕最终会丧命鱼口。战无命对地心烈炎鱼非常熟悉，这群鱼虽有智慧，但却并不聪明。他迅速向熔岩河底潜去，只有尽快取得想要的东西，才能摆脱地心烈炎鱼。

这群地心烈炎鱼眼见食物跑了，赶紧追了过来。

"轰……"熔岩河一阵激荡，一道暗影自战无命头顶掠过，狠狠咬住一条地心烈炎鱼，熔岩河剧烈地翻腾起来。

"炎火龙蟒！"战无命大骇。自他头顶掠过的居然是一条炎火龙蟒，长数丈，不知在这熔岩河中活了多少年。

战无命对熔岩河底的宝贝更加期待了，炎火龙蟒可算是高等守护兽。传说炎火龙蟒是太古火神的宠物，攻击力非常可怕，它的存在就是为了守护主人。

战无命已经感受到那股逼人的威压了，又向下游了一会儿，就看到一块大石，奇热无比，战无命心神一震。

"火元晶？"那块大石是一大块火元晶，至于大火元晶中有什么，现在还很难看清楚，直觉告诉他，这块大火元晶必然内藏奇骨。

"轰……"那颗大火元晶被一股怪力推动，破开熔岩，在湖面快速移动。火元晶所过之处，炎火龙蟒和地心烈炎鱼纷纷避让。

"哗……"一道暗光自河底冲出，战无命终于看清了，那块火元晶中包裹着一截粗长的椎骨。

火元晶晶莹剔透，赤红如火，浓郁的法则之力流转其上，虽然只是一截骨头，却发出一种令人心神激荡的威仪。

"火之法则，居然拥有毁灭之力！"战无命暗暗心惊。

与此同时，他怀中的火元晶猛然炸开，里面的碎骨飞出，砸入那块巨大的火元晶中，瞬间砸碎了坚硬的大火元晶。

战无命看得一脸惊愕，大火元晶中的龙形椎骨好似活过来一般，碎骨嵌入椎骨的断口，严丝合缝。

"我的元晶！"战无命突然意识到了什么，一声怒吼。

那根巨大的椎骨刹那间苏醒过来，破碎的元晶迅速被它吸收。

"一个死了不知多少年的老鬼，居然也敢装神弄鬼！"战无命一声怒吼。

战无命纵身跃向那椎骨，那椎骨周围突然生出一团紫色的火光，罩向战无命。这根椎骨居然有神志，在战无命身上感觉到威胁，主动发起攻击。

那团紫火让战无命心悸，看到火光升起，战无命心中也好似有一团火燃烧起来，那团紫火唤醒了他心灵深处的欲望。

战无命暴退，眼前的一切太诡异了，那紫火好似一团火的影像，根本就不是真实存在的，人看到它的一刹那，那紫火就融入了灵魂，这是欲望之火！

欲望之火焚烧的是人的灵魂，无可躲避，战无命满心愤怒。这鬼东西不知死了多少年，居然还如此可怕。战无命浑身燥热难当，那团紫火好似在他心里燃烧一般。

就在这时，战无命看到几道人影自远处跑来，大急，吼了一声："不要看那紫火……"

来人正是仪裳和祝芊芊等女，她们追在战无命后面赶过来，正好看到这诡异的一幕。战无命与一根椎骨对峙，那椎骨透着赤红而邪异的光芒，战无命与椎骨中间，有一团紫色的火焰，妖冶而魅惑。战无命的吼声传过来时，一切已经迟了，她们早已将一切尽收眼底，那团紫火根本无视空间距离，一旦进入视线，就能诱发内心的欲望之火。

"真是一具好肉身，多少年了，我终于等到了，哈哈……"一阵邪恶的笑声响起。

战无命强提太虚真气，却发现欲望之火是自己的心魔之火，太虚真气也无法压制。他连基本的攻击都做不到。那根椎骨在空中不断扭动，看着就像笑得东倒西歪似的。

战无命终于意识到，这所谓的小世界，最大的危险不是各种异兽，而这些阴魂不散的老怪。他们虽然只剩一缕残魂，却十分强大。就像当年的苍宇，虽然只有一缕魂魄，却能控制战神之上的地心烈炎鱼始祖。

"你究竟是谁？"战无命低吼。

"哈哈，小子，你真是幸运。这么多年来，我的小世界开启了无数次，那些人全都成了我的养分，他们的血肉，他们的气运，他们的灵魂，真是美味。直至今日，我终于可以重聚魂火，夺舍重生了。你将幸运地与我融为一体，日后，我将成为一方霸主。小子，你说你有多幸运！啧啧，你的肉身通透无瑕，虽然是小小的战王，但却拥有天地至纯的火元之躯。"

"想夺舍我的肉身，就怕你没这个命！"战无命一声怒喝，挣扎着想要封闭自己的意识，但是面对这团紫火，他居然连封闭意识都做不到。

战无命终于体会到可怜的地心烈炎鱼始祖当年是多么郁闷了，明明自己的意识还在，却被苍宇的残魂限制在地心火眼，不能言，不能思，甚至关闭自己的意识都做不到，只能与苍宇干耗。战无命本可以救它，可惜最终胜利的是苍宇。现在轮到自己了，难道是报应？

"哈哈，你挣扎得越厉害说明你的意志越强大，意志越强大，这具身体的潜力就越大。你的肉身或许能让我重返巅峰！哈哈，可怜的孩子，你可知道，在你捡到那块带有我残骨的火元晶时，你的命运就已经注定了！"

"那块火元晶是你故意放出去的？"战无命惊问。

"当然，每次玄武那老乌龟的神识产生波动，我就知道，他创造的这个世界又开启了，会有无数天才进来寻宝，这是我的机会。这块骨头就是我故意送出去的，只要有人拿到它，就会顺着感应找到这里。哼，虽然在没有办法骗过那老乌龟的神识之前，我还不能走出这里，但是我可以把你们引进来。没想到这次捡到我断骨的人，居然是一个拥有纯净的火元之躯的人，若不是你将我从熔岩下取出来，我还无法脱离那熔岩的束缚呢。"

战无命一怔，脸色十分难看，问道："玄武的神识?"

"不错，这个小世界原本就在玄武的龟甲中，当年那老东西设下欺天瞒道的陷阱，诱来无数高手。那老乌龟虽斩杀了我们中的大部分人，可是它也被我们重创，陷入沉睡，这才使得这个世界阶位下跌。从这么多年进入此地的年轻人修为逐渐下降就能看出来，看看现在，这个世界已经堕落成什么样了，连个像样的都没有，不过，小子，你是个例外。"

那根椎骨可能是太久没人说话了，也可能是把战无命看成了死人，一股脑把自己知道的都倒了出来。

"这几个女娃都是你的女人吧? 哈哈，太好了，本尊不知多少年没尝过女人的味道了，想不到一朝夺舍，就有绝色美人送上来。小子，我会让你的未来无比辉煌，你就乖乖地消失吧!"说完，那根椎骨突然长出一根尖利的骨刺，猛然刺入战无命的身体。

战无命不能言、不能动，体内的欲望之火越烧越旺，身体的每一寸都被烧得酥软如泥，那条骨刺轻易地刺入了他的身体。战无命感觉自己就像是一团面，那条椎骨一点点挤入他的身体，没有痛苦，它仿佛原本就是从自己身上抽离的，此时只是再次融入自己的身体。

那根椎骨像活物一般，一寸一寸挤入身体，自己被欲望之火烧得酥软的肉身仿佛被挤开的水流，那骨入肉一分，肉便将中间的空隙覆盖，没有血、没有痛，这种感觉太诡异了。

无论战无命如何挣扎，如何驱动体内的太虚真气，结果就是助长体内的欲望之火，被欲望之火烧得更加身不由己，这种感觉让他绝望。

"多好的肉身啊，如此亲近天地之元，比我想象的还好，真是天助我九炎啊! 该着那老乌龟倒霉，我九炎天尊能离开此地之时，就是老乌龟的死期!"战无命的神魂中传来一声慨叹。

"你是九炎天尊?"战无命一愣。

战无命前一世在元界时曾听说过，元界远古时有几大可怕的至尊，在元界留下了不朽的传承和道统，九炎天尊就是其中之一，是元界九炎宗的始祖。没想到这位远古大能居然陨落在这里。

"小子，你听说过老夫的名字?"战无命虽然说不出话，但是那根椎骨却能感应到。战无命脑海中传来一个声音。

"当然听说过，九炎天尊沐炎欢，曾是元界七大至尊之一，后来飞升上界，留下九炎宗，可对？"战无命道。

"啊，这么多年了，居然还有人记得我们元界七大至尊。小子，看来你还有点见识，哈哈，你放心，本尊一定会善待你的几个女人，一定会让她们享尽人间之乐。"

"传说九炎天尊杀妻奸嫂、刺父淫母，无恶不作，丧尽天良，果然不假。"战无命"嘿嘿"一笑。

"放屁，谁说的？"九炎天尊大怒。

战无命感觉体内那团欲望之火狂涨，灵魂都要被灼伤了，发出一声惨叫。

"恼羞成怒了，你不要不承认，元界所有人都知道你当年的恶行，简直就是元界的败类，就连九炎宗都不敢告诉外人，你九炎天尊就是他们的始祖，还说你九炎天尊是九炎宗的叛徒……"

"你胡说八道！小子，你想激怒我，那样只会让你更痛苦！"九炎天尊顿时明白战无命说这番话的用意了。

"我是不是胡说八道，公道自在人心……啊……"战无命话音未落就发出一声惨叫，那根椎骨猛然扑入他体内，撞在他的椎骨上。

一阵剧痛让战无命的灵魂都禁不住颤抖起来，他感觉自己的一根椎骨寸寸崩裂，九炎天尊的那根椎骨竟然要取而代之。

九炎天尊不想舍弃他这根本尊之骨，这根椎骨历经无数年淬炼，已是神骨。虽然战无命潜力无穷，但毕竟修为太低。若以这根神骨取代战无命的骨头，必然能让战无命的肉身变得更加强悍，修为会快速提升。这根神骨就像是战无命体内的一台发动机，可以给战无命的身体提供无穷无尽的能量，能自由吸收元气甚至更高等的元能，滋养战无命的身体。

战无命很清楚九炎天尊的想法，他们的差距太大，虽然九炎天尊只是一缕残魂，可是这缕残魂掌控着天地火之法则，甚至掌控着这片天地的规则，因为这片小世界是九炎天尊的肉身所化。尽管这么多年来，他恢复的力量不足巅峰时的万分之一，但是掌控方圆数百丈还是不在话下的。

　　九炎天尊的椎骨撞碎战无命的椎骨的刹那，燃起一团绿火，温和而平缓，仿佛置身温泉之中，浑身都舒坦。椎骨周围的血管和经脉仿佛被勃勃的生机激活，并没有因为战无命的椎骨粉碎而坏死，这团绿火成了这根神骨与附近血管、经脉之间的桥梁。

　　战无命体内有一团紫火在烧，那是欲望之火；身体四周笼罩着一层淡绿色的火焰，是木之火，是生机之火。九炎天尊之所以敢强行将神骨融入他的身体，取代他原来的椎骨，就是因为九炎天尊手中有九火。当年九炎天尊就是凭借手中的九种火焰烧穿天地禁制，飞升上界的。

　　战无命神魂摇曳，一股庞大的意识轰然撞在他的元神上，九炎天尊开始夺舍了，此时他唯一能做的就是抱元守一，死死地守住最后一道意识。

　　九炎天尊显然是这方面的高手，那团绿色火焰笼罩着战无命的身体时，战无命身前那团紫焰也越烧越旺，无数欲念自他的灵魂中升腾而起。战无命听到几女的呻吟声。

　　欲望之火不仅对战无命有影响，对四女同样有影响，这片天地是由九炎天尊掌控的，四女的呻吟声也是他故意让战无命听到的。战无命的元神再也把控不住，眼神迷离，意识逐渐迷失，那团绿色的火焰将五人尽皆笼罩，融为一体。

　　木之火并不会让几人受伤，反而可以助长几人的生机，将几人的五感加倍放大，原本不过是轻轻的抚摸，此时却变成了要命的挑逗，呻吟之声也被那团绿色的木之火放大，变成让人神魂失守的诱惑之音。

　　战无命发出一声低沉的嘶吼，神志一片混乱，再也无法抱元守一。欲望之火将人生命中最原始的欲望化成喷发的火焰，使五人无法自拔地回归本能。

　　九炎天尊发出一声怪笑："小子，好好享受吧，这是你最后一次用自己的意识体验女人的滋味了，以后本尊会帮你好好照顾这几位小娘子了，真是太动人了。"

　　"轰……"九炎天尊话音甫落，绿色火焰与紫色火焰骤然融合，化成一片火海。在火海中，战无命与四女根本不知身边的危机，只是本能地满足着内心的欲望。

九炎天尊非常满意战无命的肉身，战无命身体的每一个细胞都充满活力，许多细胞还形成了单独的空间，里面储存着大量火元力，这是战无命进入熔岩河后，气海旋涡转化的能量。九炎天尊大喜过望。

九炎天尊无法想象，一个战王阶的小子，怎么可能有如此逆天的资质，居然创造了自己的体内世界。当年他还是成为天尊之后才有这种能力，到最后，他也不过是将自己的身体演化成一方世界而已。

战无命以战王修为居然在身体细胞中演化出了空间，假以时日这些空间都能演化成世界，战无命的身体将演化出许多世界，远远超越他巅峰之时！

九炎天尊用神识搜了半天，郁闷地发现，战无命在迷失的最后一刻将神识缩进了命魂深处。战无命的命魂十分特殊，在他木之火和欲望之火的攻击下，居然没有丝毫松动，如果无法抹去战无命的神识，控制其命魂，根本无法夺舍。

他发现了战无命肉身的特殊之后，无论如何都不可能舍弃这具肉身。这具肉身的潜力太大了，有了它，未来的某一天，他也许真的会成为神尊！

九炎天尊迫切地希望夺取战无命身体的控制权，如果无法抹去战无命的神识，控制他的命魂，这具身体的一切感观还是会传到战无命的意识中，他只能做一个旁观者。

"我就不信破不开你的命魂，抹不去你的神识！"九炎天尊一咬牙，虽然他被无尽的岁月磨炼出了足够的耐心，可是听着外面淫靡的声音，他的耐心慢慢消散。

"轰……"战无命感觉在颤抖，一股可怕的力量撞在他的命魂上，原本被太虚真气压制的各大洞天有所松动。

进入这地下火世界，战无命将其他各大元素洞天暂时压制，仅放开火元素洞天，因此，九炎天尊感应战无命的身体是纯火元素之体。

九炎天尊的火焰向战无命的命魂靠过去，他不信攻破不了战无命的命魂。

九炎天尊刚把火焰靠过去，奇怪的事情就发生了，靠近战无命命魂的火焰被吸收了，九炎天尊的炎能越来越弱。战无命的命魂中好似有一个神秘的空间，火焰甫一触及它，就被吸收得一干二净，连火焰法则也不起作用。

九炎天尊做梦也没想到，战无命的命魂中孕育了各种元素洞天，火元素洞天只是其一，每个洞天都相当于一个小世界，无比纯粹的元素小世界。小世界有自己的规则，战无命的修为太低，根本就感应不到各个小世界的规则。

虽然战无命命魂中的洞天规则很薄弱，但此时的九炎天尊刚刚复苏，力量不足，他的法则之力虽然强于战无命的力量，但是却不足以撑破战无命命魂的小洞天，反而成了火元素洞天的养分。

感觉自己的炎能受到压制，之后又被吞噬，九炎天尊生出一种不好的预感，他决定先弄清楚战无命命魂中到底有什么东西，否则他才恢复的那点炎能只怕会被吞噬一空。

九炎天尊还真是霉运连连。战无命命魂中有金、火、水、风和黑暗五大洞天，其他四大洞天一直被压制，战无命先是在熔岩河中吸收的大量的火元素，之后九炎天尊又跑来直接往里面送炎能，在九炎天尊往里输送炎能时，命魂中的火元洞天还可以借炎能中的法则之力压制其他洞天，九炎天尊的火之法则之力一旦退去，火元洞天里的元素法则登时混乱，再也无法压制其他洞天。

战无命的思维处于混乱之中，整个人被欲望之火烧得只剩下本能，哪有心思理会命魂洞天的暴乱。

九炎天尊把火之法则一撤，立刻感到不妙，他撤离的瞬间，就感觉数道不同的元素之力疯狂袭来，这些元素之力无比精纯，有风、有水、有金、有黑暗，还有火。

战无命的命魂中居然有这么多纯粹的元素之力，九炎天尊惊骇欲绝，那些元素不仅攻击九炎天尊，还灌入战无命体内。战无命原本精纯的火元之躯迅速转化，刹那变成融合了各种元素的特殊体质。

正是战无命的本体——太虚之体！

一种可以同化一切元素之力，可以自由转化为各种单一元素之躯的体质。

九炎天尊这下子还真遇上了大麻烦，如果战无命是纯粹的火元素之躯，他掌控九炎法则，完全可以操控战无命的身体。可是战无命的太虚之体是各种元素的融合，他的九炎法则就成了被同化的对象，立刻从掌控变成了被同化。

九炎天尊彻底抓狂了，他到现在也没弄明白，天底下怎么会有这样的事，明明前一刻还是纯净的火元素之躯，下一刻居然变成了融合各种元素的体质，他的九炎法则一下子被禁锢在战无命体内，其他元素一拥而上，压制他的九炎法则。

他根本无法掌控战无命！

"怎么会这样……怎么可能……这小子究竟是什么怪物……"九炎天尊差点儿仰天悲呼。

九炎天尊再也顾不得那么多了，不拼就得死，他只能全力拼一次，冲开战无命的命魂，强行抹杀战无命的神识，才有可能扭转形势夺舍成功。

九炎天尊不再控制实力，一朵朵火焰在战无命体内疯狂燃烧，火焰化成九瓣，有如九色火莲，绚丽而夺目。这就是九炎天尊的九炎。

九炎法则运行，火焰狂涨，原本方圆百丈的火海迅速扩张，方圆千丈之地尽是火焰，九色之火狂燃，天地间好似开出无数火之花，堪称绝艳。整个小世界的火元素之力疯狂聚集而来，仿佛要将无数年积留下来的火元素吸光似的。

疯狂的火元素之力凝聚之后，化成可怕的威压，轰然撞在战无命的命魂上，激烈的震荡使得战无命原本平衡的洞天更加混乱，几大洞天感觉到一股强大的外力压来，顿时感觉到了危机，五大洞天齐开，迎向九炎天尊倾力一博的九炎法则。

九炎天尊已是孤注一掷，若是不能抹去战无命的神识，他的火元素就会被战无命的特殊体质同化，他无数年才凝聚出的一缕残魂将再一次消散，这次是真的消失，他寄托元神的椎骨已经与战无命的身体完美结合，战无命必会将他存于其中的神识抹去。到时，他夺舍不成，反成了他人的补品。

九炎天尊的倾力一击，撞入了五个巨大的黑洞，透过那五个巨大的洞口，九炎天尊看到了五方世界，金、水、火、风、黑暗。

九炎天尊差点哭出来，命运之神和他开了一个恶毒的玩笑，他等了无数年，好不容易将自己的残魂温养出了神识，恢复了一部分记忆，可以夺舍了。老天就给他送来一具堪称完美身体。就在他雄心勃勃，准备东山再起超越巅峰时，命运之神突然告诉他，这一切都是假的，把他从天堂一脚踢到了地狱。

"轰……"九色火莲被五大洞天一口吞下，迅速被洞天中的各种元素同化。

战无命身体猛然一震，神智顿时清醒过来，他的修为竟然莫名其妙地达到了战王巅峰，体内突然出现了一股可怕的力量，命魂中的五大洞天一下子补充了强大的元能，变得更加广阔，洞天中的元素波动都扩大了一圈。

战无命神魂内视，发现先前还不可一世的九炎天尊的神识化成小人，神色委顿，一闪没入那根外来的椎骨中。

九炎天尊悲摧了，最后一击耗尽了他所有炎能，神识非常虚弱，连粉碎自己那根椎骨，与战无命同归于尽的能力都没有。随时可能陷入沉睡的九炎天尊只能龟缩到那根与他神魂相连的椎骨中。

战无命恢复了神志，虽然不知道发生了什么，依然大喜过望。半晌他才想起来，体内还有一个要命的九炎天尊，今日要是不能把这老怪物抹去，今后他就别想安生了，这老怪物就像一只吸血的寄生虫，会不停地吞噬他的能量，随时找机会夺舍。

就像那个东江王吴江，他就是被某个大能的残魂夺舍了，否则他的体内怎么可能有那么邪恶的气息。想到这里，战无命将心神放在潜入椎骨的九炎天尊身上。

"九炎天尊，你怎么成缩头乌龟了，哥哥我的神识就在这里，你不出来夺舍吗？"战无命的神识自命魂中钻出来，跑到那根椎骨边叫嚣。

不管战无命说得多难听，九炎天尊就是不理他，龟缩在里面一动不动，养气功夫还真不赖。

九炎天尊心里有数，此刻他不是战无命的对手。但是以战无命战王的修为，根本不可能炼化他这根椎骨，战无命一天不能炼化这根椎骨，他就是安全的。他在战无命体内，可以吸收战无命的元素之力壮大自身，一旦有机会，他就可以再次夺舍。

战无命怎么可能不知道九炎天尊的小九九，他聚起全身的太虚真气攻向那根椎骨，强大的真气撞在椎骨上。九炎天尊没逼出来，战无命先吐出一口血。

战无命这才想起来，这根椎骨替代了原来的椎骨，现在已经是自己的了，自己撞自己的椎骨，这不是要自己的命吗？战无命疼得脸色煞白，想着自己的白痴行为，差点没气晕过去。

颜青青等女体内的欲望之焰并未消散，紫色的火焰虽然逐渐收缩，由千丈缩到数十丈，可是依然对她们的神智有极大的影响。战无命是因为吞噬了九炎天尊大部分九炎法则，这才清醒过来，否则他还沉浸在无休止的欲望中呢。

九炎天尊发出一声尖锐的惨叫，刚才那一下，他那脆弱不堪的神魂再次受创。

"你个疯子!"九炎天尊痛呼。

他没想到战无命会如此疯狂，若不是这根椎骨的层次太高，根本就不是战无命能毁掉的，战无命就把自己杀死了。这是正常人能做出来的事情吗？

战无命也郁闷啊，刚才他根本没反应过来，还当这根椎骨是九炎天尊的，忘了九炎天尊的椎骨已经与自己融为一体了。战无命心中一阵后怕，心想：幸好这根椎骨够硬，否则自己比九炎天尊更悲摧，好不容易从夺舍中捡回一命，结果一不小心自杀了。

"你不出来，哥继续砸，震死你丫的!"战无命放狠话。

"你，你个疯子!"九炎天尊怕了，他从来没见过这么愣的，这是要自杀的节奏啊。

自己这根椎骨很硬，战无命肉身的层次跟椎骨的层次比起来相差很远，这样撞下去，战无命的肉身肯定会被震散。可是看着战无命那发狠的样子，这是真要玩命啊。

九炎天尊不知道战无命心中也后怕，还当刚才那一击是他有意为之呢。

"你出不出来？你现在出来，哥还可以饶你一命，心情好的时候，或许还能给你随便找个身体让你夺舍。如果不出来，哥拼着受伤也要震死你！"战无命冷哼一声道。

九炎天尊犹豫了，战无命就是一个疯子，再震几次，自己真的有可能魂飞魄散。可是万一出去了，战无命不讲信用，岂不是更惨。

犹豫了半晌，九炎天尊一咬牙，狠狠地道："你个黄口小儿，别拿骗小孩子的话骗本尊，本尊活了无数年，见的人多了，岂会被你欺骗。我就要看看，你怎么将本尊震死，看是你先痛死还是本尊先死。要是你先死了，本尊连夺舍都省了。"

战无命被老怪物镇住了，刚才那一下他差点痛死过去，若不是九炎天尊也被震昏了头骂他是疯子，语气里尽是惊惧，他也不会以此吓唬他。

九炎天尊打定主意和他耗下去，他又没办法了。怔了半晌，战无命恶狠狠地道："老不死的，你不要后悔，哥就不信没有法子治你，看哥怎么玩死你！"

战无命不再管九炎天尊，把心神放到外面，火海依然在燃烧，战无命此时已能自如地控制这片火海了。吞噬了九炎天尊的九炎法则之后，他对火之法则的领悟已接近圆满，这片火海是九炎天尊的九炎所化，战无命控制得得心应手。

有了这片火海，战无命多少还有点隐私，毕竟他们现在的行为不是很雅观。

战无命从颜青青和祝芊芊等女体内抽出欲望之火，众人相继清醒过来。看着颜青青逐渐清澈的眼神，战无命低喝一声："运功，抱元守一。"

颜青青一怔，她只记得自己看到紫色的火焰之后，就感觉欲火焚身，之后就一无所知了。此时刚醒过来，就听到战无命一声大喝，她毫不犹豫地照做了。

颜青青的身体接近纯净的木元素之躯，战无命用太虚真气将九炎天尊的木之火导入颜青青体内。

木之火虽为火，却有木源特性。战无命将木之火导入颜青青体内，木生火，木火之意传入颜青青的意识中，颜青青刹那间得到升华，青绿色的火焰在她体内燃烧起来。

战无命把浓郁的木之火用太虚真气导入颜青青的身体，被颜青青的纯木之体炼化，转化成木之焰。在战无命的授意下，颜青青把体内的木之焰传入战无命体内。

战无命调来颜青青的木之焰就是为了对付龟缩于椎骨中的九炎天尊，同时把黑暗元素附在那根椎骨上，形成腐蚀之力。不仅如此，战无命还将风、水两种元素在椎骨周围形成旋涡，如同阴阳太极。

九炎天尊在椎骨中刚安稳一会儿，一股可怕的吸力差点儿把他从椎骨中吸出去，他实在搞不明白，这个少年怎么有这么多古怪的招数。无奈只得爬出来看看到底是怎么回事，这一看吓了他一跳，椎骨上附着一层黑暗力量，可怕的腐蚀之力不腐蚀骨骼，却腐蚀灵魂。

九炎天尊正头痛，又感觉到一股绿色的火焰附着在椎骨上，火焰是纯正的木之焰。木之焰最强的能力就是炼就万物，这木之焰并不想炼化椎骨，而是让黑暗元素更快地侵入椎骨。

这种怪招只有战无命这种奇葩能想出来。

椎骨表面有可怕的风水旋涡，九炎天尊不得全力抵抗那股可怕的吸力，无力再管黑暗之力在木之焰的帮助之下正快速地侵蚀椎骨。

"小子，你炼化了本尊，对你也没什么好处。要不我们打个商量，我可以帮你找到更多的宝贝，你帮我找一具合适的肉身。"九炎天尊怕了，战无命这小子的手段太多了，简直防不胜防。

在木之焰加持下的黑暗之力真的可以同化这根椎骨。虽然到时候战无命依然不能自如地控制这根椎骨，无法调动它的力量，但是黑暗元素的腐蚀之力足以抹杀他这缕脆弱的残魂。

第十二章

地火世界三日游，收个天尊做打手

进入地下火世界，看到大小不一的火元晶，各宗门就再也无法形成合力了。这正是黑旗盗想要看到的，为了争夺宝贝，各宗门之间、黑旗盗和各宗之间掀起了一场混战。

这场混战一直持续到地下火世界发生异变，所有人都感觉到火元气剧烈波动，整个地下世界的火元气都涌向一个方向，所有人的目光都投向了火元气流入的方向。

天地异象，必有重宝出现。

"只要你能从我身体中消失，一切都值得！我最讨厌被威胁，留你在我身体里，就是一枚随时可能爆炸的炸弹。"战无命恶狠狠地对九炎天尊说道，决心一定要抹去这缕残魂。

"只要你答应我的条件，我可以告诉你天地九炎散落的位置，并助你获得它们。"九炎天尊急切地道。

"我凭什么相信你？"战无命不置可否。

"当年我殒命时，九朵火种散落在各大世界，只有我知道它们的位置。当年，我就是凭借这九朵火焰烧穿元界的壁障，顺利进入仙界的。"九炎天尊傲然道。

"仙界？从元界飞升不是直接去神界吗？怎么会是仙界？"战无命愕

然，他没听说过有仙界一说啊，在他的记忆中从未有仙界的消息。

九炎天尊一怔，叹了一口气，道："你说得也没错，但是在太古时，人们从元界飞升之后，只会抵达仙界。虽然元界与神界也有通道，但是只有极少数人有资格获得神界的接引，飞升神界，其他人是不行的。"

"还有这么回事？后来大家为什么都直接飞升神界了呢？"战无命问道。

"无数纪元前，神界发生了一场动乱，波及仙界，差点儿把仙界毁了，没有人知道是怎么回事。后来仙界通往神界的路也被封闭了。一个偶然的机会，仙界至尊获得一个消息，说玄武无意间获得一件来自神界的玄天神器和一个巨大的秘密，知道这个秘密就能飞升神界。于是各路仙界天尊到元界和九玄大世界寻找玄武。我们找到玄武之后才知道，这是玄武的诡计。众人也是从玄武口中知道为何神界大乱之后，再也没有九玄大世界和元界的天才飞升仙界了。"九炎天尊的语气对玄武饱含着恨意。

"为何？"战无命问道。

"你答应不杀我，我就告诉你一切，有我的指导，将来有一天你就能顺利飞升仙界而不是神界。"九炎天尊语气一转，开始跟战无命讨价还价。

"切，飞升仙界有什么好？你们仙界的人不也想破了脑袋要去神界，能直接飞升神界多好。"战无命笑了。

九炎天尊的脑子秀逗了，说出这种傻话。

九炎天尊不屑地道："你当直接飞升神界是好事吗？不经过仙界的提升，没有神界的接引，你就贸贸然进入神界，我保证你连死都不知道是怎么死的。"

战无命心一沉，九炎天尊的话不像是吓唬他。他要想知道答案，就必须与九炎天尊妥协。可是要将九炎天尊留在自己的身体里，他宁愿不要答案。

"我不炼化你也行，你必须答应我一个条件，否则我宁可不知道答案，也要将你抹去。"战无命权衡了一下，最后还是觉得九炎天尊留在体内危险系数太大。

九炎天尊松了口气，他最怕战无命这个愣头青根本听不进自己的话，一门心思想炼化他。能谈条件就好说。

"你说，什么条件？"

"我可以帮你找一具适合夺舍的肉身，在没有找到合适的肉身之前，你不能寄居在我的身体内。你获得肉身之后，必须跟随我百年，这百年之内，你必须听我调遣，百年之后我就还你自由。"战无命冷冷地道。

"你还想让本尊给你做免费打手？"九炎天尊顿时就恼了。

"你也太高估自己了，哥这是在保护你。就算现在获得肉身，你就能恢复到巅峰状态吗？百八十年你能恢复到当年的十分之一就算不错了。要你这样的打手，还不如我亲自动手呢。"战无命不屑地道。

九炎天尊老脸一红，战无命说得也不错。

"离开你的身体，我的残魂根本无法久存，很快就会消散，等同于自杀，你还不如直接杀了我呢。"

"这个你放心，我敢让你离开，自然有办法让你活下去。"战无命从怀中掏出一颗散发着柔和的光亮的珍珠。

"和合珠！"九炎天尊低呼。

"不错，正是和合珠，天下间温养神魂最好的宝贝。你的残魂寄于此珠之中，肯定比在你那块烂骨头中强多了。"战无命笑道。

"什么叫烂骨头，我这根椎骨可是我巅峰时的至尊仙骨，已经开始向神骨转化了，又被我在地火中温养了这么多年，差不多已经是神骨了。"九炎天尊恼道。

"切，还神骨呢。你这是答应出来了？"战无命一心想快点把九炎天尊挖出来，把他留在体内实在是不安心。

"在我出来之前，我们一起以天道起誓，如若违誓，必遭天道遗弃、诛杀，永世不得超生！"九炎天尊显然还是不相信战无命。

战无命撇撇嘴，九炎天尊倒是个谨慎的人，"好，我们一起起誓。"

九炎天尊进入和合珠，和合珠是温养神魂的至宝，对于只剩残魂的九炎天尊来说，是更好的选择。藏在和合珠中，就算走出这个小世界，也不会被玄武的神识感应到。

解决了九炎天尊，战无命没有丝毫轻松感，心头反而变得更加沉重。

他从九炎天尊那里知道，太古时，元界并非直通神界，而是仙界。上界有仙、魔、冥、兽、妖等各大高等位面，元界不过是无数位面中的一个中等位面，而在仙、魔、冥、兽、妖等高等位面之上，还有一个至高位面——神界。

一场神界大乱之后，仙界破损了一半，其他魔界、妖界也好不到哪儿去。这场战乱来得莫名其妙，从此各界与神界断了通路。

后来，他们在神兽玄武那里得知一个消息，神界因内乱暂时封印了各界的通路，但是一位在众神之战中陨落的大神掉落九玄大世界，于是神界篡改了天地规则，将元界和九玄大世界的飞升之路直接引到了神界。

在许多人眼里，这是一件非常幸运的事，但是玄武清楚，从元界飞升的人在元界可能是无敌的存在，但是到了神界却如同婴儿，任何一位神界的下位神都能轻易地把他杀掉。元界的飞升者根本不可能真正进入神界，而是被神界的几位大神圈养起来，也许最后都会成为他们的兽粮。

他们这么做的目的是杀掉所有从元界飞升神界的天才，这样，无论那位陨落的神转世成谁，都会在飞升神界时被杀掉。

为了一个可能转世的神，至高无上的众神竟做出这种断绝一个世界希望的事情。

众神采用这种无耻的伎俩，不惜杀掉所有飞升者也是有原因的。世界生成自有天道规则，即使是至高无上的众神，想要毁灭元界和九玄大世界，也是办不到的，因为天道规则不允许至高位面的神降临低等位面，那样会破坏整个世界的平衡。就算是强行降临，也只能以特殊手段把修为极弱的人送下来，即便如此，代价也非常大。

玄武被逼无奈，这才假传消息把仙界大能骗到玄武大世界，希望集众仙之力轰开封印，打通元界通往仙界的道路。

可惜众仙没有成功，眼看众仙暴怒，玄武不知为何最终也没告诉众仙能从元界直接去往神界，众仙与玄武大战。

163

玄武偷偷在龟甲下开辟了一方世界，也就是玄武战场。他将众仙引入玄武战场，一场血战之后，谁也没讨到好处，大多数仙家陨落在玄武战场，玄武也被众仙重创。沉睡之前，玄武用玄天神器封印了玄武大世界，将其自九玄大世界独立出来，虽说是封印，但也是保护。

战无命郁闷得不行，破炎大陆被人封印了，玄武大世界也被封印了，连元界和九玄大世界也被封印了。这一层一层的，自己就像是生活在大盒子套中盒子、中盒子套小盒子……最小那个盒子里。

原本以为自己只要破开破炎大陆的封印就天高任鸟飞、海阔凭鱼跃了，没想到破炎大陆在整个玄武大世界中就是一个破落的乡村，玄武大世界与其他世界相比，就像一个破落的城镇。战无命都无语了，自己怎么会生长在这样一个被遗弃被诅咒的地方啊？

想到当年玄武为了九玄大世界和元界众人不被神界奴役，能飞升仙界，不惜将仙界大能引到这里，失败之后，又拼着自己被重创把众仙困死在龟甲中，实在是伟大。

收拾了一下心情，战无命长吁了口气。

回到现实中，他还要面对仪裳。颜青青等女是自己的女人，自然没什么事。仪裳不同，就这么稀里糊涂地把身体给了自己，虽然是被欲望之火推动的，可是作为男人，不能不负责任。

九炎天尊进入和合珠之后，战无命才唤醒仪裳。

颜青青等女十分乖巧地去附近捡拾散落的火元晶去了，仪裳身上披着祝芊芊的外套，看向战无命的眼神十分古怪。战无命一脸尴尬。

"先前我们都被欲望之火焚毁了理智，虽然我很想你能成为我的女人，可是刚刚确实不是我能控制的。如果你愿意，回到中央大陆我们补办一次婚礼，定让你风光入我战家之门。"战无命无措地挠挠头，打破了僵局。

仪裳眼中泛出泪光，没有说话。战无命轻轻握住她的手，深吸了口气，语气诚恳："从今天开始，你就是我战无命的女人，从此，你的幸福由我来负责，你的安全由我来保护，你的仇由我来报，你的喜怒哀乐我会与你一起分担。没有人能伤害你，我们的未来掌握在自己手中。"

仪裳眼中的泪水滑落，并未甩开战无命的手，身体前倾，靠在战无命胸前，泪水打湿了战无命的胸膛。

　　战无命松了口气，仪裳或许已经认可了自己，只是无法突然接受自己这个相对而言还是有点陌生的人。今天的事或许是上天的安排，让他们打破了隔阂，事情发生之后，两人相处反而更加坦然了。

　　突然，战无命神色一变，低声道："仪裳，你和芊芊她们进入我的空间法宝。"

　　"怎么了？"祝芊芊见状，连忙问道。

　　"很多人正向这个方向赶来，看来刚才我和九炎天尊交手引起各方势力的注意了，你们先进去。"战无命肃然道。

　　"哦……"几女立刻放开心神，让战无命把她们收入空间法宝中。

　　战无命拿起和合珠，对九炎天尊道："老怪，有什么宝贝，拿出来做饵，你不是想找具身体夺舍吗，机会来了。"

　　"我哪里还有什么宝贝。"九炎天尊嘟嘟囔囔地道。

　　"看你眼珠子乱转，就知道你没说实话。"战无命看着和合珠中的小人，笑道。

　　小人撇撇嘴，"有倒是有，不过就怕吸引力不够，来了很多人。"九炎天尊有些担心。

　　"切，你忘了哥吞了你的九炎法则，虽然不能使出完整的欲望之火，却可以让这里遍布欲望之火的火种。只要心存欲望，还怕他们不发疯？"战无命轻蔑地笑了笑。

　　"快！让你的那条炎火龙蟒听话，我要躲进熔岩里去。"

　　公孙无常与东月城同时赶到熔岩河畔。进入这地底小世界之后，各大宗门的人很快就走散了。这个小世界就如同芥子须弥，在外面根本就感觉不到它的巨大，进来之后，才知道里面十分宽广。

　　一路走来，他们的收获都不小，各种火元石、火元晶没少捡，但是真正的宝贝却一件也没见倒，这让他们很失望。之前，他们感觉到灵能波动；这才跟着火元素汇聚的方向跑了过来。

两宗的人在半道上看到老对手，心里都很别扭，一旦双方发生争执，很可能被后来者捡便宜，就像那火晶神骨一样。

两队人马来到熔岩河畔，怔住了。熔岩河上浮着淡淡的紫焰，河对岸黑色的礁石上露出半截龙首杖，龙首上好似有九色光华，璀璨夺目，让人心驰神迷。

火元之力不断灌入龙首，那龙首就像一个喂不饱的黑洞，一股恐怖的威压从龙首上泛出，一道道涟漪般的火纹向四面扩散开来，看得人心底涌出一股热流。

那龙首杖绝对是奇珍！

看着横亘在面前沸腾的熔岩河，两队人心头都压力山大。即便如此，他们也必须尽快行动，说不定再过一会儿，就有其他人赶过来了。

"我去试试。"望月宗一名修炼火元力的战王道。

"我与你同去！"绝情谷的人也不甘示弱，不想让望月宗独占先机，也出了一名修炼火元素的战王。

东月城和公孙无常对视了一样，没办法，只好点头。

两名战王提起一口气，纵身向黑礁石跃去。岸边众人满含期待，但是很快脸色就变了，河面熔岩上泛起丝丝涟漪，数条浑身赤红的大鱼凌空跃起，口吐青色火焰，直逼两名战王。

"地心烈炎鱼！"不知谁喊了一声。

所有人一脸震惊，这种鱼不是已经绝迹了吗？怎么会出现在这里？看那大鱼的个头，显然不比战王的修为低。

那两名凌空的战王大惊，毕竟是身经百战的精锐，两人当机立断，同时发力撞向对方，借对撞之力一个后翻，逃出地心烈炎鱼的攻击范围。但是如此一来，二人也没办法扑向那块礁石了。

令人惊叹的是，那几条跃起的地心烈炎鱼，并未落回熔岩河，而是相互以尾相撞，在空中一扭，紧追着两名战王不放。

"轰……轰……"东月城、公孙无常和宗门之人同时出手，几道凶猛的战气撞在那几条地心烈炎鱼上，瞬间将那几条鱼撕成了碎片。

两名战王险险回到岸边，脸色铁青，刚才若不是东月城和公孙无常等人接应，他们只怕真要落入鱼口了。谁也没想到，熔岩河中居然有这种智慧凶兽。

"好宝贝啊，既然你们不敢取，我流川真就不客气了！"

就在东月城和公孙无常望着地心烈炎鱼的尸体皱眉时，一个调侃的声音传来，一道火红色的影子从众人头顶掠过，好似飞鸟般向礁石上的龙首杖扑去。

"流川真！"东月城和公孙无常脸色大变。他们听说过此人，其修习火元素战气，对火元力的感悟非常深刻。

两大宗门好不容易发现一件重宝，怎么可能让流川真拿走。不过，他们竟然都没阻拦流川真的行动。

他们等着流川真将龙杖拿回来，那时他们再抢也不迟。

"流川真，想拿奇宝，怎可不先问问我谷开山？"

流川真的身形还在熔岩河上，一道赤练般的身影横空出现在他前方。

"修罗火焰刀谷开山！"望月宗和绝情谷的人脸色更难看了。

这两人都是狠角色，在战皇之路上有极高的声望，虽然比不上苍君生那些人，但也相差不多，至少比东陵七王强多了。

"谷开山，你怎么像狗皮膏药似的，本少到哪里你就追到哪里，你究竟想干什么？"流川真火冒三丈地大声吼道。

"我早就说过了，除非你娶我妹妹，否则，你走到哪里我就跟到哪里。你玩弄别人的感情我不管，居然欺负到我妹妹头上，你就得负责。"谷开山一声怒喝，截住流川真的去路。

岸上众人都看呆了，感情这哥们是来逼婚的。貌似流川真招惹了谷开山的妹妹，惹得这魔星穷追不舍。打吧，两人的修为差不多，谁都占不着便宜。谷开山一直缠着不放，流川真干什么事他都要插一脚，流川真都要崩溃了。

"谷开山，我都说过多少次了，我根本就没碰谷真宁，连她的手都没牵一下，只对她说了几句好听的话而已，你这样纠缠不休也太没意思了！"

"我妹妹说你调戏她了，这辈子非你不嫁。我谷开山就这么一个妹子，她要是不嫁人，我有何颜面去见我死去的爹娘，我不找你找谁！"谷开山愤然道。

"好，要我娶你妹妹也行，总得有嫁妆吧，你要是能把那龙杖拿来做嫁妆，我就娶谷真宁。"流川真怒了。

他游走花丛几十年，自诩万花丛中过，片叶不沾身。那日遇上谷真宁，一时口快，说了几句无遮拦的话，后来听说对方是修罗火焰刀谷开山这二货的妹子，立刻打消了念头。他早就知道谷家人个个是奇葩，没想到还是惹祸上身了。

他原本并不想进战皇之路，实在是被谷开山缠得快疯了，这才偷偷进来的，没想到谷开山居然也跟进来了，一路上穷追不舍，从白银战皇之路追到黄金战皇之路，连他钻进小世界也不肯放过。

谷真宁也真是的，就跟自己见过一面，居然就非自己不嫁，他想死的心都有了。

"好，一言为定！你早说啊，哥早就帮你把狗屁龙杖拿到了，这种东西在哥眼里都是粪土，怎么比得上我的宝贝妹妹！"谷开山大喜，一口答应下来。

河底熔岩中，战无命望着河面上那对活宝，十分无语，这都是什么人啊！

虽然谷开山挺二的，但战无命还真挺喜欢这个人的，重情重义，豪爽大方，视宝物如粪土，比岸边那些满肚子心机、见利忘义的人强多了。

由远及近的气息越来越多，更多人向这个方向赶来。战无命对和合珠中的九炎天尊道："该烧的烧，该燃的燃，是时候提升元气中的欲望了。"

熔岩河上，淡淡的紫焰越来越浓，却没有人发现，他们眼中只有龙首宝杖上泛出的九色华光，此时那华光更加夺目，如同夜空中的明星，众人的心神再也无法离开那根九色神杖。

九色龙杖仿佛有诡异的魔力，让所有人为之心颤，为之疯狂，连谷开山都禁不住使劲摇摇头。在他心中，宝物都是身外之物，力量源于自身，这是强者的自信。正是这种自信，使得他虽然生在一个不起眼的家族，却拥有超强的战力，令许多大宗门的绝世天才黯然失色的强大战力。

但是此刻，那根九色龙首杖居然对他产生了极大的吸引力。

"不行，这东西得给我妹妹做嫁妆！"谷开山咬咬牙，强行抵制难以抗拒的诱惑。

岸边已经聚集了数百人，来了很多宗门，连黑旗盗都来了，可惜众人好像没看到黑旗盗似的，他们眼中只有那根九色龙首杖。

"这是我妹妹的嫁妆，谁也别想拿走！"谷开山一声低喝，却没有人害怕，他们反而变得更加疯狂。

听到谷开山的低喝，只有流川真挣扎了一下，想到了什么，神智稍稍清醒，骇然发现谷开山居然一个人阻拦一群扑向九色龙首杖的高手。

"你疯了！"流川真不知道自己为何不希望谷开山这个牛皮糖死掉，也许是因为谷开山到这种时候，还惦记着抢九色龙首杖给妹妹做嫁妆。

谷开山对宝物竟没有一丝贪念，一心想着妹妹，流川真心底竟升起敬意，几个月以来被他纠缠的郁闷一下子消散了。

"轰……"谷开山的大刀毫不犹豫地斩向同时扑到的数百战王，他的刀将这里的火元素发挥到极致，但他毕竟只有一人，如同洪流中一块无根的巨石，就算再重也难免被冲走。

谷开山被众人联手震飞，倒飞出数十丈，在空中狂喷出一大口鲜血，鲜血出口便化为热气，瞬间蒸发。

"哈哈，痛快！那是我妹妹的嫁妆，它是我的！"谷开山一声大笑，好死不死地正停在那块巨大的黑色礁石上空，想也不想，伸手就向那根九色龙首杖抓去。

"不要……"谷开山刚要抓上那龙杖，一只大脚狠狠踢在他身上，一脚将他踢了出来，是流川真。

流川真在空中一扭身，半指宽的长剑在黑礁石上一点，自九色龙首杖上空飞过，追着谷开山回到岸上。

"轰……"流川真刚飞过礁石，数十道掌风重重地轰在礁石上。那群飞向礁石的人看到谷开山的动作，登时动了杀机，任何敢抢九色龙首杖的人全都该死。

数十人一起轰出，黑色的礁石往下一沉，却并未碎开，礁石在炽热的熔岩中存在了无数年，之所以没有溶化，是因为材质非比寻常。

"你为什么要救我？"谷开山又咳出几口鲜血。

刚才他以一人之力硬拼数十人，虽然双方相距甚远，但也受了重伤。谷开山没想明白自己为何会这么冲动，被流川真踢了一脚，反倒把他踢醒了。

"因为你有可能是我未来的大舅子，如果你死了，我怎么向你妹妹交代。"流川真也很是无奈。

"你放心，我一定能抢到九色龙首杖，那是我妹妹的嫁妆。"谷开山咳着血，认真地道。

"情况有些不对，我们先离开这里！"争抢龙首杖的人眼神过于狂热，他们的眼中好像燃烧着欲望之火，他们已经失去理智了。

"不行，离开这里我怎么知道最后是谁拿了九色龙首杖。"谷开山摇头。

"命都没了还要那东西干什么？"流川真没好气地骂了句。谷家人都是一根筋，他都不知道自己为什么要救这个一根筋的家伙。

"啊！"一片惨叫声响彻熔岩河上空，数百人同时飞向礁石，载沉载浮的黑礁石根本站不下这么多人，很多人掉进熔岩河，在可怕的高热下骨化肉消。

"这是我的！"

"去死吧你！"

"谁挡我谁死！"

数百人抢占一块只能容纳几十人的礁石，结果可想而知。先踏上礁石的人被后面的人一顿狂轰滥炸，凡是想抢九色龙首杖的人，都会被数十人同时攻击。

众人眼中只有那九色龙首杖，甚至没发现一有人落在礁石上，就有一股黑烟升起，那人紧跟着惨嚎起来。黑色礁石表面温度非常高，比熔岩河的热度还要高，双脚一落在上面，立时碳化，身体其他部位也会在高热下很快碳化。

谷开山和流川真脸色煞白，他们从未看过如此惨烈的死法，一个人自下而上地碳化，双手还拼命挣扎着想抓住那根九色龙首杖。他们终于确定，这些人都出问题了，这是一个死局。

"好可怕的高温，那块黑礁石很可能是这地下火世界的源头，难怪宝贝会在上面，异宝必有异物相护。"流川真咋舌叹道。

"轰……"那些人就像没看到礁石上炭化的尸体似的，兀自厮杀。

不管谁挡了自己取九色龙首杖的路，出手就是杀招，无论对方是不是宗门的同伴。一时间剑气纵横、拳影翻飞，各路法宝层出不穷。

流川直和谷开山都看傻了。

"河面上的紫焰有古怪。"谷开山盯着熔岩河看了半天。

"好古怪的火之元力，那是……那是欲望之火！"流川真失声低呼，他终于知道问题出在哪儿了。

"怎么可能？欲望之火！"谷开山脸色大变，喝道，"走，马上离开这地方！"

战皇之路有一个可怕的传闻，有一种可怕的火焰，叫作欲望之火，在一个地下世界。没有人知道它在什么地方，因为进入那地下世界的人没有活着出来的。

流川真也听说过，背上登时渗出一层冷汗，拉着谷开山就跑。

二人没跑几步，就停住了脚步，一个面带笑容，看上去人畜无害的少年拦住了他们的去路。他们从少年身上感受到一股威压，仿佛高高在上的神灵俯视着他们。

少年正是战无命。战无命真的很喜欢流川真和谷开山二人，他们能在欲望之火中保持清醒，不仅表示他们心胸坦荡、心无贪念，更能说明他们天资过人。

谷开山轻轻甩开流川真的手，手臂平伸，火元素之力迅速凝聚，化为一柄像剑龙背上的倒刺似的怪异的长刀，这就是他的修罗火焰刀，刀身长六尺，宽如门板，赤黑色的火焰在上面长燃不灭。

"你是何人？"赤红色的窄细长剑横在身前，流川真看着面前的少年竟然一阵阵心悸。即使面对苍君生，他也可以傲然而立，但是与眼前这个少年对峙，他连手中的长剑都要拿不稳了。

"我是战无命，我想收你们当小弟。"战无命给了两人一个标准的八齿笑容，根本没把谷开山和流川真的戒备放在眼里。

"笑话，你凭什么当我们大哥？"流川真一声冷笑。

"或者你们想和他们一样，永远消失？"战无命指了指熔岩河中间那群人，此时那里只剩下几十人了，却杀得更加惨烈。

"这是你设下的陷阱？"流川真一脸惊骇。

"我只是放了点儿欲望之火，如果他们没有欲望，就会像你们一样。"战无命轻轻地摇了摇头。

流川真和谷开山对视了一眼，竟无言以对。

"你想当老大，那就让我看看你的能耐。"流川真边说边攻了上来，有如一道流火到了战无命面前，火灵力以流川真的身体为中心凝成一柄巨剑，似能洞穿一切。

战无命的眼中闪过惊讶，双脚后撤，抬手在身前画了一个圈，火元素突然被抹去了一块，形成一个空洞，将那柄火灵力形成的巨剑一口吞了下去。

流川真感觉身体被怪异的力场束缚，原本得心应手的火元素居然成了绳索，一圈一圈地把他绑缚在中间。他手中的火焰巨剑被前方的空洞一点一点吃掉，他连想抽回来都办不到。

刀影横扫，谷开山也出手了。他看出流川真不是眼前少年的对手，再不出手，流川真只怕凶多吉少，自己妹妹的幸福还指望他呢，他不能眼睁睁看着流川真被杀。

谷开山倾尽全力的一刀居然斩空了，战无命瞬间消失在眼前，因为动作太快，还留下一道残影。

战无命再次出现时，流川真也出现了。

流川真那柄巨大的火焰剑在战无命身前化为点点流火，簌簌而下。流川真的身体就在战无命一臂之外，咽喉在战无命的五指之下。

战无命提着流川真静静地站在空中，仿佛一尊火神，四周不断爆燃着星星点点的火花。

谷开山骇然，即使他出手相助，流川真还是一招就败了，眼前这少年的修为明明是战王巅峰，为何自己二人和他的差距这么大？

"你的刀已经有了自己的势，很强。可惜，对我没用。"战无命声音平缓，目光平和地望着谷开山，并未因他那一刀而生气。

战无命的目光落在流川真的脸上，眨了眨眼问道："现在，我够资格了吗？"

流川真感觉战无命的手就像一把大铁钳，狠狠夹着他的咽喉，他居然连动一下手指的力气都没有，他知道，眼前这个少年想杀他，动一动手指就行。

刘川真心中生出一股从未有过的失落感，他从来没想到，自己居然会被同阶之人一招打败，他不得不承认，自己不是战无命的对手。

"你赢了，还请你高抬贵手放了他。你到底要我们做什么？"谷开山深吸了口气，没再出手，他们都不是战无命的对手。

"很简单，你们对天起誓，往后以我为首，认我为兄，真心实意与我共进退。"战无命露出一口雪白的牙，笑得异常欢畅。

他不想控制这两人的命魂，这两人都是性情中人，而且天资过人，他是真的欣赏他们。如果自己控制了二人的命魂，会限制他们将来的修行之路。

"这么简单？"谷开山一怔，本以为对方会要他们宣誓效忠，成奴为仆，没想到，对方真的只让他们认兄长，拜大哥。谷开山有点儿不敢相信。

"就这么简单。你二人都是性情中人，品性不坏，我很喜欢，所以想收你二人为小弟。不需你们立下重誓，不背叛我，不把今天的事情说出去就行。以后，你们有事，我会出手相助，我有事，你们也要与我共同进退。"

"好，如果是这样，我谷开山发誓：今生以战无命为兄，绝不背叛。誓与战无命兄长共进退，无论生死，绝不后悔。若违此誓，天雷轰顶，魂销魄散，永不轮回。"谷开山毫不犹豫地立下誓言。

流川真松了口气，见谷开山这么干脆，也跟着立下了誓言。谷家的人虽然个个一根筋，惹不得，但却是大智若愚，眼光独到。战无命以战王巅峰的修为就有如此恐怖的战力，可见必然潜力无穷。战皇之路处处凶险，有战无命这个厉害的大哥罩着，他们也会更加安全。

战无命很开心，随手拍了拍流川真的脑袋，就跟拍小狗一样。

"很好，这里有一颗疗伤圣药，你先服下。"战无命从怀中掏出一个翠玉小瓶，是史若男炼的疗伤丹药。

谷开山接过瓶子，打开瓶塞就闻到清香扑鼻，心神一震。他是识货之人，顿时大喜，连声道谢。

战无命挥了挥手道："你自行疗伤吧，我要把那几个黑旗盗收了。"

第十三章

大道争锋，容不下尔等邪恶之徒

战无命的目光落在剩下的几十人身上，在那些人中，黑旗盗居然还有近二十人，在这场混战中，黑旗盗损伤最小，战无命惊讶于这群人的战斗力。

在如此惨烈的群杀中，在欲望之火的炙烤下，黑旗盗居然还能出于本能地首尾相顾、互为犄角，必定接受过严格的训练和考验。战无命更加肯定，黑旗盗不是一般的盗匪，他们是训练有素的军队。

战无命正需要这样一支战力超强，忠心耿耿的军队。

战无命收服黑旗盗非常迅捷，所有人在他手下都走不上一回合。战无命基本上抬手就能抓一个，然后从对方的天灵盖中抓出一团拼命挣扎的人形阴影，将自己的一缕神魂打入那团阴影，那团人形阴影瞬间就停止了挣扎，战无命再随手把死鱼一样的黑旗盗扔到岸上。

如此这般，不一会儿，十几个黑旗盗都躺在岸上了。战无命拍拍手，踩着熔岩河溜达了回来。

流川真和谷开山看得目瞪口呆，战无命居然可以将人的命魂实质化，居然不怕熔岩河的高温，居然……流川真和谷开山现在才知道，他们刚才的做法是多么明智。

熔岩河上的人越来越少，最后只剩下公孙无常一人，公孙无常虽然杀掉了所有对手，但自己也仅剩一臂，另一条手臂落在熔岩河中化为灰烬了。

"哈哈哈……"公孙无常仰天大笑，厉声吼道，"现在谁还和我争，此宝注定是我公孙无常的，谁也抢不去！"

公孙无常如疯似狂的表情看得流川真和谷开山心头大寒，一个人的欲念达到这种程度，完全失去了自我。

战无命望着疯狂叫嚷的公孙无常道："三弟，你去送他一程吧！"

"是，大哥！"全身力竭，只剩一臂的公孙无常根本没有战力，流川真正好把心中的不爽发泄在他身上。

公孙无常死后，炎火龙蟒游了出来，谷开山等人全神戒备。炎火龙蟒来到战无命面前，张嘴吐出一堆乾坤戒。

谷开山和流川真惊讶得嘴里能塞下一个鸡蛋，刚清醒过来的黑旗盗也咋舌不已，看向战无命的眼神中全是崇拜。

战无命扭头看着黑旗盗，说："你们身上也有不少好宝贝吧，拿出来看看。"

"是，主人！"黑旗盗仅剩十八人，把自己的乾坤戒全拿了出来。

战无命用神识逐一扫过，只挑了几样东西，把乾坤戒又还给了黑旗盗。

"大哥……"

"你们的自己留着，不用给我。这些乾坤戒中要是有你们急需的东西，随便拿。"战无命摆手打断谷开山的话，指着一地乾坤戒道。

谷开山和流川真一怔，顿时生出感激之情。战无命没将他们与黑旗盗一般看待，二人心中对这个大哥多了几分敬重。

进入这地下火世界，战无命收获颇丰。最大的收获是九炎天尊的椎骨，不仅让他提升到战王巅峰，还将成为他身体的发动机，让他拥有无穷的潜力。

那根九色龙首杖是一件残缺的仙器，九炎天尊的九炎龙拐，可惜在那场大战中毁了，只剩半截。即便如此，半截九炎龙拐依然是上品灵宝。战无命无法摧运它，毕竟他的修为太低了，所以还是由九炎天尊保管。

战无命等人从地下火世界出来时，已是第三日了，他们在地下火世界待了两天。

他们再次回到绝望丘陵，百倍重力竟然让众人产生一种亲切感。看着地下火世界的裂口慢慢合上，谷开山和流川真都松了一口气。

战无命还惦记着镇天秘藏，已经过去三天了，就算走得最慢的宗门，也快到镇天秘藏了，他必须尽快赶过去。

谷开山、流川真和黑旗盗的速度太慢了，战无命可等不了，于是将众人一股脑收进空间法宝，拔足狂奔。战无命体内洞天齐开，百倍重力对他的影响很小，那根椎骨中仿佛有不竭的能量，让他不知疲倦。

一路上，战无命看到不少尸骨，各大宗门都有，看来越靠近镇天秘藏争夺越激烈。

战皇之路本就是一条弱肉强食的道路，在这条争夺之路上，可以不断积累资源，感受各种绝地法则，打磨自己的意志。

没人知道战皇之路的涅槃池在哪里，它可能在某个秘藏中，也可能在某个小世界里。踏上黄金战皇之路，就不能在涅槃池涅槃成皇，必须闯过九大世界，走向元皇台。元皇台是所有黄金战皇之路强者最后的归宿，可惜这么多年黄金战皇之路从未真正开启，八大陆的强者也只是听说过，没人见过元皇台。

到中午，战无命已跑出了数百里。

那道冲天光柱已不再是光柱，而是一道宽阔的光幕，光幕围成一个四四方方的光圈，长宽近百里，好像一座雄伟的光城。

远处传来涤荡心灵的梵音，一股古朴而沧桑的气息扑面而来。

这就是镇天秘藏？战无命好奇，秘藏中究竟藏着什么？

战无命放出空间法宝中的众人。黑旗盗和流川真等人看着近在眼前的镇天秘藏，全都瞠目结舌，地下火世界与镇天秘藏相隔至少数百里，以他们的脚程，最快也要三天才能到，战无命居然半天就到了，这速度让他们无法理解。

"大哥，我们一起去吧。"流川真望着雄伟的光城，咂了咂舌道。

"不，我们分开行动，有什么事情传讯给我。"战无命还得去找找杜绝那群人，前方不知有多少危险等着他们，多一个人多一份力量。

"你们分头去找帮手，进入镇天秘藏之前尽量找些可靠的帮手，进去之后必定会有一场混战，安全第一！"战无命说道。

流川真等人深以为然，跟战无命打过招呼，分头跑向镇天秘藏。

没走多久，流川真就见战无命向一队人马跑去，显然有什么人引起了战无命的主意。流川真转头对黑旗盗众人道："你们从另一边过去，我和二哥去看看，不知道大哥遇上了什么事。"

镇天秘藏外，积留了不少人，很多人都想等自己宗门的人到齐了一起进秘藏，有些则想重新组建队伍，经过千里跋涉，很多队伍都损失惨重，能走到镇天秘藏外的人，都是意志过人、修为不俗之辈。

镇天秘藏看上去很美，却处处凶险。光是那道光幕就折损了不少人，这才摸清了门路。镇天秘藏可不止这一个杀阵，所以各大势力都不想先动，谁也不想折损自己的人帮别人探路。

几大宗门的人正在协商，一起出钱找万宝宗购买魂奴，让魂奴来探路，虽然破点儿财，却能保住宗门中人的性命。

魂奴，是万宝宗专门为战皇之路准备的商品。进入战皇之路后，万宝宗的人会抓一些战王炼成没有灵魂的奴隶，这种人只会按照主人的指令做事，没有自己的主见，是最好的探路工具。

在镇天秘藏外，牛百战有极高的地位，因为他是万宝宗在赤土大世界的代表，这里所有的交易都由他安排。

从来没有人敢小看万宝宗，无论在什么地方，都很少有人敢打万宝宗的主意，更别说在战皇之路上了。传说，万宝宗也有外域势力的支持。

牛百战见谁都是一副笑脸，但跟他打过交道的人都知道，此人心狠手辣，狡猾如狐。

"五十名魂奴，我也是花了很大力气才弄到的，看在各位是为了开启镇天秘藏而买魂奴，我们万宝宗也跟着沾点儿光，不然绝对不可能以这么优惠的价格卖掉。"牛百战一脸和气的笑容，手中夹着个烟斗，神情颇不耐烦。

牛百战身后，一字排开立着五十名神情呆滞的人。有男有女，眼神空洞，面无表情，是魂奴。

"这次我们若是在镇天秘藏中找到你们万宝宗想要的宝贝，优先卖给你们，如何？"一个声音淡淡地道。

"哈哈哈……"牛百战大笑，欣然道，"还是末法城的胡少爽快，我牛百战最喜欢和爽快人交朋友，好，如你所说，五十名魂奴，五十颗元石。"

"牛总管爽快，这里是五十颗元石，请点一点。"牛百战对面的青年掏出一个锦囊，沉甸甸的，一股浓郁的元气自其中透出。

"这些人我要了！"末法城的少城主胡可刚想把那袋元石递给牛百战，一个冷冷的声音突然传了过来。

众人向声音传来的方向看去，胡可眼中闪过一抹杀机，居然有人敢捣蛋，难道不知道这些魂奴是各大宗买来破阵的吗？这般不知死活，是想和各大宗门过不去？

牛百战也吃了一惊，居然有人敢抢货，这是不给各大宗门的面子啊。他虽然是赤土世界万宝宗的主管，但也不敢真的得罪各大宗门，这人是谁啊，比自己的胆子还大。牛百战对突然插话的人很好奇。

"牛兄，我们已经达成协议，请收下元石。"胡可看到来者是一个少年，少年的眼神让他如置冰窖，浑身登时冒出一股寒气，这种感觉很不好。胡可不想节外生枝，转头继续跟牛百战交涉。

"如果你将元石给了他，那可就是你的损失了。不要怪我！"少年冰冷的声音再次传来。

"小兄弟，你想买我的魂奴啊，不知你能出什么价啊？"牛百战对眼前这个少年越发感兴趣，居然敢和末法城的少城主说这种话，来头应该不小。

"我出的价就是你的命！"

少年的回答出乎众人意料，原本正要发飙的胡可顿时收敛了怒气。他听出来了，眼前的少年不是冲着他来的，是冲着万宝宗的牛百战来的。

能从众多子弟中脱颖而出，成为末法城的少城主，胡可不是简单人物，他知道什么时候该他开口，什么时候不该他说话。一个敢挑战万宝宗的人，在没弄清楚对方底细之前，最好不要插手。胡可缓缓收起那袋元石，他倒想看看牛百战会有什么反应。

牛百战的脸色瞬间变得铁青，他感觉到少年身上泛出浓郁的杀机，仿佛有万千破碎的冰刃在他身边狂舞，割在身体上，生痛。

万宝宗的人也感觉到少年的敌意，立时挡在牛百战身前。

"不知小兄弟高姓大名？"牛百战强压心头的怒火，冷冷问道。

"战无命！"那少年的脚步没有停下，每一步都仿佛踏在众人的心上。

"战无命？"牛百战微微皱眉，扭头望向一旁万宝宗的弟子，万宝宗弟子面面相觑，没人听说过这个名字。

"是谁将他们变成这般模样的？"战无命终于停下了脚步，立在万宝宗弟子身前三丈之外，一股无形的威压逼近，万宝宗弟子全都绷紧了身体、神情紧张地看着战无命。

"我为什么要告诉你？"牛百战眼里闪过杀机。

战无命的语气令他讨厌，虽然他感觉此人不简单，可是万宝宗从未怕过谁，就算是光明神廷的神子和圣女也不敢这么和他说话。战无命不过是个籍籍无名之辈，他身前身后有五十名万宝宗高手。

"最好不要让我知道是你对他们下的手！"

"是我又怎样？"牛百战冷声打断战无命的话。

"那样的话，你们的命我全收了！"战无命的语气冰冷生硬，任何人都能听出他语气中森冷的杀机。

众人顿时明白了，这些魂奴中有对战无命十分重要的人。大家能理解战无命的感受，万宝城的魂奴大多是从赤土世界抓来的，夺魂炼奴。万宝宗的人几乎认识所有宗门的弟子，因此，他们抓的魂奴几乎都是散修，没有后台的人。所以，从未有人找万宝宗的麻烦，就是眼前这冰冷的少年，众人也没听说过。

"这少年曾在欲望山和东江王对战一招，不分伯仲！"末法城的一位弟子来到胡可耳边，低声说道。

"哦……"胡可微讶。东江王是东陵七王中数一数二的，肉身之强整个玄武大世界同阶之中无人可比，眼前这冰冷的少年看上去十分秀气，居然可以和东江王硬拼。

"哈哈哈……真是不知天高地厚，这些魂奴正是本座亲手炼制的，小子，你能耐我何？"牛百战怒极反笑，从未有人敢轻视他万宝宗，眼前这个不知道从哪里蹦出来的小子，居然敢出此狂言，看来是太久没有出手，很多人忘了自己也曾是一个杀神了！

牛百战，百战不败，牛气冲天之意，并由此成名，此时居然被一个无名小子威胁。

"浩然师兄，碧云师姐，我会用他们的灵魂为你们还魂！他们加诸在你们身上的屈辱必百倍奉还！"战无命看着魂奴中几张熟悉的面孔，心头的悲愤化成无边的杀意，满头黑发根根炸起。

"都去死吧！"

战无命瞬间消失在众人眼前，下一刻，直接越过那群万宝宗弟子出现在牛百战身前。战无命的速度之快，无与伦比，这一变化看得所有人大吃一惊。

牛百战的修为在同阶之中少有敌手确实不假，但是在这绝望丘陵，他也受到赤土大世界规则的制约，在百倍重力的压制下，很难发挥出全部力量。

战无命竟然不受赤土大世界规则的制约，这让牛百战生出一种不真实的感觉。

"轰……"战无命一拳轰在牛百战竖起的双肘上。

这是牛百战唯一来得及做的动作，战无命的速度实在太快了。

牛百战的身体在地面上拖出一道浅痕，硕壮的身体倒退十几米才停下。

这一击，在力量和速度上，战无命都占绝对优势。以战无命的速度，牛百战必败无疑，因为他根本就跟不上战无命的节奏，只能被动挨打。在力量上，战无命的力量根本不在他之下，这场战斗已然没有悬念。

一旁的各大宗门开始猜测眼前战无命的来历，战无命的速度这么快，难不成身怀重宝，能够制衡赤土大世界的重力规则？

"想不到你居然不受这百倍重力的影响。哼，不是只有你有隔离规则的法宝。"牛百战傲然地掸了掸身上的尘土，一抖双臂，身上升起一层土黄色的光，如一口大钟将牛百战罩于其中。顿时，牛百战似乎一下子高大起来。

"厚土罡天罩！"有人认出牛百战身上那层土黄色的钟形微光。

牛百战环视了一眼，道："不错，正是厚土罡天罩，只要你们想要，我们万宝宗就能做出来。不然，我们怎么能在这么短的时间内收集到这么多魂奴？"

各宗暗自庆幸，幸好自己与万宝宗做生意时都保持着良好的关系，没有强买强卖，否则就凭牛百战这个宝贝，在绝望丘陵谁是敌手？

厚土罡天罩虽然很强，可以短时间屏蔽绝望丘陵土元素的重力法则，但消耗也非常大，每时每刻都会消耗大量元石，也就万宝宗财大气粗用得起。

战无命轻蔑地笑了笑，"看在你临死还不忘给我送宝贝的份上，这宝贝我就笑纳了。"

"希望你一会儿还能这么狂！"牛百战咬牙切齿地道。

万宝宗弟子迅速合围，把战无命和牛百战围在中间。战无命的速度太快了，他们根本不是对手，围过来是想断了战无命的退路。

牛百战话音刚落，战无命的身形再次出现在他面前，一样的速度，同样的招式，没有丝毫改变。

牛百战眼中闪过不屑，战无命的速度看似很快，但是现在对他已构不成威胁，因为他的行动也不受重力规则限制了。

牛百战手若龙爪，抓向战无命的拳头。

"裂空之爪！"胡可喃喃自语。他很熟悉牛百战的招式，对战无命居然与牛百战硬碰，胡可摇了摇头，在心中叹了一口气。

"噗……"战无命感觉自己这一拳好像打在了棉花上，无处受力，体内奔涌的劲气无处可卸，竟欲冲开胸腔破体而出。这种感觉很奇怪，他明明一拳击在牛百战的五指上了。

战无命一拳击空，突然拳面一紧，被紧紧扣住，拳抓相接之处一股巨力撞来。

这股力量就像尖利的针，自拳面刺入他的手臂，形成一股狂暴的破坏力，差点儿将他手臂里的经脉绞断。

战无命看到牛百战眼中的冷笑和不屑，口中发出一声低吼，体内金之洞天快速旋转，锋锐的金之力顺着手臂冲了过去。

"铮……"一声清鸣，仿佛金铁相击之音。

战无命和牛百战双双暴退，战无命手臂上散逸出一层土黄色之力，是刚才牛百战打入他体内的力量。

牛百战的手臂瞬间水肿，显然也吃了不小的亏。

战无命心头微讶，龙爪手的劲气确实十分精妙，他的拳头击中对方五指时，对方的掌心居然凹陷了下去，将战无命的拳力尽数吸走。等战无命气竭之时，牛百战这才掌心前推，将战无命的拳力化成几股细线击入战无命体内，一时不察，很容易中招。

虽然刚开始战无命吃了点儿小亏，好在他反应快，立刻用金之锐气反击，即使龙爪手的掌心能形成凹陷，也没办法阻止战无命把金锐之气化成剑气逼入牛百战的手臂经脉。两人的第二招可算是平分秋色。

牛百战十分惊讶，战无命的拳风中居然出现了两种元素之力，厚重的土之力，沉重如山，被他一招吞云吐珠，反击回战无命体内，这时战无命体内又出现了金之锐气。

牛百战打起十二分小心，不顾手臂的肿胀，提步上前主动攻向战无命。

牛百战的身形也不再受百倍重力的影响，身体周围出现一层奇异的力场，扭曲了重力法则。牛百战全力施为，比战无命的速度更快。战无命虽然能以命魂洞天抵消大部分重力法则，却无法将百倍重力完全消除。

战无命惊退，手臂中那股怪异的力量还未完全消散，牛百战的爪影已经出现在他面前，好似无数飞鸟的翅膀划过般，战无命四周到处都是牛百战的爪影，封锁了他的前路。牛百战是想用速度磨死战无命。

在力量上，战无命略胜一筹，牛百战才不会傻到和他比力气。

战无命并未大幅移动，身体像是风中弱柳，轻飘飘地晃动着，方寸之间，摇晃出无数虚影，每道影子都像是真的，牛百战都不记得自己抓破了多少虚影，连战无命一根汗毛都没碰到。

"轰……"战无命一脚打破了僵局。

牛百战这才发现战无命就站在原地。战无命身体四周回荡着风的力量，风的力量让他的身形飘忽不定。

即使牛百战的速度比战无命快，依然无法对战无命构成威胁，战无命这一脚之力却将他的万千爪影踢散了。他想抓住战无命的腿，可惜战无命的力量太大，他的身体被这一脚踹出老远。

战无命紧追不舍，追上倒退的牛百战又是一拳。

"轰……"战无命这一拳依然打在牛百战的龙爪上。牛百战再次抓向战无命的拳，可惜还没抓住，一股诡异的力量就在他的掌心炸了开来。

牛百战都要哭了，战无命这一拳又轰出了两种新的力量，风和水的力量，风与水形成平衡，有如太极。他想用龙爪手转化根本办不到，反而打破了原本的平衡，引发了爆炸，炸得他掌心血肉模糊。

牛百战居然受伤了，在战无命那平淡无奇却力道刚猛的一拳之下受伤了。一旁观战的众人眼中闪过一抹惊讶之色，他们已将战无命列入不能招惹的名单中，尤其是在这绝望丘陵。

"吹得神乎其神的幻影龙爪手也不过如此。"战无命的声音里充满了轻蔑，动作却没有丝毫停顿，一拳接一拳，根本不给牛百战喘息的机会。

战无命每一拳都轰在牛百战的五爪上，他是故意的，牛百战想换个位置都办不到。

牛百战的速度比战无命快，但战无命每一拳都会留下余力，牛百战不得不花时间化解，刚化解了战无命上一拳留下的余力，下一拳就到了，于是一拳接一拳，拳拳相接，牛百战根本没有闪避的机会。

战无命的攻击如行云流水，连绵不绝，拳拳可开山裂石，重若流星。二十几拳后，牛百战双臂发抖，指爪间血肉模糊。

"战无命，就算你能暂时压制我，你也不可能活过今天，你只有一个人，而我的宗门有几十名战王。"牛百战声色俱厉地道。

"哈哈……"战无命不屑地笑了，"就他们，我杀他们可比杀你简单多了。"

"狂妄！"牛百战冷哼。

牛百战不相信战无命能打得过万宝宗这么多人。他现在打得很憋屈，明明自己的速度比战无命快，硬是无法抢回先机，只能被战无命像是打木桩一样一拳一拳地砸。战无命是故意的，他就是做给旁边的人看的，这是一种心理战术，让所有人知道，他战无命可以轻松虐死牛百战，根本不怕他万宝宗。

"杀……"万宝宗的战王们看出牛百战的尴尬，一拥而上。

万宝宗的人也很郁闷，眼前这个人究竟是从哪儿蹦出来的？居然有如此可怕的战力，八大陆的天才，万宝宗一清二楚，只要是他们想知道的信息，没有收集不到的，竟然没一个人听说过战无命是何许人物。

"既然你们找死，那我就先送你们一程吧！"战无命眼中闪过阴冷的杀机，这群人太不要脸了，居然以多欺少。

话音刚落，战无命一拳将牛百战轰出数丈之外，自己则借着反震之力消失在众人眼前。众人只看到一条人影一闪而没，等他们再想找时，已经没了战无命的踪迹。

战无命像被风吹跑了似的，轻飘飘地穿过围堵他的人墙，一柄短剑闪着雪亮冷冽的寒光，血水从剑身滑落，洒落在地上。

"咻……咻……"战无命所过之处，一道道血箭喷射而出，在百倍重力下，十几名万宝宗弟子喉间血水泉涌般泻出。

风带动剑，快如闪电，瞬间割开十余名万宝宗弟子的咽喉。正如战无命所说，斩杀万宝宗的弟子比杀牛百战容易多了。这些人的速度与肉体根本无法与战无命和牛百战相提并论。他们也许能看到战无命手中短剑的轨迹，但是在百倍重力下，他们闪避的速度太迟缓，根本躲不开战无命致命的剑。

"互争资源，掠夺宝物，那是大道之争。夺人魂魄，买卖肉身，让人如猪狗般活着，你们简直丧尽天良！"战无命倒提短剑，迎风而立，语气冰冷。

一招斩杀万宝宗十余战王，镇天秘藏外鸦雀无声，旁观众人瞠目结舌。

牛百战双眼通红，好似冒火一般，死去的十余人都是他的师兄弟，牛百战怒了。

"战无命，你可知杀我万宝宗的人会有什么后果？世间没有人能救得了你！"牛百战青筋暴跳，咬牙切齿地道。

"你有什么招数尽管使出来，少拿万宝宗吓唬爷爷！就看你们万宝宗干得这些龌龊事，都不是什么好东西，你们来多少，小爷我就杀多少！"战无命傲然一笑。

战无命心中恨意难消，炼制魂奴是莫家人的本事，万宝宗定与莫家脱不了干系！

牛百战缓缓自袖中取出三支长约半尺的银针，长长地吁了口气，抬手将三支银针刺入自己的身体，一根刺入后枕，一根刺入膻中，另一根钉入百会。

三根银针入体，牛百战的脸蓦然变得十分狰狞，一股恐怖的力量在其体内苏醒，原本就十分壮硕的身体又胀大了一圈，皮肤上生出一层角质物，如鳞似甲。

"三针开元大法！"

这是一种激发人体潜能的奇术，可以在短时间内将自己的修为提升数倍，事后会有一段虚弱期，修为下跌一阶。没想到牛百战会运用此法。

"去死吧！"牛百战双目赤红，形如魔兽，双臂一张便已到了战无命面前。

"铮……"战无命短剑一横，被牛百战一只手钳住。

"叮……"短剑瞬间碎成无数碎片，同时射向牛百战面部。

牛百战身形未动，另一只手在面前轻轻一抓，短剑碎片仿佛投网的鸟雀，没有一片逃出他的手掌。牛百战抓住碎片的同时，战无命的拳已砸在牛百战胸前。

"轰……"牛百战倒跌出数丈，没事人似的，一扬手，被揉成一团的短剑碎片落到地上。他掸了掸身上的尘土，眼中透着冷酷，沙哑着声音道："想伤我，你的力量还不够！"

战无命暗暗心惊，刚才那一拳就是砸在极品灵器上也能砸出缺口，牛百战竟然没事，三针开元大法居然这么厉害，战无命对万宝宗生出忌惮之心，看来这个宗门不简单。

战无命面上依然不动声色，道："你在我眼里已经是死人了。"

"大言不惭！"牛百战身形一动，向战无命扑去。

战无命仿佛早就料到牛百战会扑过来一样，抽身飞退，不与牛百战正面对抗。

"你想耗时间，告诉你，没用！"牛百战看破了战无命的心思。

三针开元大法不能支持太长时间，战无命就是想耗时间，耗到牛百战虚弱时再解决他。

牛百战冷笑，三针开元之前，他的速度就比战无命的速度快，三针开元大法激发自己的潜能之后，战力几乎翻了一倍，速度岂是战无命能比的。

镇天秘藏外，陆续又来了不少人，站在一旁观看，有的紧皱眉头，有的幸灾乐祸。光明圣女苏菲亚也来了，美目流转，一直追着战无命的身影。

各大宗门虽然不敢得罪万宝宗，但是有人与万宝宗唱对台戏，他们还是很高兴的。万宝宗虽然表面上奉行和气生财，但骨子里的嚣张跋扈各大宗门早就看不下去了，所以众人都在心中暗暗给战无命加油：狠狠揍丫的，好好修理修理无良的万宝宗。

"轰……"战无命的速度还是比牛百战慢了一点儿，不得已硬接了一招，战无命的身体贴着地面滑出去十几丈，在绝望丘陵坚硬得刀剑难伤的地面上划出一道长长的拖痕。

牛百战的力量要比战无命大许多，力量和速度都强过战无命，战无命却笑了，他轻轻咳了一声，站稳身体。

牛百战没有追击，而是脸色难看地看着自己的手，原本血迹斑斑的手上此时出现一层白色粉末，非常诡异。白色粉末正在向他身上漫延，体内奇痒无比。

"你卑鄙！"牛百战的脸色都青了。

战无命什么时候给他下的毒，牛百战一无所知。等他看清手上的粉末是一只只小虫子后，心都凉了。

战无命冷冷一笑："对付你这种人，任何手段都不为过。我平生最恨你这种无视天道人伦、践踏生命的人。你们居然从活人身上取魂，如此邪恶的手段，天人共诛。我辈修行者与天争，与人争，为资源拼抢厮杀，血溅五步，是为了生存，为了强大。你们却把活人炼魂作为商品出售，是对我辈修行者最大的污辱。生死有何惧，尊严却无价！你们这些人渣，不死都没有天理！"

战无命的一席话听得各宗战王面面相觑，揍了人家半天，人家刚开始反抗，又被你下毒，你还能扯出这么一通大道理，貌似还是挺有道理。

"好！说得好！"战无命的话在散修中引起共鸣。

万宝宗的魂奴抓的大多是散修，手段之残忍，让很多人胆寒，可是却敢怒不敢言。战无命如此高调地替众散修说话，立刻获得众人赞同。

"大师兄，你的手……"

牛百战双手爬满了白色的粉末，有风吹过，还会随风飘下来。牛百战双掌猛拍，白色的粉末如灰尘般扬起，飞得满天都是。牛百战居然感觉不到疼痛，双手已经失去了知觉。

牛百战抖落掉一层小虫子，立刻退出漫天飞虫的地方。再次看向双手，赫然发现手上的白色虫子并未因他的拍击而死去，眨眼之间，手上的虫子又恢复到抖落之前那么多。

"抖！就算你斩掉双手也没用，它已经在你身体里面了。"战无命冷冷地看着兀自挣扎的牛百战。

"这，究竟是什么毒？"牛百战从乾坤戒中掏出解毒丹，一瓶一瓶地倒进嘴里，可惜毫无作用。这时，耳朵里和鼻子里也开始痒痒了。

"师兄，你的耳朵和鼻子……"万宝宗弟子抖着手指指着牛百战。

镇天秘藏之外落针可闻，所有人都被这诡异的一幕惊呆了。牛百战的耳朵里和鼻子里都飘出白色的粉末，很快，眼睛和嘴里也飞出白色粉末。

"啊……"牛百战惨嚎着将身上的衣服撕碎，一边叫着痒，一边用被白色粉末裹着的双手在身上疯狂地撕扯，身上的血痕越来越多，很快血痕被白色粉末覆盖。

"杀了他！"

牛百战的吼声惊醒了万宝宗的人，众人双眼冒火地向战无命扑去。

"魂奴……杀……"牛百战用最后的力气对那群呆滞的魂奴下达最后的命令。

牛百战很清楚，他已无回天之力，这古怪的毒居然是活虫，繁殖力恐怖。他后悔自己太过托大，战无命的毒肯定下在那柄短剑上，他以三针开元大法激发潜力时，战无命也没闲着，在剑锋上抹上了这种可怕的毒，他的手早就被战无命震裂，满手鲜血，当他抓住短剑碎片时，活毒正好随着血液进入了他的身体。

"嗤……"牛百战吼声才落，战无命鬼魅般趋近，手中多出一柄长剑，甩手削掉了牛百战的头。

第十四章

进入镇天秘藏，掠夺法则之力

牛百战一死，那群魂奴顿时停下了脚步，又呆滞不动了。

"一群乌合之众！"

看着扑过来的万宝宗弟子，战无命身形如风，所过之处，长剑如惊鸿飞过，血水飞溅，赤红色的土地变得更加鲜艳。

这不是围杀，而是屠杀，战无命一人屠杀一群战王。这群万宝宗弟子可没有厚土天罡罩，即便是战王巅峰也发挥不出全力，在战无命的长剑下，避无可避。

五十多个万宝宗弟子，连同一代天骄牛百战，全都死在战无命的剑下。

"天地苍苍，魂路茫茫，我以热血祭祀，唤醒众魂，还不快快醒来！"战无命在众目睽睽之下，身临半空，双手虚张仿若一对翅膀。

战无命身上的气息十分诡异，被鲜血染红的赤土大地上，死去的五十多名万宝宗弟子身上飘出丝丝缕缕的残魂怨念，被战无命身上诡异的气息引导着汇入他的双手之间，形成一团凝实的灰色雾气。那团灰色的雾气中，好似有无数冤魂在飞舞哀号。

战无命一声低喝，灰色的雾气暴碎，化为道道轻烟注入魂奴的身体。原本呆滞的魂奴双眸渐渐恢复了神采。

魂奴的眼神越来越清明，居然恢复了神智。各宗弟子惊骇莫名，从未听说魂奴可以复魂，战无命居然做到了，这人简直是万宝宗的克星！

战无命有如此逆天的能力，万宝宗即使上天入地也要杀掉战无命，不然他们那百万魂奴大军就保不住了。

唤醒魂奴于战无命而言并不难，战无命每一世身边都会出现一个了不起的莫家人，炼制魂奴对于出现在他身边的莫家人而言不过是小儿科，耳濡目染之下，战无命对此道也算颇有心得。

拘禁这些魂奴神魂的是牛百战，牛百战身死，魂奴的神魂就会消散。战无命的《太虚神经》中有聚魂之法和还魂之法，在破炎大陆，他就能将死者的命魂收拢，化为己用，此时不过是将这些魂奴的神魂还归身体而已。

"怎么回事？"苏醒的魂奴一脸莫明其妙，他们根本不知道自己为何会出现在这个地方。等他们看到一地万宝宗弟子的尸体，眸子中闪过恨意。

"有人救了我们。"有人意识到了什么。

"是我救了你们，你们是万宝宗的魂奴，我让你们神魂复苏，重新找回自己。"战无命的声音传入众人的耳中。

"无命……"魂奴中有人惊呼，正是秦浩然和柳碧云等一干役兽宗弟子。

几人激动地围了上来，他们没想到，这次又是战无命救了他们。他们进入赤土世界时就感觉到自己与其他大陆弟子之间的差距，他们很低调地进入绝望丘陵，抱着侥幸心理，希望有机会一探秘藏，没想到半道遇上万宝宗的人，被炼成了魂奴。

"浩然师兄，碧云师姐。"战无命点头。如果不是碰巧遇上，或者再迟一点，几人被送入阵法，那时就算杀了万宝宗的人也无济于事了。

"多谢兄台的救命之恩，在下童安格，今后我这条命就是兄台你的。"战无命正与秦浩然寒暄，一个粗犷的声音打雷般响起。

战无命一扭头，见一个满脸络腮胡子的大汉跪伏于地，恭敬地叩首。战无命伸手将人扶了起来，"我不要你的命，你如果愿意跟随我，就是我兄弟！"

"大哥在上，童安格愿永远追随大哥，至死不渝！"络腮胡子再次跪下。

"我季未然愿此生追随大哥，至死不悔！"又一个声音传了过来。

魂奴中大部分人都跪了下来，这些人都很聪明，万宝宗是个庞大的宗门，他们不过是一群蝼蚁般的散修，眼前这个少年敢斩杀万宝宗的弟子，还能力杀牛百战，后台肯定强大，此时若不抱上这条大腿，以后就没机会了。

战无命瞪大了眼睛，目光落在面庞坚毅、潇洒俊逸的青年——季未然身上。这个名字勾起了他太多的回忆，前一世，季未然是自己过命的兄弟，为自己南征北战，帮自己创立天雷宫，最后却成了莫天机的棋子。

此刻，季未然就这样跪在自己面前，依稀熟悉的面孔，依然铿锵坚定的声音，却让战无命心中翻起惊涛骇浪。命运正一步步向他靠近，这一世的命运究竟操控在谁的手中？

"我战无命不过一介散修，出身小宗门，如果大家认为跟着我会得到庇护那就错了，我杀万宝宗的人不是因为我不害怕万宝宗，相反，我也害怕，我杀他们是因为我身为修行者，不忍见他们践踏我们修行者的尊严。杀人不过头点地，技不如人，生死无怨，但夺人神魂，让人成为行尸走肉，就是对修行者尊严的践踏，所以，我才愤然出手。你们要是跟着我，会被强大的万宝宗无休无止的追杀。你们好好考虑一下。"战无命看着刚刚清醒过来魂奴，说道。

此话一出，很多人犹豫了，一些人悻悻地站起身，说了一些感谢的话，还有一些人依然坚定地跪着不动。

战无命并不在意其他人的去留，看向依然跪在地上的季未然，心中叹了一口气，毕竟是几百年的兄弟，虽然最后背叛了自己，可让他遽下杀手，战无命于心不忍。

上一世，他是在矿山挖矿的时候遇见季未然的，季未然天资不错，一直苦于没有资源，无法强大自身，这才困顿多年。

战无命叹了一口气，决定送季未然一个机缘。

"既然你们选择跟着我，那我就不客气了，希望你们不要做背信弃义之徒。"战无命看了跪着的众人一眼，肃然道。

"战兄，在下末法城少城主胡可。现在，战兄可谓一方力量之首，我们想请战兄一起商讨如何破开镇天秘藏的大阵，好让大家进入其中寻找机缘。"末法城胡可主动上前，对战无命客气地道。

"原来是胡兄，其实镇天秘藏的大阵并不难破，主要是这里的重力领域让大家无法发挥自己的速度，这才使得原本普通的杀阵成了天险。我可以助大家破除这大阵，不过……"战无命深吸了口气，说到这里却故意停了一下。

胡可和另外几个宗门代表神色一凝，互相对视了一眼，胡可道："战兄，你需要什么直接说，我这里有五十颗元石，原本是买魂奴破阵用的，如果战兄能破阵，这些便是战兄的。"

战无命摇了摇头："胡兄说笑了，我不需要这些财物，镇天秘藏我也不会去，我只需要大家答应我一个条件。这些人是我刚收的兄弟，希望各大宗门能买我个面子，如果里面真有涅槃池，还请诸位精英给他们留个位置。"

"什么，你不进去？"胡可一怔，一脸不可置信地道。

"如果我进这镇天秘藏，只怕会成为各宗的大敌，我不受重力法则的影响，你们根本抢不过我。做人留一线，以后好见面，我可不想成为各宗的大敌，我在万宝宗众人身上已经收获不少了，所以放弃这场机缘，只希望大家能照顾一下我这些兄弟。"战无命大大方方地道。

"这个……战兄高义，我等佩服。宝藏在前却断然放弃，实在可敬，胡某无话可说。"胡可心中一阵感动。

战无命连万宝宗都灭了，根本就不可能怕他们，此时能如此仗义地过宝地而不入，真是给了各大宗门好大的面子，各宗人心中都满含感激之情。

"大哥……"季末然等人大惑不解。

"不必多说。"战无命摆了摆手，转身对胡可和各宗代表道，"还要麻烦各位将万宝宗各路弟子的消息传给我，居然滥用这种拘人神魂的邪恶手段，我要让万宝宗的人付出代价。如果他们不退出战皇之路，我就让他们全部留在这战皇之路上，永远也出不去。希望大家见到万宝宗的弟子，就将我说的话转达给他们。他们要找我战无命，我随时欢迎。"

战无命居然扬言要灭掉万宝宗在战皇之路的所有人，大家沉默之后都点头应允，连光明神廷的圣女也点了头。光明神廷和万宝宗一直存在竞争关系，虽然表面上没有什么冲突，但是骨子里谁都想在八大陆一家独大。

有人暗戳戳地想，以后遇上万宝宗的弟子，直接杀了，抢了宝贝，嫁祸给战无命。

破除镇天秘藏外面的大阵主要靠速度，赤土大世界的百倍重力压制得众人难以飞腾，无法保证速度，所以才要用人命去填。

战无命出手就不一样了。在阵法大家天倾宗的指点下，战无命三下五除二将镇天秘藏外围的阵法清理了，光墙骤然而灭。众人眼前出现一座赤土山丘。山丘上裂开一道巨大的缝隙，炎热的气息自其中漫溢而出，镇天秘藏中居然有浓郁的火元力，众人大奇。

那道裂开的缝隙前，竖着一根赤红的土柱，绘着玄奥的符纹。

"镇天秘藏，果然是镇天秘藏！"有人认出那赤红土柱上的符纹。

"战兄，你真的不进去？"胡可又问了一声。

战无命笑了笑道："胡兄放心，我战无命说一不二，也希望借此与大家攀个交情。"

胡可笑道："战兄这个朋友我胡可交了，如果有机会来法苍大陆，欢迎到末法城做客。别的不敢说，在末法城，万宝宗也得给我胡家几分面子，绝不敢把战兄怎么样。"

"多谢胡兄美意，你的话我记下了。战无命也交了你这个朋友。"战无命笑道。

"那我就不客气了，先行一步。"胡可一拱手。

镇天秘藏中究竟有什么，他很好奇，末法城是众多势力中最强的一股，与光明神廷不分上下。可惜光明神廷在欲望山上损失不少，此时，光明神廷在这镇天秘藏前的力量都比不上末法城，因此，倒也没人敢在胡可和光明圣女之前进入镇天秘藏。

"欢迎战兄来法苍大陆时到我们天倾宗一坐，何应舟必扫榻相迎。"说话的是天倾宗大长老的玄孙何应舟，在天倾宗身份极高，刚刚正是他给战无命指点阵眼，帮战无命破阵的。

战无命笑着拱手。

众多宗门陆续进入镇天秘藏，都向战无命拱手问好。这人可是魔王，在没有纷争的前提下，都想和他保持良好的关系。要是在绝望丘陵把这家伙惹毛了，谁扛得住啊。何况战无命的行为也赢得了他们的尊重，不为秘藏所动，一心想着自己的兄弟，是个人物。

秦浩然等人在战无命的叮嘱下随末法城的人先一步进了镇天秘藏。

流川真和谷开山也想进去，却被战无命拦住了，看大家都进去了，战无命这才笑着道："进去不用了，没有必要！"

"啊，大哥，这是何意？"流川真和谷开山愣愣地看着战无命。

战无命自己不进去也就算了，怎么不让他们进去？

"所谓的镇天秘藏就是我们今天刚出来的地下火世界，里面已经没什么好东西了。从这里进去能找到一个涅槃池，如果你们想在这里涅槃成皇，你们可以去试一试，如果想走完黄金战皇之路，那就不用进去了。"战无命神秘地一笑。

"啊！"流川真、谷开山和跟在后面的黑旗盗面面相觑，如果是这样的话他们确实没必要进去了，他们之前在里面待了两天，里面的宝贝已经被他们搜刮得差不多了，该感悟的也已经感悟了。

众人这才知道为何战无命会大义凛然地表示不进镇天秘藏，原来是知道镇天秘藏就是地下火世界，才大方地卖给各宗一个面子，如果各宗知道原因，肯定要气死了。

战无命之前也不知道所谓的镇天秘藏是地下火世界，直到赶到镇天秘藏外，和合珠中的九炎天尊才告诉他，镇天秘藏是通向地下火世界的正门。从正门进入地下火世界的人会沾上玄武的规则之气，对这样的人，他不敢轻易下手，否则玄武能通过规则之气发现他。只有顺着他自己炸开的裂缝进去的探险者，他才敢吃掉，以强化自己的神魂。

里面的涅槃池是玄武当年放进去的，是土火涅槃之力，并不是战无命想要的，他要去元皇台，走完黄金战皇之路。

"老大，我们不在这里涅槃，我们要走完黄金战皇之路。"流川真道，

195

他们对自己的修为很自信，他的目标是元皇台。

"那就再等等吧，这里土元素之力浑厚，你们可以好好感悟一下，对你们的修行有很大帮助，在这种重力环境下，每次力竭都是一次磨砺。

战无命不再说话，在镇天秘藏外的丘陵上坐定。这里不仅有镇天秘藏透出来的火元素，还有绝望丘陵的百倍重力，战无命一直没有时间好好地感悟一下，此时，他要认真感悟这片天地的土之法则之力。

杜绝等人没有出现，不知是怎么回事。镇天秘境外并未看到他们留下的记号，战无命有些担心，好在神土宗的人也没来。

众人见战无命不走，就在战无命身边不远处找了地方，坐下来静心感悟，以战无命为中心形成一个圆。他们不担心有人袭击他们，战无命把厚土天罡罩交给了史若男，在这绝望丘陵，有两个根本不受重力影响的人在，谁找上门来都是找死。

良久，流川真自入定中醒来，身边有一股狂暴的吸扯之力打断了他。流川真睁开眼，发现谷开山等人全醒了，神情错愕地看着战无命，战无命头顶上出现了一个土黄色的旋涡，四面八方的土元气如潮水般向旋涡涌去。

旋涡之下，战无命的身体仿佛无底洞，土元之力被战无命如长鲸吸水般吞了进去，战无命仿佛入定的老僧，宝相庄严，肃穆而厚重的气息自他身体中逸出。

战无命居然在吞噬绝望丘陵浓郁的土元素之力，如此恐怖的吞噬速度，战无命居然像没事人似的，看得众人咋舌不已。

"老大这哪里是修炼，分明是掠夺！"流川真叹道。

谷开山也很无奈，这种吸收速度，换任何人都会被撑爆，战无命却像无底洞似的，吸收了这么长时间，丝毫没有减缓吸收速度。

作为战王，他们很难吸收元气。战无命不仅吸收土元之力，还吸收这么多，难怪他能在这重力世界行动自如，不受百倍重力影响。

战无命头顶那土黄色的旋涡越旋越大，方圆数十里的土元素之力向这个方向涌来，使得这里的重力更加恐怖，大家连喘气都难了。众人不得已退开一段距离。

他们不知道战无命在做什么，但是能感觉到战无命的气息越来越浑厚。

在众人目瞪口呆的注视下，战无命命魂中的土元素洞天缓缓成型，命魂中不再是五大洞天，而是六大洞天齐开。

战无命命魂中有土元素的种子，来自兽王权如深。在赤土世界，不仅有浓郁的土元素，还有土元素重力法则，战无命可以借这里的土元力开启命魂中的土之洞天。土元素洞天要想与其他五个洞天达到平衡，所需土元素之巨，多到令人咋舌。

战无命的土之洞天完全稳定下来，已经是镇天秘藏开启的第三天。这三天战无命还是没有等到杜绝等人，不知是被神土宗灭了还是被其他事耽误了。

等了三天，战无命也算仁至义尽，他决定离开，继续黄金战皇之路。

战无命的土元素洞天虽然稳定了，但是金、水、火、土、风、黑暗六大洞天排列得十分杂乱，战无命也没什么好办法快速稳定六大洞天。战无命的命魂中还有雷之力的种子和木之力的种子，战皇之路的九大世界中有木世界与雷世界，或许能在那两个世界开启自己命魂中的两大洞天。

九大元素，只有光明之力连种子都没有。仪裳的身体是难得的光明属性，战无命在地下火世界与仪裳欢好时，明明吸收到了光明之力，可是结束之后，却感觉不到体内那股光明之力了。为此，战无命还郁闷了好久。

"大哥！"众人见战无命醒了，立刻围了上来。

"好了，我们出发吧。"战无命站了起来，环视了一周，流川真、谷开山和黑旗盗众人都一脸崇拜地看着他。

战无命深吸了口气，他没带秦浩然和柳碧云闯黄金战皇之路。黄金战皇之路凶险太多，战无命希望他们在战皇之路上早日涅槃成皇，尽快返回破炎大陆。回去后告知各宗战神，尽快唤醒宗门还在沉睡的战神老祖，能渡劫的尽快渡劫，提升修为，破炎大陆与其他大陆的差距太大了。

战无命给了秦浩然一个乾坤戒，里面有很多元石，足够役兽宗诸位战神渡劫了。多出的元石可以提供给友好宗门。

战无命让秦浩然给兽神带了一封信，由兽神转交给苍宇。战无命要苍宇想办法将鲲鹏道场的大五行生灭大阵利用起来，最好能从内部将破炎大陆封印起来，以保护弱小的破炎大陆不被其他八大陆欺凌。给苍宇的信封中有一枚乾坤戒，里面全是元晶。

战无命走到赤红色的土柱前，抬头望着浮在土柱上的怪异符纹，有人说那四个符纹是镇天秘藏，战无命却知道，这四个符纹是仙界符纹，这根赤红色的木柱是九炎天尊那根九炎龙拐的一截。九炎龙拐被打断之后，一截插在此地，另一截在九炎天尊手中。

九炎龙拐的这一截才是赤土大世界的重宝，赤土大世界通向其他世界的门户也在这里。玄武当年设计镇天秘藏时，最大的愿望是想让修行者在地下火世界找到九炎龙拐的龙首，找到龙首之后，走出镇天秘藏后，龙首就能感应到门口的另一半。

战无命不用那龙首就认出了这根赤红色的土柱，因为九炎天尊的魂魄在他手中，九炎天尊早就告诉他了。

战无命望着这根差不多有房子粗，高百余丈的土柱，心中暗忖，这得有多重？几百万斤？一整根九炎龙拐又得多重。

战无命将九色龙首拿出来，直接刺入那根赤红色的土柱，九色华光自龙首扩散开来，电流般传遍赤红土柱的全身，原本毫不起眼的土柱，自内而外泛出一层层光润，水纹般荡漾开来，越来越亮。

"嗡……"巨大的赤红色土柱泛起一道霞光，照亮了一方天地。

众人这才知道，他们在千里之外的欲望山上看到的霞光和几天前笼罩在这镇天秘藏之外的层层光城，都是这根赤红色的土柱发出的，谁也没想到，这根土柱才是真正的奇宝。

"轰……"赤红色的土柱在众人眼前快速缩小，所立之处露出一扇大门。

"嘤……"九炎龙拐的九色龙首与那缩小的拐身相合，发出一声轻鸣，龙吟之声震人心魄。

九炎龙拐化成一道九彩流光重新回到战无命手中，满天霞光消失。众人的眼前只剩一扇大门，异样的灵气自门后传来。

这是一股异于土元之力的灵气，这是赤土世界通向其他世界的门户。

"这里是通向另一个世界的路，如果你们对赤土大世界不再留恋，我们可以离开了。"战无命扭头对众人道。

"我们誓死追随主人！"黑旗盗齐声道。

"大哥去哪儿，我们就去哪儿，我们一定要走到元皇台，亲眼看大哥登上元皇之位，获得黄金战皇之路的最高荣耀。"谷开山粗声道。

战无命笑了，随手在门外留下三绝门的记号，如果杜绝找到此地，应该会知道自己从这扇门走了。

门后是一个巨大的旋涡，众人刚迈进门，就被大旋涡卷跑了，一阵天旋地转之后，身体骤然下落，战无命赶紧睁开眼睛，看到脚下是一个巨大的荒古城池，城墙和所有建筑都是巨木筑成，天地间充斥着浓郁的木元之气。

"嘭……"战无命还没来得及感叹一句，身体就重重地撞在一根巨大的树枝上，滑落到地上。战无命痛得一口气差点儿没上来，那树枝居然硬如金铁。

刚才光顾着看这座古城了，忘了自己是从上面掉下来的了，战无命郁闷地揉着摔痛的手肘。

"靠，这是什么地方……"战无命一句话没说完，就见头顶上流川真、谷开山等人像下汤圆似的从空中掉了下来。

战无命抬头向上看，见天空有一个小旋涡，众人像是被拉大便般掉了下来，张牙舞爪地在空中乱抓一气，最后无一幸免地跌个狗吃屎。

战无命很是无语，创造这战皇之路的玄武大能也太恶趣味了，传送装置居然设计成这德行，像乌龟下蛋似的，还真是只老乌龟。

"老大，这里好像是流苏铁木城。"跌得屁股差点儿摔成四瓣的流川真打量了一下四周，惊讶地对战无命道。

"哦，流苏铁木城，这个地方有什么特别？"战无命问。

这里应该是木元世界，他没听说过什么流苏铁木城。四面高大的树木一半似被大火烧灼过，巨大的荒古城池一半是焦城。烧灼的痕迹非常久远，炭黑色的树身都已经玉化了。

"传说流苏铁木城是太古时一位大能的躯体所化，整座城是一棵巨大的流苏铁木。大能死后，身体留在了这里，无数年来，各大势力把这里经营成一座城池。这里是木之世界的重镇。"流川真介绍道。

战无命眼中闪过惊讶，这座城居然是一棵大树，这棵树得有多大啊！这位大能也是被玄武骗下来的上界仙人，如果他的本体是一棵仙树，或者是一棵妖树，死后化为本体也就不奇怪了。

战无命看了一圈，竟没看见半个人影，大惑不解，"你不是说各大势力已经将这里经营成一座城池了吗？怎么连半个人影都没有？"

"咦，对呀，人都去哪了？"流川真一脸疑惑，原本不是这样的。

他们被传送过来的时候，天空出现异象，应该会吸引很多人来看才对，居然一个人都没有，像死城似的。

"这地方不对劲！"战无命将法宝空间中的颜青青等女放出来，颜青青立刻皱起娥眉，仔细打量了一下四周，神情紧张地道。

"有何不对？"战无命问，他并未感觉到异常。

"有一股奇怪的意志正在吞噬我们的生机，虽然缓慢难以察觉，但是在这里待久了，生命会流失得越来越快。我们快离开这里！"颜青青仔细感应了一下，脸上现出凝重的神情。

"哈，怎么会这样……"谷开山和流川真面面相觑。

八大陆的各方势力已在流苏铁木城经营了无数年。在八大陆，战皇之路开启的时间很频繁，每隔几年就有无数天才进来历练，每次历练都会花很长时间，有些人嫌一来一去麻烦，就住在里面了。

战皇之路各大世界灵气充沛，是绝佳的修行场所，虽然有些地方十分凶险，却能找到奇珍异宝，有些人在这战皇之路上以物易物，或者换成元石。所以，流苏铁木城这样的城镇不在少数。流川真和谷开山从未听说过一座城池偷偷吞噬人类的生机。

战无命脸色大变，他相信颜青青的感觉，颜青青的体质接近纯木元素，对木灵气十分敏感。

战无命对流川真道："三弟，马上带路出城，不要在城里停留。"

看战无命一脸凝重，流川真也严肃起来："跟我来！"

流川真很熟悉流苏铁木城，成为战王之后，他几次跟随宗门师兄弟进战皇之路历练，这也是破炎大陆与八大陆的差距。

一行人向流苏铁木城外狂奔，路上的情形证实了颜青青的话。路上到处都是被吸干了生机如同干枯的树木般的尸体。从这些尸体倒地的样子可以看出，这些人一开始并未察觉生机流失，等发现时已无力跑出流苏铁木城。

这里有浓郁的木之元气，却不是生之气，而是死之气。在这座城池奔跑，就像是在某一领域移动，越来越艰难。仿佛有一股意志锁定了他们，在这股意志下，众人的脚步越来越沉，好像回到了绝望丘陵，百倍重力下连呼吸都困难。

"快，再有十余里就能出城了！"流川真冷汗都渗出来了，在那股可怕意志的锁定下，体内生机流失的速度越来越快，前进的阻力越来越大。

"轰……"战无命体内涌出一团炽热的火焰，与此同时，他伸手将流川真等人收入空间法宝中。

火焰一出，空中传来尖锐的厉啸，战无命身上压力顿减，战无命张开双臂，身形如大鸟般向城外掠去。

战无命的速度提升到极致，眨眼间就看到了远处的城墙，是一截一截山岭般的树干，横在前方有如山岳。战无命无心惊叹其雄伟壮观，因为他经过的地方，原本半焦的地面上迅速泛起绿意，然后破裂开来，一道道灵蛇般的枝条窜出地面，缠向空中的战无命。

一条条树枝，在前方结成一张大网，无视战无命身上的火焰。

"冰封千里！"战无命一声低喝。

一股极寒之力自他身体内涌出，木元素之力瞬间化成淡绿色的冰晶，像冰雹般自天空坠落，前面那张绿色的树网也瞬间结成冰条，晶莹剔透，有如碧玉，层层霜花使得方圆百丈之内宛若冰雪世界。

"轰……"战无命撞入冰霜树网，美丽的树网化成冰屑四散飞溅，原本坚韧的树枝被冰冻后异常脆弱，不堪一击。

战无命的身体没有半刻停留。古城的地面下，左右街道的房屋中，可怕的生机正在涌动，战无命的行为激怒了流苏铁木城中那位恐怖的大能。

原本那位恐怖的大能把注意力放在全城各个区域，在战无命这里连连失手之后，他才将所有力量转移到这边。

城墙在望，相距不过十余里，战无命的速度有如狂风过境，只需几个呼吸的时间就能出城了。战无命连吃奶的劲儿都使出来了。

就在战无命要冲出古城之时，前方原本整齐的街道和高大的木屋瞬间都活了过来，原本雕花精细龙飞凤舞的房梁门窗都如活物一般脱离木楼，向战无命扑来。高大的木楼瞬间横移，屏障般挡住了战无命的去路。

流苏铁木城活了！

看来这战皇之路上不只九炎天尊一个人活了下来，老树妖吸食了这么多人的生机，必然也苏醒过来了。

战无命叹了口气，自己还真是个倒霉蛋，不早不晚刚好赶上老树妖大开杀戒时进了流苏铁木城，简直是羊入虎口。

战无命体内风之洞天大开，以战无命为中心刮起强劲的龙卷风，瞬间挤入变形的街道，龙卷风的漏斗中心闪过一片金光，一个金色的钻头随着龙卷风疯狂地旋转着。

战无命将风之力与金之力结合在一起，形成一个奇怪的组合。金克木，风非五行，形成无坚不摧的巨大钻头。

"轰……轰……"挡在战无命身前的木楼被钻出一个巨大的窟窿，木屑横飞，元气狂溅。木楼在无坚不摧的钻头下发出可怕的呻吟声，木楼拦腰垮塌。

木楼之后不知何时移来层层木墙，离城墙不远，战无命已冲破了十余堵木墙。风力渐弱，战无命的速度也慢了下来。

四周氤氲着死气，木之死气，是为腐朽。浓郁的腐朽之气弥漫开来，连风也在这股腐朽之气下逐渐减弱。

一切变化都悄无声息，战无命感觉到有一双阴毒的眼睛冷冷地看着他，就像死神在俯视众生，他在那双眼里，不过是只蝼蚁，一只挣扎得厉害些的蝼蚁。

"腐朽法则……"战无命呻吟了一声。

腐朽之力已经侵入战无命的身体，他的身体机能正在迅速衰退。战无命真想把九炎天尊弄出来，让他看看流苏铁木老妖怪是不是他的朋友，向他求个情放过自己。可惜现在的九炎天尊太弱了，自己吞噬了他的九炎法则之后，他连法则之力都残缺不全了，现在把九炎拿出来，只怕会成为流苏铁木老妖怪的大补之物。

一切只能靠自己了！战无命一声低吼，六大洞天齐开。他赌老树妖的腐朽法则是残缺的法则，和九炎天尊的九炎法则一样。

战无命的土之洞天刚开，打破了之前五大洞天好不容易形成的平衡，此时，六大洞天正在相互倾轧。

战无命被逼无奈，冒着被反噬的危险，同时开启六大洞天，罩住全身，驱除侵入体内的腐朽法则。

就像在绝望丘陵对付重力法则一样，同时驱动命魂中几大元素的规则之力，就能削弱外界加诸在自己身上的规则之力。

战无命听到空中传来"咦"的一声，看来他身上的变化让那位高高在上的老妖怪感到惊讶。

腐朽法则的影响力削弱，战无命的速度再次加快，又撞穿了两堵木墙，此时，距高大如山岭般的树墙更近了。一股危机感自战无命心头升起，他若是不能冲出这最后的距离，只怕就要留在这里了。

"轰……"危险来自前方的城墙，高大如山岭般的城墙突然炸开一道道裂缝，战无命神情更加凝重。

炸开的道道裂缝中伸出一棵棵参天大树，大树并无枝叶，迅速变成一只只巨大的手掌，每个手掌或成拳、或成掌、或成爪，变幻出各种招式。

战无命看得头皮发麻。高大如山岭般的城墙上不知生出多少手状大树，战无命觉得自己无论如何都不可能在这许多手掌下全身而退。

"嗡……"战无命身上的火焰猛然扩张，瞬间笼罩了方圆百丈，火成九色，如一团燃烧的彩霞。火团中传出悠长的龙吟，一条火龙冲天而起。

"嗡……"虚空震荡，一股焦煳味传来，九色烈火中传出凄惨的嘶嚎，如同巨蛇被架在火上一般，惊心动魄。

战无命低吼一声，冲天而起，迅速越过山岭般高大的城墙。火龙在空中盘旋了一阵迅速没入战无命身体。从城墙上长出的大树尽皆化为飞灰，空中扬起一片米白色的焦灰，仿佛下了一场灰色的大雪。

战无命没想到，在危急关头，九炎龙拐居然突然发威，将危机尽数化解。

九炎龙拐原本是仙器，虽然因破损而力量大打折扣，但是却拥有自己的灵识，找到那截断裂的本体后，开始自我修复。或许是九炎天尊命令九炎龙拐出手的，不然，九炎龙拐绝对不会主动出手保护他。

"九炎，你个老鬼，坏我好事！"一个满是怨毒的声音自流苏铁木城上空传来，仿佛来自幽冥地狱，让听者寒毛直竖。

战无命迅速越过山岭般的城墙，但危机并未就此消失，身后一股可怕的威压紧随而至。

战无命在心头大骂，他扭头看时，发现原本横在城门口的巨大山岭突然竖了起来，如同一截横躺着的大树立了起来，这棵树化成一只遮天巨手，向他拍了过来。

大片阴影笼罩下来，仿佛苍穹塌了下来一般。

战无命气恼，这还真是没完没了，自己都出了流苏铁木城了，还不依不饶。这要是被一掌拍实了，就算自己是元灵之躯，只怕也会变成肉饼。好在出了流苏铁木城之后，便不再有领域局限自己的行动，战无命拼了，双臂一张，天地间的风骤然变得狂乱起来，迅速向他双臂汇聚。顷刻间，一双青蓝色如薄羽般的翅膀出现在战无命的双臂之下。

"嗖……"战无命化成一道流光，瞬间消失在阴影下。

"轰……"那恐怖的大手拍在城外的山岭上，山岭顿时化成无数碎石溅出数百里，战无命的身影消失在巨手外。

鲲鹏极速，天地间的风无处不在，即使这里是木之世界，排斥五行中的其他元素，但却无法拒绝风，只要天地间有空气在流动，那么风便存在，这是超然于五行的元素。

"小子，在木之世界，我就是主宰，你，逃不出我的手心，即使你能逃出流苏铁木城也一样！"一个冷冷的声音自远处飘来，充满怨毒和不甘。

声音传入战无命之耳，让他心头发寒，这老妖怪真是莫名其妙，这话说得这么苦大仇深，哥哪儿得罪他了，不就是从他的流苏铁木城进入木之世界了嘛，这是玄武设计的通道，与自己无关。自己也是为了逃命才撞坏几幢木楼，对这么大一座城来说，不过是九牛一毛，大树上的一片叶，根本就不会对他构成伤害。

战无命突然想到流苏铁木城被烧去一半的身体，已然炭化的城中楼宇。战无命一阵头大，流苏铁木城哪里是和自己有仇，分明是和九炎天尊有大仇。当年老树妖之所以被重创很可能是九炎天尊的手笔，除了他，谁有如此可怕的火之力，将仙界大能烧得差点儿魂飞魄散。

老树妖刚才肯定是认出了九炎龙拐，激起了他几十万年前的恨意，这才要跟战无命不死不休。

才进木之世界便和一个恐怖的大家伙结下了仇，战无命十分无语，自己的运气还真不是一般差，早知道这样，刚才就不让九炎龙拐出手了，自己拼着受伤冲出流苏铁木城，就不用担心老妖怪纠缠不休了。在这木之世界，处处都有木元之力，到处都是老妖怪的领地。

战无命一个头两个大，到这种地步，也只能走一步算一步，兵来将挡，水来土掩了。

第十五章

我帮你清理恶奴，你没意见吧

战无命长长地吁了口气，流苏铁木城的老妖怪好像不能离城太远，所以除了最后那一掌之外，还没有其他动作，不然，即使有九炎龙拐相助，今天也只有死路一条。

九炎龙拐是仙器，即使破损仍是顶级灵宝，动用一次损耗巨大，连九炎天尊也难以催动第二次。

没有九炎龙拐，对上那老妖怪，战无命就只能闪避。鲲鹏极速使用一次，就把体内的风元力消耗一半，若是想多用几次，就得从风之洞天抽取元力。抽取风之洞天的风元素之力，六大洞天刚刚产生的平衡之象就又被打破了，几次下来，不用老妖怪出手，战无命自己的命魂就暴动了。

因此，流苏铁木城的老妖怪没追出来，战无命狠狠地松了口气，心里埋怨玄武，搞什么飞机，老妖怪明目张胆地屠杀一城，玄武竟然没有一点儿反应，难道木之世界不归玄武管？

木之世界出了这么大的乱子，战无命一心想快点找到通往其他世界的路，早些去其他世界历练。

木之世界每一个地方的木元素都很浓郁，只要找个地方好好修炼几天，就能吸收足够的木元之力。至于寻宝，战无命已经不敢想了。

战无命的鲲鹏极速瞬间数百里，此地离流苏铁木城已有三百余里，战无命怔住了，前方竟然有许多人在看着他。

数十道人影自各个方向向他走来。战无命没想到流苏铁木城外居然有这么多人，看他们的衣着打扮，不似一个宗门的。

"你是刚自流苏铁木城中出来的？"一个神情倨傲的年轻人冷冷地问战无命。

战无命瞟了对方一眼，懒得理这种自以为是的家伙。

"我们公子问你话呢，你聋了？"一个很刺耳的声音传来，声音响起时，四周本来向战无命靠近的脚步大部分停下了。

"轰……"刺耳的声音刚落就传出一声暴响，战无命的身影原地消失，出现在神情倨傲的青年身侧，两人拳掌相交，两股恐怖的劲风相撞。

神情倨傲的青年身体暴退丈许，战无命也后撤了数步，刚一站稳身形，战无命再进，快如鬼魅，这次出现在刚才出口骂人的家奴身边。

那家奴出口之后便后悔了，他只是习惯性地狐假虎威地吼一声，因为知道主子会罩着他，但是他话音刚落，就感觉到一股可怕的杀机笼罩在身上，主人便与那少年对了一招。等他想出手时，那少年已出现在他面前。

"轰……"家奴的拳头砸在一只爪上，感觉全部力量好似击在棉花上了似的，登时无影无踪。就在他惊异不定时，一股针刺之力顺着拳头冲入体内，瞬间冲毁了他全身的经脉刺入心脏。

"撕裂之爪……"神情倨傲的青年脸上泛起惊骇之色，他没能阻止战无命再次出手，刚才那一招他与战无命不分伯仲，但是战无命比他更快，等他站稳脚跟，战无命已与他的家奴对完了一招，鲜血自家奴七窍缓缓流出。

"没有人敢对本公子出言不逊！"战无命的声音很冷，仿佛一股寒风吹过每个人的心头。

一言不合，抬手就揍，也不问问对方是谁，这人的暴烈让所有人心生寒意。大家开始猜测眼前这个少年究竟是什么人，居然敢对光明神子苏黎世的人下狠手。

战无命感觉到一股杀机笼罩在自己身上，转身面对神情倨傲的青年，冷然一笑，道："我帮你清理恶奴，你没有意见吧？"

战无命的话听得众人愕然，这少年真够狂的，杀了人家的家奴还敢这样问。

"就算他有错，也轮不到你清理。我光明神廷的人你也敢碰，你想怎么死！"那青年语气冷漠，在他眼里，战无命已是死人。战无命刚刚打死的家奴是他小舅子。

虽然战无命刚才那一招很像万宝宗的撕裂之爪，但在众目睽睽之下，苏黎世实在咽不下这口气。就算是万宝宗又如何，他苏黎世难道还杀不得一个万宝宗弟子，难不成万宝宗还真会为一个战王弟子与光明神廷全面开战？

战无命笑了，掏出一块手帕擦了擦刚才与那家奴对击的五指，将手帕扔在地上，揶揄道："原来是光明神廷的恶狗，真是脏了我的手。我想怎么死还轮不到你问。要不，你把我吓死吧，我很害怕你那要吃人的表情，你再凶一点儿，说不定我就被你吓死了。"

众人目瞪口呆地看着那奇葩少年，听他的语气，还真没把光明神廷放在眼里，难道他不知道苏黎世是光明神子？

苏黎世脸色铁青，战无命的话就像是当面扇了他两个耳光。不远处的人看到战无命与苏黎世起了冲突，迅速围了上来，战无命眼中闪过冷芒，从他们的穿着可以看出，这些人都是光明神廷的人。看来眼前这人在光明神廷地位不一般。

战无命多打量了几眼，发现眼前这个神情倨傲的青年与光明圣女苏菲亚很像，一样的冰冷，一样的棱角分明。

"你是光明神廷的神子苏黎世？"战无命问了一声。

苏黎世表情一滞，敢情这家伙之前没认出他来，傲然冷笑道："现在你知道惹了不该惹的人……"

"别嘚瑟了，哥就问你是不是，如果是或许我还会对你手下留情，我觉得你的妹子苏菲亚长得还不错，万一将来我娶了她，你就成了我大舅哥了，如果杀了你，只怕她会恨我很久。"战无命一口打断了苏黎世的话，一脸不屑地道。

"咳……咳……"四周传来不少咳嗽声，都被战无命这番话给雷着了。

居然敢和光明神子这么说话，这是赤裸裸的打脸啊。看那少年说得一本正经的样子，竟让人们产生一种他说的是事实的错觉。

大家都知道光明圣女苏菲亚是人间尤物，冷艳无双，哪个男人不想娶她为妻，可是大家都知道，光明圣女终身不嫁，身心和灵魂都属于光明之神，不容他人亵渎。可是眼前这少年居然百无禁忌，说出一番亵渎光明圣女之语，借此羞辱苏黎世。

战无命被流苏铁木城追得一顿乱窜，最后还差点儿被拍死，一肚子火正没处发，苏黎世就撞上来了，战无命不拿他们撒气都对不起自己。

上辈子因为仪裳，他们被光明神廷追得上天无路，入地无门，两股火撞在一起，战无命登时就收不住了，自己与光明神廷反正是不死不休，他不介意先干掉这个讨人嫌的光明神子。

"找死！"苏黎世再也不想和战无命多说一句话了。

战无命眼中闪过嘲讽之色，这么容易就被激怒了，看来这神子的心性也不怎么样啊。

"轰……"苏黎世一击落空。

战无命就像一道虚影，苏黎世四周出现无数影子，根本看不出哪一个是真身。

"雕虫小技！"苏黎世冷哼一声，滔天的气势自体内涌出，一方天地被一股奇怪的领域之力笼罩，领域内的人顿时无所遁形。

"天地有光，生灵有影……光明神辉之下，何人可藏匿！"苏黎世吟诵着一段奇怪的经文，战无命感觉有一双眼睛紧紧地盯着自己，无论他幻化出多少影子，都无法摆脱那双眼睛。

"轰……"苏黎世的攻击被战无命截住。

避无可避的战无命用的依然是撕裂之爪，牛百战这一招很奇妙。在镇天秘藏外那三天，他不仅吞噬了大量土元之力，也学会了牛百战的撕裂之爪。

苏黎世发现战无命用的还是撕裂之爪，瞬间变拳为指，一指点向战无命掌心，指掌相触时，却点在了战无命的拳头上，战无命变招也很快。

两人身体暴退，这一击苏黎世并未讨好，战无命以面破点，也没占到什么便宜。

这个结果看得众人一脸惊讶，光明神子苏黎世作为光明神廷未来的教皇，在八大陆是排在前几位的不世天才，眼前这个少年名不见经传，谁也不知道他是哪个宗门的弟子，居然与苏黎世平分秋色！

"来而不往非礼也，大舅子，别嚣张……"战无命一声轻笑，身形一闪，如一道虹光般趋近苏黎世，双手在空中划出两道圆润的弧线，形如太极，是风水两气相结合的鲲鹏之法。

"风水之术！"苏黎眼中闪过一抹惊讶，没有丝毫慌乱。一挥手，一道极强的亮光自体内发出，仿佛一个小太阳，光辉万道，在身体周围形成一道屏障，任何元素之力接近都消弭于无形。

"净化之光！"有人低呼。

战无命心头一动，这就是杜绝等人说的净化之光吗？传说净化之光可以净化任何元素之力，非常霸道。这也是为何光明神廷能称霸八大陆，连万宝宗也不敢与光明神廷硬扛。光明神廷的净化之光对万宝宗的魂奴大军也有一定的克制作用，因此，万宝宗即使有无数魂奴，也对光明神廷敬而远之。

"轰……"战无命的风水太极寸寸崩裂，净化之光破坏了元素的稳定性。

战无命毕竟不是鲲鹏分身，虽然能够操控风水之力，但是却难以像鲲鹏那样运用自如。净化之光是光明神廷的绝学，碰上战无命的半吊子风水术，高下立见。

风水太极崩裂时，战无命看到一道清冷的华光射来，直取他的咽喉。锋锐无比，迅如光电。

"嗤……"那道华光贴颈而过，空中传来布帛割裂之声，是华光割裂空间的声音。

战无命的风水太极虽然崩溃了，但他的速度并未减缓，一偏头闪过那道华光，同时身体发力，撞向苏黎世撑起的净化光幕。没有任何元素波动，战无命的拳头带着与空气摩擦产生的爆裂之声，狠狠砸向那光幕。

净化之光，如一个蛋形的气罩，在重力的冲击下现出一个巨大的凹陷，以战无命的拳头为中心，巨大的冲击力使得蛋形气罩发出刺耳的崩裂声，就像一根橡皮筋崩到了极限。

"轰……"净化之光终究还是没撑到最后，在战无命的拳头下破裂，战无命的拳头随之落在苏黎世的手上。

战无命的拳太快，好在被净化之光阻拦了一下，出现短暂的停顿，这才让苏黎世有了准备时间，截住了战无命的拳头。

"轰……"苏黎世与战无命拳拳相接，脸色大变，恐怖的厚土之力骤然攻来，径直灌入苏黎世体内。

战无命这威猛的一拳刚开始全凭肉身之力击溃苏黎世的净化之光，没有半丝元素之力。同时，战无命调动体内全部厚土之力于拳上，先前畏于净化之光一直含而不发，直到与苏黎世拳拳相交之时，这才骤然轰出。

苏黎世闷哼一声，身形倒跌而出。战无命还没来得及追击，就感觉后背一凉，刚刚躲过的那道华光居然从后面钉入他的肩膀。

战无命反手握住那道钉入身体的华光，是一根五寸长的小剑。银色的剑身上刻着一串漂亮的铭纹，浓郁的光明元素之力自剑身漾开，小剑好似有灵性一般，在战无命手中挣扎欲飞。

"这东西不错，既然是大舅哥送给我的，那我就不客气了。"战无命将小剑扔入乾坤戒，也不管上面还印有苏黎世的神识。

这东西可是宝贝，灵性十足，刺入身体居然没有半丝血迹。

苏黎世脸色阴沉似水，小光明之剑居然没要了战无命的命！苏黎世一直在净化之光中控制着小光明之剑，第一剑被战无命快速躲开，小光明之剑刚调头回来，战无命的拳头已然破开净化之光，苏黎世被土元力震得经脉受损、心神摇曳，小光明之剑的攻击也就不那么精准了。

小光明之剑是苏黎世的心爱之物，小巧灵动、灵性十足，虽然只是一件下品法宝，但是非常适合光明属性的人使用，此时不仅被战无命抢了去，还说是大舅哥送给妹夫的礼物，气得苏黎世差点儿没吐血。

战无命这一拳极其阴险，再加上厚土之力本就凶猛，苏黎世吃了个大亏。厚土之力在苏黎世体内肆虐，致使他经脉扭曲，痛苦异常，虽然净化之光可以净化一切元素之力，但是对冲入体内的元素之力却无能为力，净化之光是外在的，总不能照进脏腑中去。苏黎世只能默默承受这痛苦。

战无命与苏黎世的对战在电光火石之间，一招过后貌似谁都没占到便宜。战无命将苏黎世心爱的小光明之剑收走了，但战无命的后背也流血了。反观苏黎世，至少表面上没什么事。

战无命环视四周，发现这里光明神廷的人还没有圣女苏菲亚身边的多，而且个个都带着伤，看样子刚经历一场厮杀。山坡上其他宗门的人也很狼狈。

战无命心中了然，这些人应该是自流苏铁木城逃出来的，离开流苏铁木城后又舍不得走开，这才滞留在这里。

他们围过来应该是想问战无命流苏铁木城的消息，可惜这位大舅哥的奴仆嘴巴太贱，又遇上了战无命这个混世魔王，话不投机，上手就揍，惹恼了光明神子苏黎世。双方一个被流苏铁木城追得一肚子窝囊气没处撒，一个被气得满肚子火要发泄，登时打了起来，各宗的人连上前问询流苏铁木城消息的机会都没有。

"大舅子，光明神廷就剩下你们这点儿人了啊，不会全挂在流苏铁木城了吧？"战无命被追得满头包的气立时就消了，看着比他更惨的光明神廷的人笑着道。

加上苏黎世，光明神廷就剩下不到三十人，圣女苏菲亚身边可有百余人呢。当初遇上苏菲亚，他打不过只能跑，可是现在，他空间法宝中还有流川真、谷开山和一帮黑旗盗，再加上几女，他身边也有二十多人，不怕他这几个残兵败将。

"杀你足够了！"苏黎世清楚，仅靠自己的力量想杀死眼前这个小怪物很难，风险太大。

战无命不以为然地笑道："大舅哥，不要这么自信，我说过，除非你把我吓死，不然你们这些人我还不放在眼里。"

战无命越是一脸无所谓，苏黎世的脸色越难看，他不知道对方的姓名，不知道他的自信来自哪里，却能感觉到他身上莫名的敌意。

苏黎世骑虎难下，正欲挥手命众人围攻战无命，就感觉到空中一阵波动，对方身边突然出现二十多人，每个人的气势都很强，都是百里挑一的好手。

"流川真？谷开山？"苏黎世讶然，所有人中，只有这两人他认识。

两人的身份虽然无法与他们相比，但也是难得的天才，同阶中颇有声望，很多宗门想招揽他们二人，但都没成功。这两人很少惹事，一直在八大陆游历，怎么会突然出现在这里？

"黑旗盗？"旁边传来一声惊呼。

战无命放出来的人中居然有令各大宗门战王谈之色变的黑旗盗，很少有人主动招惹黑旗盗，黑旗盗中的每个人都是百里挑一的高手。这伙强盗更像军队，有组织有纪律，共同进退，战阵多变，十分难缠。连光明神廷和万宝宗的人都吃过黑旗盗的亏。

好在黑旗盗一直秉持劫财不劫命的原则，只有遇到强烈反抗才会取人性命。

黑旗盗的头领非常神秘，从来没有人见过他的真面目。战无命身边突然出现这么多黑旗盗，众人第一个想到的是，这个少年身上有罕见的空间法宝，第二个想到的是，这个少年极有可能是那神秘的黑旗盗头领，否则怎么会有这么强的战力还名不见经传，不为人所知呢？

"大哥，这是怎么回事？"流川真和谷开山一出来就发现被光明神廷的人包围了，二人眼中只有惊讶，却没有担忧。

"光明神子想杀了我。"战无命一脸好笑地道。

"想杀我大哥，得先问问我老谷手中的刀！"谷开山一甩手中的大刀，站在战无命身边。

"兄弟，有人想杀我们老大，我们要怎么样？"黑旗盗中一人问道。

"抢光，杀光！"黑旗盗众人齐声高呼，气势逼人。

众人心头大震，此时才意识到，眼前这个看上去人畜无害的战无命，极有可能是神秘的黑旗盗首领。这让众人心中多了几分顾虑和警惕。

"你是黑旗盗的首领？"苏黎世眸子中闪过冷厉的寒芒，冷冷地问道。

"你也可以这么认为。"战无命不置可否，黑旗盗首领这个身份是一个不错的掩饰。

"二位，我们最大的敌人是流苏铁木城中的妖孽，何必白白消耗战力呢？二位也没有什么深仇大恨，正所谓退一步海阔天空。"

苏黎世刚想说话，一个声音插了进来。战无命扭头看了一眼，是一个满头银发的青年，脸上英俊得近乎妖异，气息比女人还娇弱。战无命皱了皱眉。

"在下北陵观马步芳，见过这位兄弟。"那白毛青年见战无命看着他自己皱眉，也不恼，上前施了一礼道。

"哦，原来是北陵观的兄弟，在下战无命。既然北陵观的兄弟开口了，我战无命不能不给这个面子。怎么样，大舅哥，你还要打吗？"战无命很爽快，扭头对苏黎世道。

苏黎世眼里都快冒出火来了，战无命嘴还真是贱，一口一个大舅哥，他恨不得掐死这个可恶的家伙。但是他心里清楚，比人数，战无命虽然比他少几个，但是真要硬拼的话，只怕他光明神廷的人今天都得留在这里，连他都不一定能活着离开，因为他根本看不透战无命的深浅。

苏黎世骑虎难下，战，必会惨败；不战，光明神廷的面子就丢光了。马步芳此时开口正好解了他的围，就是战无命那张嘴太贱。

"闭嘴，逞一时口快，只会给自己招惹祸端，我不管你是谁，我苏黎世记下今日之辱！"苏黎世头上青筋暴跳。

战无命摊摊手，转向马步芳，无奈地笑道："大舅哥很生气，我尽量配合大家，毕竟不好浪费马兄弟一番好意。"

马步芳头都大了，眼前这小子是哪壶不开提哪壶，苏黎世越是生气他叫大舅哥，这小子越是每句都带上。战无命倒是给足了北陵观的面子，这让马步芳心中很高兴。至于是不是黑旗盗的首领，那不重要。

"苏兄，请以大局为重！"马步芳转头对苏黎世恳切地道。

苏黎世哼了一声，强压心头的怒火，道："既然马兄说了，我光明神廷也配合大家。"

马步芳微微松了口气，笑了笑，光明神廷弟子迅速聚拢在苏黎世身后。战无命悠然自得地拿出那柄小光明之剑剔起了指甲。

众人看得大跌眼镜，战无命虽然不再出手，但是却处处都在刺激光明神子。

流川真和谷开山在心里给大哥狠狠地点了个赞，那可是苏黎世啊，一贯嚣张的光明神廷的神子啊，竟然在老大手下吃了这么大的瘪，老大实在是太厉害了。

苏黎世的脸色由红变青，由青变白，最后还是稳了下来。

战无命故作大方答应北陵观不出手，等于与北陵观达成一致，虽然北陵观一开始有帮他的意思，但是也确实希望集众人之力对付流苏铁木城。如果他此时因战无命的挑衅再次出手，就站在各宗的对立面了，到时就算战无命下狠手，其他宗门也不会出手相助了。

"战兄刚才是从流苏铁木城出来的？"马步芳出声询问。

战无命点了点头，问道："究竟是怎么回事？整个流苏铁木城只剩下你们这些人了吗？"

马步芳苦笑着扫了一眼山坡上各宗门的人，虽然这里有近千人，但却是近百个宗门的幸存者，各大宗门在流苏铁木城中死去的人数合计有近万人。

"这里只是一部分，应该还有其他宗门的人从流苏铁木城的其他方向逃出来，各大宗门均损失惨重。不知战兄刚才自流苏铁木城出来时城中情况如何？"马步芳叹了口气道。

战无命苦笑，城中已然没有活人，全都成流苏铁木老妖怪的口粮了。若非九炎龙拐，只怕连他都很难逃出来。

"城中已经没有活口了，遍地都是尸体。我们这些人很难对老妖怪造成威胁，我们还是尽快离开木之世界吧，那老妖怪会越来越强。"战无命深吸了口气道。

"战兄你知道那妖怪的身份？"不仅是马步芳，其他宗门的人也围了上来，惊讶地问道。

战无命一怔，搞了半天，他们死了这么多同门还不知道对手是谁。想到流苏铁木老妖手段隐秘，如果不是颜青青感觉到生机流失，没准他们也得埋骨在流苏铁木城。

"我们的敌人就是流苏铁木城。"战无命苦笑道。

"战兄的意思是？"马步芳一时间还没明白，旋即色变道，"你是说流苏铁木城是活的？"

马步芳的话听得所有人的脸色大变，他们也想到这种可能，一座荒古巨城一夜之间变成了死城，许多人莫名其妙地死了，连原因都找不到。城中怪异的触手遍地都是，弄得他们焦头烂额，他们好不容易逃出了古城，却不知道敌人是谁。现在想起来，流苏铁木城真有可能是活的。

"不错，流苏铁木城苏醒了，各大宗门在他身上生活了几十万年，也滋养了它几十万年。人类的生机滋养了它的神魂，他终于复苏了。城中没逃出来的生命都会成为他的养分，成为他复苏的能量，它将变成一只可怕的怪物。"战无命无奈地道。

如果对手是方圆数百里的巨大城池，他们甚至不知道用什么武器，或者什么方法才能对它造成伤害。如果他们中间有战神，或许还有一搏之力，此刻，他们中间修为最高的是刚刚突破战皇的，怎么可能对付得了一座流苏铁木城？

"你们如果想反攻流苏铁木城，不如现实一点，分头找离开木之世界的出口，尽快离开这里。谁也不知道流苏铁木城吸收了这么多生灵的血肉和生机后会不会还像现在这样待在原地不能动弹。听说这流苏铁木城在太古时原本就是一位恐怖的大能，有飞天遁地之能，若是让他恢复哪怕一成力量，只怕这木之世界的人都会成为他的养分了。"战无命提醒道。

战无命说完这些，发现众人除了脸色变得苍白之外，竟然没有人开口说话，他看着神情古怪的马步芳道："怎么了？马兄？你们不会觉得我是在危言耸听吧？"

马步芳的脸色也一片苍白，神色绝望地道："不瞒战兄，我们都知道木之世界的出口在哪里。"

战无命心头一喜，可是看了马步芳和众人的脸色，心又沉了下去，试着问："木之世界的出口不会在流苏铁木城吧？"

马步芳苦笑着点了点头。

战无命傻眼了，怎么会这样，出口竟然在流苏铁木城里面，想到那山岭般的巨手差点儿把自己拍成肉泥，想到还要与流苏铁木城的老妖怪对阵，战无命心都凉了。

"马兄，苏兄，现在我们该怎么办？"一名青年踏前一步，目光投向苏黎世和马步芳，遇上这种事，各大宗门全都以光明神廷和北陵观马首是瞻。

马步芳没答话，将目光转向战无命，深吸口气道："不知战兄有什么想法？"

战无命摇摇头道："一时间我也想不到什么好方法，大家应该先了解一下流苏铁木城的实力。要不，我带大家去看一下刚才流苏铁木城攻击我时留下的痕迹。"

"哦，好，请战兄带路。"马步芳扭头对北陵观的师兄弟道，"你们在这里等我们回来。"

"各宗有想去的，可以派代表一起去看看，也许能想出对策。"战无命对各宗的人说道。

"青青，三弟，你们随我来。"战无命对颜青青和流川真说完，腾空向流苏铁木城的方向赶去。

众人跟在战无命身后来到流苏铁木城百里之外，战无命警觉地停在半空，遥望流苏铁木城。

马步芳和苏黎世等人停在战无命身边，目光不是看向流苏铁木城，而是前方数里处一个巨大的峡谷。他们记得，一天前，这里是一片山岭，此时却成了一个数里宽的峡谷。峡谷旁边到处都是乱石堆，联想到刚才满天飞落的碎石，众人脸现绝望之色。

战无命眼中闪过一抹苦涩，对手太强大了，强大到他都不知道该如何还击了。

"流苏铁木城百里之内都不安全，前面那条峡谷就是流苏铁木城老妖追杀我时一巴掌拍出来的，你们看流苏铁木城的城墙，像山岭一样高大，其实不过是流苏铁木老妖的一只手而已。"战无命将残酷的事实讲了出来。

百余宗门的代表脸若死灰。就是战神出手，也不过如此。流苏铁木城还在恢复，还在强大，等他把里面几十万人的血肉吞噬吸收之后，会变得多么恐怖，谁也不敢想象。

"大家有什么想法吗？"战无命见众人久久不语，问道。

所有人都苦涩地摇了摇头，连一向高傲的光明神子苏黎世也咬紧了嘴唇，眼中一片绝望。

看了众人的表情，战无命大为失望，众人已然失去了斗志，这可不是好事。如果木之世界的入口在流苏铁木城里面，那大家就相当于被捆在一条船上，人多力量大。就算到时候流苏铁木城出来猎食，跑得慢的人还可以帮跑得快的人挡挡灾呢。

"猎食……"战无命想到这个词，眼前一亮，想到了一个办法，不由叨念了几次。

"战兄，你是不是想到了什么？"马步芳就在战无命身边，听战无命口中念念有词，满眼希冀地问道。

战无命回过神儿，肃然问道："马兄，你和我说实话，这木之世界真的只有流苏铁木城一个出口吗？我们想要退出战皇之路，或者去其他世界，只能从流苏铁木城走吗？"

马步芳见战无命问得认真，也肯定地点头道："必须进流苏铁木城。不瞒战兄，其他世界或许还有未开发的秘藏，通过秘藏找到涅槃池，或许能找到通往其他世界的路，但是木之世界不同，因为木之世界最大的秘藏就是流苏铁木城。流苏铁木城几十万年前就被先辈们发掘出来了，经过这几十万年的开发，方才成就今日的规模。"

"木之世界的涅槃池在哪？"战无命问道。

"涅槃池就在流苏铁木城里面。"马步芳一脸郁闷。

战无命在心里叹了口气，说来说去，怎么也绕不开流苏铁木城了。他终于知道为何这些人一脸如丧考妣的神情了，现在连他都快绝望了。

战无命长长地吸了口气，道："或许我们还有一线生机。"

战无命的话让众人又升起一丝希望。这个时候，他们需要一个希望，哪怕是虚无缥缈的。

"战兄弟请说，只要有一线希望我们就不能放弃。"马步芳神色一缓，连忙问道。

"我猜流苏铁木城无法离开这个地方，如果他能离开，为什么不来抓我们？"战无命还有一句话没说出来，那就是：如果他能离开，他早就出来拍死我这个有九炎龙拐的大仇人了。

众人顺着战无命的思路思考，还是一脸茫然。

"这么大一座城，动起来会耗费很多能量，流苏铁木城没有那么多能量。"有人试着解释。

"是攻击耗费力量还是移动更耗力量呢？"战无命又问。

众人又否定了那人的话。流苏铁木城是一个修炼了无数年的老妖孽，太古之时便已是仙界大能，移动起来是要耗费大量能量，但是他既然能发出这断山截岭般的可怕攻击，想来应该不会缺少移动的能量。

"只有一个可能，就是当年建立战皇之路的大能在他身上建了空间传送通道和涅槃池，将他钉在原地无法动弹。他如果要离开那里，必须有挣脱的力量。"战无命道。

"猎食……"马步芳想到刚才战无命念叨的词，眼中神光大放，"战兄是说，当流苏铁木城能挣脱通道和涅槃池之后，就会在木之世界猎食。他猎食的时候就是我们的一线生机。"

战无命欣然点头道："和聪明人说话就是省事。不错，他猎食的时候也就是他离开通道的时候，虽然流苏铁木城猎食时我们很危险，但也是我们逃离木之世界的机会。"

众人恍然大悟，心中又升起希望，到那一天，生死各安天命。谁也不敢说自己不会成为流苏铁木城的食物，谁能逃出木之世界全看运气。

"我们应该和流苏铁木城其他方向各宗门的人打声招呼，不然，要是有了这样的机会，他们却错过了，那就太遗憾了。"战无命提议。

"战兄仁义！"马步芳顿时对战无命另眼相看，没想到战无命会提出这样的建议。

"苏兄，要不我们分头通知流苏铁木城各方向的人，让他们注意，或者招集代表来商议一下我们该如何面对这场危机。"

"还是分头通知各宗的负责人吧，时间紧迫，谁知道流苏铁木城吞噬了那么多生灵之后要多久挣脱束缚，我们越早做计划越好。"战无命神情肃然地道。

"好，就依战兄的意思。诸位兄弟，你们都是一宗的代表，想必附近有你们的友宗，现在各宗分开行动，明日回到这里一起商议对策。"马步芳高声道。

"好，既然战兄弟和马兄如此高义，想着他们的安危，我们也不能做小人。我们这就分头去找，将消息带过去，他们来就来，不来那也怪不得我们。"

战无命看到众人分头离去，目光投向流苏铁木城的方向，想着流苏铁木城最后那句话，只要在这木之世界，他就是主宰，即使逃离流苏铁木城也一样。这句话究竟是什么意思？

第十六章

蚂蚁控象，看我"吃掉"老妖怪

木之世界一片混乱，原本木之气代表生之气，可是此时，木之世界充斥着混乱的恐惧之气。流苏铁木城复苏了，威胁着木之世界的所有生灵，这一消息以难以想象的速度迅速传开。不可战胜的流苏铁木城，唯一一个可以逃生的机会……

战无命心头十分沉重，自九炎天尊口中，他知道流苏铁木城的老妖在上古时被人称为流苏老祖，是太古第一棵流苏铁木修炼成妖，成为妖族的大能。也是被玄武骗入九玄大世界的，当年，他与九炎天尊被玄武挑拨，一场大战之后双双陨落在战皇之路。

流苏老祖陨落是因为九炎天尊的九炎之焰，所以流苏老祖对九炎天尊可谓恨之入骨。一旦流苏老祖能移动，肯定第一个找上战无命。

现在想躲是躲不过去了，战无命作了一个决定，带着颜青青等人走向千宗大会的会场。

所谓千宗大会，就是把幸存宗门的幸存者召集起来，一起商讨如何对付流苏铁木城。战无命本没有兴趣参加这种二货聚会。没说几句就跑调了，不知道是哪个二货居然在这种时候提出要先确立本次行动的盟主。

"等你们选出盟主，流苏老祖已经到你们头顶了，当了盟主还不是带头送死，有个屁用！"战无命无视万众喧闹，直接走上主持台，高声喝道。

"那个人，你是谁啊？这里哪有你说话的份，你是哪个宗门的？"

"苏大舅子，马少观主，这就是你们说的各宗门的精英，这二货真是丢我们修行者的脸，就该让他成为流苏铁木城的养分，被消化成一坨屎留在这木之世界做野草的肥料。"战无命指着那个叫嚣得最厉害的人，对一旁面红耳赤的苏黎世和马步芳道。

"将敬水派轰出去，千宗大会不需要这种不识大体、不知死活的门派。"马步芳沉吟了一下，转头对战无命指的那人所在的宗门喝了一声。

"马少观主，还没到你们北陵观一家独大的时候。"一个极不和谐的声音传来，是万宝宗的人。

"傻叉二货！"战无命轻蔑地望了一眼说话的人。万宝宗这群人的野心还真不小。

"你骂谁？"万宝宗花少听到战无命的骂声，脸色大变。他没想到，居然有人敢当众辱骂他，浓郁的杀机顿时向战无命扑去。

战无命耸耸肩，不屑地笑道："我不是骂，我是在叫你，你的名字不就叫傻叉二货吗？一群白痴，想当盟主不要在这野山坡争得跟便秘患者似的，拿出点儿本事。你有什么本事对付那流苏铁木老妖怪？长的人模人样的一副猪脑子，自己想死不要连累大家陪你们这群白痴在这里浪费时间，你们想等流苏铁木老妖彻底复苏之后来收拾你们这群小肥猪，我们还不想看他杀猪呢！"

战无命毫不客气地对万宝宗破口大骂，所有人都傻了，这家伙是谁啊，这么猛，居然把万宝宗骂得狗血淋头。

万宝宗的花少脸色铁青，双眼冒火地瞪着战无命，道："不管那流苏铁木老妖如何，我要你先死！"

"不知死活！"战无命也怒了。

万宝宗的人有毛病，放着正事不做，居然还有闲情逸致搞风搞雨。看来自己在赤土世界把万宝宗灭了是正确的。

"小子，去死吧！"花少一声低吼，即将扑到战无命身前时，手中突然多出一对血色轮盘，双轮旋转，就像两个巨大的磨盘攻向战无命。

战无命眼睛都没眨一下，一蹲身，像青蛙似的猛然跃起，双臂高举，双拳径直轰向血色轮盘，没有半丝花哨。

"轰……"战无命的拳头与血色磨盘相撞，血色磨盘寸寸崩裂，花少发出一声闷哼，身体出现在空中。

"轰……"花少还没反应过来，一只大手就钳住了他的脖子，将他重重地砸在地上。

台下众人就见血花四溅，花少发出一声凄长的惨嚎，一头倒在台上，气息全无。战无命浑身浴血，眼内闪过噬血的冷芒。

众人一脸震惊，暴烈、凶残，当着万宝宗众高手的面轰杀了万宝宗大长老的孙子，这一拳看得万宝宗的幸存者肝胆俱裂。

"你找死！"万宝宗的人想到回去之后将面对的大长老的惩罚，冷汗湿了后心，他们没有退路，必须让战无命偿命。

"不知死活，如果你们敢出手，一个也别想活着离开！"战无命站在台上，冷冷地扫过台下万宝宗众人，眼中杀机毕现。

方圆数十丈之内，所有人都感觉到一股森寒之意笼罩全身，无人敢直视战无命的目光。

"杀……"万宝宗的人一声吼，数道身影向战无命扑来。

他们在半空就被人截住了。

"想杀我大哥，你们这些龟孙子还不够格！"流川真一剑横空，截住一人。

黑旗盗紧跟着一拥而上，捉对厮杀。

"谁杀死的，谁就有资格享用战利品！"战无命朗声说道。

"老大万岁！"黑旗盗一声欢呼，更加兴奋。

战无命看了半天，满眼疑惑，原本黑旗盗只有十九人，怎么一眨眼跑出来四十多人。当他看到两名黑旗盗正向他挤眉弄眼时，突然想起曾有几个黑旗盗跟他说要找一找木之世界的同伴，看来多出来的二十多人是木之世界幸存下来的黑旗盗了。

突然出现这么多黑旗盗高手截杀万宝宗弟子，各大宗门都愣了，这才知道，台上那个魔王似的少年是黑旗盗的首领。众人对战无命顿时多了几分敬畏。

黑旗盗个个都是高手，个个都身经百战、机变无双，刚一交手，万宝宗就损失数人，被压制得毫无还手之力。

战无命心头突然一阵悸动，脸色大变，对颜青青等人低喝："快，进入我的空间。"

战无命话音刚落，天空遽然暗了下来。众人抬头一看，赫然看到一只遮天大手自空中拍了下来。

"撤！"战无命喊了一声，挥手将颜青青和流川真及众黑旗盗收入空间法宝，几个刚被找过来的黑旗盗因抗拒战无命的神识，没能进入空间法宝，战无命也不管了，一张双臂，一股青色的气流凝成双翅，闪身如一缕幽风，瞬间消失。

一声轰然巨响，众人所在的山岭四分五裂，无数飞石四下乱溅，慌乱的各宗弟子像无头苍蝇般乱窜，却没有多少人冲出那只巨手落下的范围。

远处，战无命落地，长长地呼出一口气，凝聚了一天，好不容易把昨天消耗的风元素补满，这一下又耗掉一半。战无命心中郁闷之极，那些垃圾宗门，要不是他们不知死活地争什么盟主，怎么会出现这种事。

战无命感应到危机已经解除，这才把流川真、颜青青和黑旗盗等人放出来。众人脸色煞白，刚才的事发生得太突然了。他们没想到，离流苏铁木城三百多里，流苏铁木老妖都能拍过来，看来，他的能力增强了，过不了多久就可以自由行动了。

众人看到站的地方居然离各宗聚集地有近百里之遥，不由暗自咋舌，战无命这速度也太快了。

战无命清点了一下人数，黑旗盗就剩下三十多人了。木之世界的黑旗盗暗自庆幸，刚才他们并未抗拒战无命的神识，否则现在只怕也生死难料了，他们自问没有战无命的速度。原本心中还对战无命有点儿排斥，此时已消失得无影无踪。

天上的碎石和尸体噼里啪啦地落下来，众人看得心头一阵悲凉。这一巴掌下来，只怕两万人的聚会怎么也得死掉几千人。

战无命等人等了一会儿，陆续有人向这边逃来，灰头土脸，一身狼狈。光明神廷的苏黎世和北陵观的马步芳带着一群伤员也回来了。

刚回来的人看到战无命等人一字排开，神清气爽的样子，脸色都十分难看，看向战无命的眼神不是嫉恨，而是羞愧。

战无命一再提醒他们，不要再浪费时间了，结果他们就是看不透那点儿名利，把宝贵的时间浪费在无谓的虚名上。若不是最后战无命真的发火了，拿万宝宗开刀，众人还不知道要争执多久。

面对庞大的流苏铁木城，他们还是一点儿头绪也没有。

"战兄！"马步芳蓬头垢面，形容狼狈，衣衫上到处都是泥渍和血污，看来他逃出来费了不小力气。

马步芳惊骇于战无命的速度，有如此可怕的速度，难怪之前战无命能安然无恙地自流苏铁木城逃出来。

"流苏铁木老妖很快就能自由行动了，他的攻击范围已经延伸到三百多里。可惜了那些被他拍死的人。"战无命叹了口气，一脸悲悯。

马步芳和苏黎世老脸一红，另外几个竞争盟主之位的宗门终于明白为何战无命在台上大发雷霆，一拳轰杀了万宝宗的花少。那些人确实是垃圾，死到临头，居然还在争名夺利，误了大家的时间。

"还有谁想当盟主吗？"战无命的目光扫过众宗代表，一脸揶揄地问道。

"战兄说笑了……"有人尴尬地回应。

"战兄，这里安全吗？流苏铁木老妖的攻击范围会不会到这里？"有人担心地问道。

"等他将刚才那些人的尸体血肉、生机吞噬完，估计就能打到这里了。或许他很快就能挣脱束缚自由行动了，到时候我们全都是他的猎物。就看谁逃得最快了。"战无命无奈地笑了笑道。

众人心头一阵发寒，刚才他们亲眼见到流苏铁木老妖的攻击力，整片天空都被遮住了，一掌下来，恐怖的压力将人挤在中间难以移动，连空气都静止了。整片山坡在那一掌下化成废墟。

看到战无命眨眼间跑得无影无踪，众人就差没喊战老大，我们也叫你老大，你把我们也装空间法宝里逃命吧。

"战兄，我们现在该怎么办？"马步苏和苏黎世同声道。

苏黎世放低了姿态，倒是让战无命不适应了，难不成这家伙还真想做自己大舅哥？

"我还有一个办法，虽然有点危险，但如果成功了，大多数人都可以逃生。"战无命肃然道。

"战兄请讲，我们愿以战兄为首，只要我们能做到，必全力配合。"马步芳立刻表态。

生死关头，他只能相信战无命了。众宗门全都表态，让他们想对策，他们脑袋想破了也没辙。亲眼见到流苏铁木老妖的攻击力，胆都快吓破了。

"用不了几个时辰，流苏铁木老妖便可以自由活动了，那时就是他的狩猎时间。我们现在知道，流苏铁木老妖一巴掌能拍出三百多里，以他为中心，有效攻击范围就是六百多里。"

战无命在地上画出一个圈，每个人心头如灌了铅似的，千里死亡之地，他们就算是全速奔行也要个把时辰，流苏铁木老妖一挥手就能到。

按这个速度，根本没有人能逃到木之世界的传送口。

看众人摇头，战无命无奈地道："这样的距离，就算是我，也很难逃出去。但如果是这个距离……"战无命将一块碎石放在圆圈远处，"就有五分之一的人有机会逃离。"

"让流苏铁木老妖离传送阵两千里？"马步芳诧异地问道。

"不错。我们分散在四周，让流苏铁木妖无法兼顾。"战无命在圆圈四周画了一个大圈。

"可是我们怎么能让流苏铁木妖远离传送阵呢？"有人提出了疑问。

"这就要有一个人愿意牺牲自己，将流苏铁木妖引开了。引得越远越好，如果能引到三千里外，就有三分之一的人可以离开了；如果能引开四千里，就有一半的人能活下去……"战无命深吸了口气道。

众人陷入沉默，谁愿意做这样的牺牲？谁不想逃命？每个人都希望自己能活下去。

战无命的目光扫过众人，没有一个人敢与他直视。战无命的方法或许有效，可是谁愿意去做那个必死之人？谁又能将流苏铁木老妖吸引出几千里？以他们的速度，最多在流苏铁木老妖手下跑出两千里。

可是，没有人愿意去送死。

"如果没人愿意，那只好我自己来了。我需要大家提供一些能逃命的宝贝，如遁符。还需要一些威力大，杀伤力大的攻击法器，一次性的也行。我能将流苏铁木老妖引多远，取决于大家提供的逃命的东西和攻击的东西有多少。"战无命长长地吸了口气。

"大哥，不可，要不让我来！"流川真打断战无命的话，挺身道。

战无命摇摇头："这里我的速度最快，不过像刚才那种极速，我一天之内最多能用两次，难以将流苏铁木老妖引太远，所以需要你们的支持。"战无命对众人道。

"战兄，你想怎么吸引流苏铁木老妖追你？"苏黎世突然问。

众人一怔，对啊，流苏铁木妖为什么会追他，万一那老妖怪不追战无命，而是追他们，他们却把保命的遁符给了战无命，那不是死得更惨？

战无命笑了："所以我需要威力大的攻击法器，在流苏铁木老妖还不能远距离移动时，我主动过去挑衅他，让他恨我，恨得咬牙切齿不共戴天，这样他追我的可能性就会大很多。万一他还是不来追我，那大家就只能各安天命了。"

众人汗颜，他们没想到，战无命这个最有机会逃走的人居然甘愿以身作饵，还想出这样一个狠招，这是把自己往死里坑。这时，大家对这个看上去暴烈的少年多了几分敬意。

"战兄，你大可不必如此，以你的实力，或许是我们这些人中最有可能离开的人。"马步芳长吸了一口气，由衷地道。

"如果没有人引开那老妖怪，我也出不去。这件事由我来做的话，成功的几率更大一些，各位都是各宗的精英，如果牺牲我一个，能换来大部分人逃离，我战无命愿意做。如果我真的出不去了，还请大家帮我照顾一下我的兄弟。"战无命一脸悲壮地道。

"大哥……"

"老大……"

战无命身后众人顿时泪流满面，跪到在地。

"都起来，我还没死呢。好好活着就是对得起我了。"战无命轻喝一声。

"战兄！"马步芳和其他人大为感动，心中满是愧疚。

"如果战兄真有什么不测，谁要是敢对付你的兄弟朋友，就是与我光明神廷为敌，我苏黎世必将其斩于战皇之路。战兄，苏黎世服了！"苏黎世恳切地说道，而后转头对身边人道，"谁身上有遁符，全给我掏出来！攻击符也要！"

"战兄，我北陵观也与光明神廷一样，谁若对你的兄弟朋友不敬，便是我北陵观的敌人！"马步芳也肃然道。

其他各宗也纷纷起誓，将身上的遁符和攻击符、攻击法器全都拿了出来。没一会儿，战无命就收了一大堆，光遁符就有三十多张，攻击符数十张，还有一些厉害的火器和可以自爆的法宝。

战无命也不客气，一挥手全都收了起来。

战无命心里清楚，即便自己不去挑衅，流苏老祖也不会放过他，九炎龙拐的出现，激起了老妖怪无数年的仇恨和怒火。

战无命的话虽然真假掺半，但他确实想着，反正自己一时半会也跑不了，不如索性带着老妖怪跑一圈，给众人创造一个逃走的机会。

战无命起身对众人道："这里就交给马兄和苏兄了，我现在就去流苏铁木城，那老妖的时间越多，我们就越被动。"

"战兄，一切小心！"马步芳和各宗代表齐声道，大有壮士一去兮不复还的架势。

以战无命的天资和能力，如果不死，必然是一代天骄。此刻，他竟愿意为大家的生命去冒这样的险，在八大陆，这样的人已经很少见了。

"夫君，我们陪你一起去，就算是死，我们也要一起！"祝芊芊肃然道。

战无命扭头望了望祝芊芊和颜青青等人，见几女神色坚决，知道无法劝解，仰头大笑道："既然如此，那我们便一起去吧，看我如何戏耍那流苏铁木老妖。"

战无命回到刚才聚会的地方，那座山坡已化成一片废墟，血迹斑斑，却没有一具尸体。显然，尸体都被流苏铁木老妖拖回流苏铁木城了。

刚才那一击袭杀了千余人，若非距离太远，流苏铁木老妖没办法连续攻击，只怕死伤会更加惨重。

"主人，我感应到先前种入万宝宗弟子体内的活毒此刻已经扩散开来，速度非常快。"颜青青神情凝重地道。

"什么？你刚才在万宝宗弟子身上种下了活毒？"战无命讶然问道。

"是的，刚才交手的时候，那人出手轻薄于我，我不想让他轻易死去，就在他身上种下了活毒。我感应到那活毒还活着，在流苏铁木城。"颜青青解释。

战无命眼中闪过一抹亮彩，说道："青青，我们一起感应一下那活毒的情况。"

说着，战无命握住颜青青的双手，两人经太虚真气相引，战气形成循环，命魂相触。战无命感应到，流苏铁木城内，属于颜青青的木元之魂不断旺盛起来，一点变成两点，两点变成四点……很快，潮水般的木元之魂产生了，精纯的木元之气隔空反哺颜青青。

战无命大喜，一脸兴奋地道："我们得救了，蚂蚁控象，这老妖怪再牛也有克星！"

"什么？"仪裳等女一脸不明所以。

"我找到对付老妖怪的办法了，看我这回不弄死他。"战无命一脸激动，这回自己不仅不用死，还能干掉一个老妖怪。

"青青，这段时间你培养了多少活毒卵？全都给我！"战无命吸了口气道。

"进战皇之路后，一直没什么时间，所以，我才培育出两百多颗活毒卵。"颜青青翻了翻乾坤戒，一脸不好意思地道。

"全给我，我要玩一次大的。"战无命大喜。

"可是，我的神魂无法控制这么多毒卵。"颜青青小脸通红地道。

"我试试，我先控制一大部分，你控制一小部分，我们俩一起应该可以控制得了。控制力弱一些也没事，只要能激活就行。"战无命道。

"流苏木祖，你这老不死的东西，残害这么多生灵，就不怕天地万劫不容吗？"流苏铁木城外百里左右，战无命高声呼喝，声传四野。

战无命立在虚空，一脸轻松，好像根本不怕流苏铁木老妖怪的攻击似的。

"流苏木祖，听说你这老妖怪是单性繁殖，根本不需要女人，自己就能生孩子，真是奇闻啊。哥想问一下，你究竟是公的还是母的啊？"半晌，战无命见流苏铁木城没什么反应，又换了种口气高声问道。

战无命话音刚落，就感觉木元气猛然一凝，仿佛有一道囚笼将四面天空隔绝开来。

"哈哈……你这老妖怪，这种小手段对你家小爷没用。"战无命身上升起一股艳丽的火光，木生火，浓郁的木元气刹那间被点燃，囚笼自破，战无命身形飞退。

战无命刚刚退开，一只遮天大手猛然抓向刚才战无命站的地方，可惜抓了个空，空中就剩一片焦烟味了。

"老妖怪，你生气了啊，难道我有说错吗？你难道还能找个女人帮你生娃，或者找个男人？我听说你好像不长男根啊，你就算修炼出人身，估计也是太监吧？"战无命的声音远远飘来，嬉笑中满是嘲讽。

"小子，我原本还想让你多活几天，没想到你自己来找死！"空中传来流苏铁木城愤怒的吼声，声音之大震天裂地。

战无命被震得头昏眼花，流苏木祖几百里的巨大身躯，发出的吼声得多大，简直难以想象。

更远的地方，苏黎世和马步芳等人将各宗门的人安排在四周，带着几个高手远远观望战无命如何挑衅流苏铁木老妖。他们还是有些不放心，这可是关系到所有人命运的事。

他们听到流苏铁木老妖的怒吼，这才放下心来。

战无命的骂声听得几人表情怪异，这家伙还真是胆大包天，什么都敢骂，这种骂法，别说流苏铁木老妖这种太古凶人，换作他们也得杀了他。看来战无命是真心做流苏铁木城的诱饵啊，他们却还在怀疑他，愧疚之意再次袭上心头。

战无命的所作所为让他们佩服得五体投地。正如苏黎世所说，他服了。这样一个人，就算是自己的敌人，也是值得尊敬的。

"可惜了！"马步芳喃喃自语道，转身向北陵观众人飞去，他要为最后时刻做准备。

苏黎世眼中也闪过一抹惋惜，虽然战无命那张毒嘴非常惹人厌，但是此时又觉得那家伙至诚至性，一言不合便血溅五步，无惧无畏，却又天姿过人，竟生出惺惺相惜之感。这是一位值得尊敬的对手。

苏黎世望着流苏铁木城的方向，轻声道："希望你能活下来，不然，世间少你这样一个对手，会失去很多乐趣。"之后也转身而去。

其他几宗的人也叹息一声，他们与战无命没有什么争端，也爱莫能助，尽皆叹息着退去，没人知道他们心中在想些什么。

"轰……"又一条巨大的手臂横击而至，仿佛如山岭横推，速度奇快。

战无命早已料到，身形灵巧地自那条大手臂下穿过，战无命身上仿佛披了风之翼，天地间只要有风，他就能随心所欲地穿行。

"想不到你体内居然有这么多元素之力，风、水、火、金，看来我还真是低估你了。这么好的肉身正适合做本座的分身，本座一定会好好炼制你。"流苏木祖对战无命身形如此灵动微感惊讶。战无命离他仍有百余里，他虽然能攻击到，却没有那么灵活，一时之间拿战无命也没办法。

"老妖怪，来而不往非礼也。"战无命一声低啸，身体如风中秋燕，灵巧地自巨大的手臂下穿过，将一张攻击符抛在上面。

"轰……"攻击符爆炸，手臂上出现一个巨大的缺口，但是相对于巨大的手臂来说根本不算什么。

"小子，这点儿小东西也想伤得到我，做梦！"流苏木祖不屑地道。

战无命的攻击于他巨大的身体而言，就像是掉了块指甲大的皮屑，根本没感觉。他身为木祖，恢复力之强，不是战无命能想象的。

"靠，你这老妖怪，活该当年被烧得要死不活的，身上这么多柴火，烧了又长，长了又烧，估计当年那把火烧了好久吧？"战无命哪壶不开提哪壶。

那把大火是流苏木祖的伤疤，当年他差点儿被九炎天尊的九炎烧得魂飞魄散，若不是将一丝生机深藏地底，经过数百万年的温养得以复苏，他就真的死在九炎天尊手里了。

想到那比仙界的三昧真火还恐怖的九炎，流苏木祖好像又体会到了当年被焚烧的痛苦，当年他最恨的就是自己顽强的生命力和修复，烧了又长，长了又烧，九炎遇木即燃，就那样烧了数千年，到最后，双方都失去知觉了。

炼狱般的记忆被唤醒，流苏木祖对九炎天尊的恨意有如滔滔江水无可抑制。

"嗷……"流苏木祖发出一声震天的嘶吼，整个木之世界都战抖起来，流苏铁木城中升起一股恐怖的气息。

战无命放眼望去，看到流苏铁木城上空升起无数尸体，那些尸体如同失去重力般飘浮在流苏铁木城上空，杂乱而又密集。那是死于流苏铁木城的各大宗门弟子的尸体。

战无命看得咋舌不已，尸体浮在空中，就像一片乌云。

"我为木祖，天地之木归于我身，天地之道还归我命……木之天道，十万浮尸，归于本源，给我爆！"声音落下的刹那，浮在流苏铁木城上空的尸体同时爆开。

流苏铁木城的上空不再是蓝色，而是一片血红，妖异的血红，飞溅的鲜血在流苏铁木城上空形成一片血海。

天地刹那间静止，血腥之气自流苏铁木城传来，生命是如此脆弱无力。战无命心中大恸，这可是十几万条生命啊！老妖怪，我必让你血债血偿！

看着不断挣动的流苏铁木城，战无命心中升起不妙的感觉。老妖被自己刺激得爆发了，这是要提前移动啊。

战无命一声长啸，如龙吟凤鸣，声传四野，天地应和，这是通知各大宗门最后的时刻到了，同时也是激发他的斗志。

战无命双臂一张，天地间风云狂涌，青色的风之翼在肋下凝聚。

"嗖……"战无命消失了。

流苏木祖发现战无命消失了，立时火冒三丈，刚想发疯，竟发现战无命出现在流苏铁木城城外。战无命不仅没跑远，还跑回来了，这一举动大出流苏木祖意外。

战无命长啸声传出，各宗人瞬间紧张起来，几人围在一面怪异的镜子前，一脸震惊。

镜子中清晰地映出战无命的身影，和战无命周围的景象。镜子周围的人是随时准备逃出木之世界的苏黎世、马步芳以及魂苍大陆的九奇门代表。镜子是九奇门的重宝，天地乾坤镜。

战无命离开之前，九奇门的人悄悄捕捉了他的气息，打入天地乾坤镜，只要战无命在千里之内，他们就能看到战无命和他身边的景象。

镜子前的人都被流苏铁木城上空的景象镇住了。镜子中，那片浮在半空的血肉之海中翻腾着无数蛟龙般的枝条，如亿万妖魔在狂欢。那是流苏铁木老妖的触手，每条触手都在疯狂地吞噬天空中的血肉。

战无命前方横着一根山岭般的巨大树干，树干上浮现着一条条血纹，如此邪恶血腥的景象，他们毕生难忘。

看到战无命发疯般冲向流苏铁木城，众人都傻眼了。

"他要做什么？"苏黎世喃喃地问。可惜没人能回答他。

"看，他出手了，那是什么？"马步芳低呼一声。

第十七章

小小战王重创了妖族大能

战无命出手了，他突然以最快的速度冲到流苏铁木城外，自怀中掏出几十个怪异的球体，使出浑身的力气，扔进流苏铁木城上空的血海中。

"轰……轰……轰……"一阵爆炸声在流苏铁木城上空响起。

空中传来一声愤怒的嘶鸣，仿佛无数巨蛇受到重击发出的叫声，尖锐刺耳，仿佛能冲散人的神魂。

"小子，你胆子不小啊，居然敢到我的身边来攻击我。"流苏木祖怒吼。

那几十颗会爆炸的怪球虽然不足以伤害他的根本，但是吞噬血肉的触手极为敏感，怪球中有很多针，爆炸的同时飞出千万细针，刺入触手中，这种疼痛他很久没体会过。

"老妖怪，小爷说过，必然让你好受。怎么样？你咬我啊！"战无命嚣张的声音响起，一道紫色符纹在他手中燃烧起来。

"哧哧……"无数触手交织成一张大网，封锁了战无命四面的天空。

"老妖怪，你抓不住我，小爷这些暴炎雷霆是专门为你定制的，里面有千百种毒药，你好好享受吧。"战无命一声轻笑，一把将燃烧的紫色符纹拍在胸前。

"轰……"流苏铁木城外的地面被无数触手轰出一个巨大的深坑，战无命的身体却化成无数道紫色的流光消散在空中。

"啊……小子，本老祖发誓，一定要把你炼成活人傀，让你永生永世清醒地做一具傀儡！"流苏铁木城上空传来流苏木祖愤怒的吼声。

"轰……"整个木之世界的根基摇动了一下，浮在流苏铁木城上空的血肉之海被老妖一口吞了，可怕的气息再次从流苏铁木城中升起。

远处，九奇门少主刘九言神魂一震，一口鲜血吐了出来，手中的天地乾坤镜中没有了画面。

"快走！"苏黎世低喝一声，就在刚才，他感觉到一道恐怖的目光自天地乾坤镜中透射而来，那道目光仿佛隔着数百里穿透了天地乾坤镜直达内心，主掌天地乾坤镜的刘九言更是被那道目光所伤。

"好可怕的目光，是那流苏铁木老妖怪的眼神吗？"马步芳背后渗出一层冷汗。

"他居然敢飞到流苏铁木城给老妖下毒，我刘九言服了，我不如他！"刘九言脸色惨白，却不沮丧，战无命刚刚做过的事情他全都看在眼里，面对流苏铁木老妖怪这样的大能，一个小小的战王竟有如此胆魄，没有一丝退缩，登时激起了刘九言的斗志。

"是啊，我们都不如他，希望他能活着回来，我马步芳定要与他结为兄弟！"马步芳感叹道。

"别忘了我，此人若能活着，我刘九言也愿意以他为兄！"刘九言心神激荡。

刚才战无命与流苏铁木老妖的对话和战斗给了他从未有过的震撼，不管战无命的攻击是否能对那老妖怪造成伤害，他的行动已经展示出了一个修行者的气概。

"如果他真能活着回来，我苏黎世再也不与他为敌！"苏黎世苦笑着道。

马步芳与刘九言对视了一眼，道："我们也该准备了。战兄说得没错，流苏铁木老妖突然吞噬了那么多血肉，必然是想尽快挣脱木之世界的束缚。他应该很快就能移动了，战兄吸引不了多久。"

"各自保重吧，希望大家都能活着离开这木之世界！"苏黎世说完，回到光明神廷众弟子中。

战无命的身体再次出现时，整个人都晕头转向的，紫遁符使用起来很不好受。

战无命刚出现，一只巨手就向他抓来。战无命大惊，怎么回事？紫遁符不是能瞬间遁出千里吗？流苏木祖怎么可能这么快追到千里之外？

战无命回头看了一眼，顿时破口大骂："他妈的奸商，卖的是什么残次品，遁出的距离居然不到三百里，还在流苏木祖的攻击范围之内。"

战无命低头正好看到一个大坑，正是先前千宗聚会的那片山坡，被流苏木祖一巴掌拍出一个大坑。

战无命这个恨啊，这张紫遁符是谁给他的啊？妈的，这真是要命啊！

"去你妈的流苏老妖怪，别以为小爷好欺负！"战无命心头发狠，猛然调集全部火力注入九炎龙拐。

"轰……"战无命身体升起九色火云，炽热的烈焰将方圆百丈化为火海，九色火龙自火海中飞出，撞向空中的大手。

九色火海将天地烧得一片彤红，火龙轰然撞在追来的遮天大手上，天地巨震，火龙溃散，遮天巨手被洞穿，战无命自火洞看到阴沉的苍穹。

大手依然下落，却已变得无力，在火洞四周，诡异的九色火焰还在燃烧着，燃烧的速度很快，火洞越来越大。

"轰……"遮天巨手终于砸落地面，一道人影自火龙烧出的火洞中冲天而起，正是战无命。

"小子，你真的激怒我了！"流苏木祖的声音都变了。在他眼中，战无命不过是一只小小的蝼蚁，可是就是这样一只蝼蚁，一而再再而三地让他受伤。而他居然没法让这个小小的蝼蚁留下来。这么多年来，灵魂全部苏醒的流苏木祖第一次动了真火。

"老妖怪，别和小爷吹胡子瞪眼睛的，有本事全使出来，你感觉到痛了吧？当年就是这火烧残了你，今天再让你重温一下。"战无命不再停留，冲出火洞迅速向远方跑去。

"爆!"流苏老祖一声吼,那只燃烧的大手瞬间爆成碎片,无数着火的碎木有如满天流星,挟着爆碎的劲气冲向四面八方。

战无命一声惨嚎,拼命提速,可惜再快也快不过四溅的碎片。

流苏木祖比他想的还要狠,宁可舍弃一只手也要斩杀战无命。

"轰……轰……"无数碎片如钉子般钉入战无命的身体。空中的战无命如折翼的云鹰般栽向地面,斑斑血迹如朵朵红梅洒落。

"嘭……"战无命重重砸落地面,又发出一声惨嚎。

战无命的身体被暴裂的碎木片射得千疮百孔,若非重要部位有高仿的元帝武装保护,只怕就被流苏老祖这一阴招害死了。

战无命肉身虽强,可是流苏木祖是何许人物,太古之时便已是一方大能,虽然尚未恢复到巅峰状态,可是他手掌自爆的威力也不是战无命能抗衡的。

战无命边咳血边掏出一张明月般散发着神圣光辉的符纹,拼着最后一口气激发符纹。顿时一道神圣的光辉将战无命的身体笼罩其中,一股强大的力量滋养着他身上飙血的伤口,就像一泓清泉流过心田,滋润着每一寸肌肤,身上的伤口以肉眼可见的速度愈合。

"光明回生符,果然厉害!"战无命长吁了口气,身上的伤口已然痊愈。

虽然伤口都愈合了,但是战无命仍感觉到前所未有的虚弱,看来是伤了元气。好在此时已经离开了流苏铁木的有效攻击范围。可惜战无命一点儿也高兴不起来,老妖比他想象的更狠,不仅对别人狠,对自己也狠。

"妈的,算老小子狠,还是得喝了小爷的洗脚水。"战无命一边骂,一边掏出大把丹药,一口气都倒进嘴里,有补气血的,有补元气的。自己身边有史若男这样的药王在,不愁丹药。

大量的丹药入腹,元气恢复了不少,但要想达到巅峰还要花些时间。可惜战无命现在最缺的就是时间,天知道流苏木祖会不会下一刻挣脱束缚。

战无命迅速向远处飞去。

与战无命方向相反的地方，苏黎世焦急地等待着最后时刻的到来。这时，苏黎世脸色微变，他感应到自己给战无命那张光明回生符被用了。

苏黎世在把符纹和宝物交给战无命时留了个后手，他在符纹上留下了自己的元神印迹，从战无命使用符纹的情况就能算出他的处境。没想到这么快战无命就将唯一一张光明回生符用了。

"看来他受的伤定然很重，这次的任务果然是九死一生。是我苏黎世以小人之心度君子之腹了，希望你能安然渡过。"苏黎世神色沉重地望着远方。

他感应到光明回生符就在那个方向，那里刚出流苏铁木老妖怪的有效攻击范围。之前他明明看到战无命使用了紫遁符，不知为何没能逃出千里之外。木之世界刚刚有两股极其恐怖的元能波动，也只有战无命那小子敢和流苏铁木老妖硬扛。

"神子，你看……"光明神廷的人指着纷纷飘落的碎木片给苏黎世看。那些木片上蕴涵着神华，有股焦煳味。

"怎么可能……"苏黎世一脸惊讶，顺手接到一片碎木屑，发现碎木片居然与流苏铁木老妖的木质一模一样。

"神子，这是什么东西？"

"这是流苏铁木老妖的碎片，看来老妖怪受伤了，难怪战无命会受这么重的伤，重到要用光明回生符的地步。"苏黎世眼中闪过一抹惊讶和难以掩饰的欣赏。

战无命这小子总是能人所不能，流苏铁木老妖居然在一个小小的战王手中连连吃亏，说出去只怕都没人相信。

"轰……"整个木之世界地动山摇，山峰开裂、地面塌陷，毁灭的气息席卷大地。

木元之气疯狂地涌向流苏铁木城，那里就像一个巨大的黑洞，将整个木之世界的能量吞噬一空，众人都快窒息了。

木之世界的规则破碎了，流苏铁木城的气息越发强大，流苏铁木老妖终于挣脱了木之世界规则的束缚，可以自由行动了。

最后的时刻到来了！

之前，众人感觉流苏铁木城的气息是那种高高在上、掌控生死的大能。此刻，流苏铁木老妖却像一个恶魔，浑身上下散发着腐朽的力量，即便相隔六百里，依然在夺取众人的生机。

众人苦苦抵抗着腐朽之力的侵蚀，只希望流苏铁木老妖快点去追战无命，他们就能逃离这木之世界了。这恐怖的木之世界，他们一秒都不愿意待了！

"小子，你逃不掉！我是这里的主宰，我要把你用木元驱丝炼魂，方解我心头之恨！"木之世界回荡着阴森冰冷吼声，听得人心头发寒。

战无命成功了，老妖怪这么恨他，脱困之后必然会去追他。许多人对这个自愿做诱饵的年轻人多了一丝愧疚，同时，也多了几分敬意。战无命的勇敢和担当让所有人汗颜。

"轰……轰……"流苏铁木城老妖终于开始移动了。

庞大的身躯有如一座连绵的大山，每走一步便是百里，每一步都能将木之世界踩出一个大坑。他巨大的身体即使在千里之外都看到。

大家终于松了一口气。

战无命的速度很快，但却无法像流苏老祖那般一步百里。全速奔跑的战无命已经感觉到危机迫近。

流苏老祖还真是难缠，数百种毒药打进他的触手中，竟然没给他造成什么伤害，这老怪对毒性的抵抗能力还真是强悍。

剧毒虽然厉害，但是老怪的体积太大了，恢复能力又强，毒素的入侵速度没有他的恢复速度快，很快就会被清理出体外。就好像流苏老祖自爆了一只手掌，用不了几个时辰，就又长出一只完好无损的手掌。

战无命本也没寄希望于那几百种毒药，一心惦记着那两百个已被激活的活毒卵。

相对于流苏老祖的身体来说，那针眼般大小的虫卵太小了，他很难注意到。但是千里长堤溃于蚁穴，越是微不足道的东西，越有可能发挥令人难以想象的威力。活毒之强便强在它恐怖的繁殖能力，一变二，二变四……只要有足够的能量，可以在几个呼吸间化成千万。

"小子，看你能跑到哪里去。"流苏木祖的声音充满戏谑，就像一只猫戏耍一只老鼠。

流苏木祖恨死战无命了，不仅恨战无命辱骂他，烧伤了他一只手掌，更恨战无命背后的九炎天尊，当年差点被九炎天尊烧死是他一辈子的痛。

九炎龙拐在战无命手中，九炎天尊与战无命必然脱不开关系。

所以，流苏老祖一脱离木之世界的束缚就立刻放开神识，将方圆几千里的情况倒映在脑海中，他知道流苏铁木城四周还有不少人，可是他根本就不在意，他现在一心要抓住战无命，找出九炎天尊。

"老妖怪，你别嚣张，小爷多得是手段让你哭！"战无命一边疾速飞掠，一边大声道。

"哈哈，小子，你死到临头了还嘴硬，你不知道什么是活傀吧？"流苏木祖不屑地笑道。

"轰……"战无命身体一闪，一只大手从他身边穿过，抓入一旁山石中，流苏老祖距战无命越来越近，左一掌右一掌戏耍老鼠般逼得战无命在空中不断翻滚、上蹿下跳、连连怒吼。

看着战无命的窘态，流苏木祖高兴了，追得也不那么急了。流苏木祖每迈一步中间都会有一个间隔，毕竟身体太大，移动稍显笨拙，但是由于他每一步距离都很大，所以看似很慢，实际上比战无命的速度快多了。

"老妖怪，你不过恢复了不足千分之一的力量，你能嘚瑟多长时间，有种你就杀了小爷，这样戏耍一个小辈算什么能耐！"战无命似乎对流苏木祖戏耍他十分愤怒。

"哈哈，我孤独了几百万年，好容易逮到一个好玩的，就想戏耍你一下，怎样？你放心，这木之世界所有的木元气都是老祖我逸散出来的，再无规则可以束缚本祖，这里的木元气必将回归我身，我的力量永远不会枯竭，除非这里的木之元气全被我吸光。"

战无命越生气，流苏木祖就越高兴，杀人不过是一巴掌的事情，他不急着杀战无命，他要好好折磨他。兴奋的流苏木祖没看到战无命眼中那抹一闪即逝的狡黠。

流苏铁木老妖消失在众人的视线中，整个木之世界的人立时行动起来，极速向流苏铁木城奔去。

没人知道战无命能支撑多久，此时已经有人开始后悔没将身上的遁符都交给战无命了，那样战无命或许能坚持久一点。他们逃命根本就没办法使用遁符，因为谁也不知道使用遁符会遁向哪个方向，万一离流苏铁木城越来越远就悲摧了。

这是一场与时间赛跑的逃亡。除了战无命逃走的那一面之外，其他三面六百里外都是各大宗门的人。

六百里的距离，速度最快的人也要一炷香的时间才能赶到。大家跑了一大半时，赫然发现，流苏铁木城已然面目全非，以流苏铁木城为中心，方圆三百多里的地面成了一个巨大的陷坑。越向里面走，陷坑越深，最深之处仿佛直通地底幽冥。众人倒抽了一口凉气，

在大陷坑中间，一根擎天之柱傲然而立，好似一根插入地心的立地柱。柱子散发着神华，一股莫名的伟力将它牢牢钉在那里，就连流苏老妖发狂也没能把他拔出来。

"定界神针！"有人低呼。

传说有一种仙器叫定界神针，可以定住一方天地。之前应该就是这东西钉住了流苏老妖，使他无法离开这里的。

"那里是涅槃池和木之世界的出口。"一股浓郁的涅槃之力自定界神针顶部传来，清晰的空间波动为众人指引了方向。

"快走！"有人高呼。

出口就在前方，他们必须以最快的速度离开木之世界。

"不好，流苏铁木老妖在这里布下了后手。"说话的是苏黎世，他是最

先赶到流苏铁木城陷坑外的人之一。

定界神针周围有一片大树，就像一片森林，此时，那片森林正飘浮在半空，就像蒲公英的种子，轻巧而诡异。

"是流苏铁木的分身。"马步芳突然想起战无命在流苏铁木城外大骂时，说流苏铁木是单性繁殖，可以分裂出无数分身，每一个分身都有一定战力。

看到眼前的景象，众人面面相觑，这流苏铁木老妖也太狡猾了，木之世界的出口在这里，他算准了众人会趁他去追战无命时离开，特意留下这么多树木拦截他们。

"事到如今只有拼了，否则大家只有死路一条！"刘九言一声低吼。

众人嗷嗷叫着向定界神针冲去。无论前方是什么，他们都必须扑上去，否则只有死路一条。在死亡的逼迫下，每个人都激发出自己最大的潜能。

数千战王有如蝗虫般冲向那片森林。原本众人可以轻松蚕食这片森林，但是此刻大家都在抢时间，所以分成几个小队，径直冲杀过去，或火烧，或阵爆。

这片树林有如活物一般，缠绕、刺、抽、扎，无所不用其极。

"这些树木是畸形的。"有人发现一个问题，这里的树木并非全都十分强大，有的都快要枯萎了。

"他们中毒了！"有人惊呼。

有不少树木身中剧毒，树身上流出奇怪的脓水，发出阵阵恶臭。树林外那些树木似乎是在保护这些中毒的树木安心排毒，不受打扰。

"寸木不留！"苏黎世高呼。

他想起战无命曾冒死冲到流苏铁木城下，抛出数十个怪异的球体，当时他说给流苏铁木老妖准备了几百种毒药。想来当时老妖确实中毒了，但是这老妖太厉害了，竟然将中毒的地方分离出来，变成个体，中毒的地方成为单独的个体，这样一来，每个个体都可以单独排毒。就算无法解除毒素，最终死亡，那也只是一个个体，根本不会对他产生影响。

不仅是苏黎世，马步芳和刘九言也意识到了，众人大喜，心中对战无命更增了几分敬服，若不是战无命那一手，这片森林就要成为大部分人的埋骨地了。此时，大家只要面对一群中毒的木之灵，轻松多了。

战无命一边闪躲一边逃，在流苏老祖的戏耍下，居然逃出三千多里。战无命感觉流苏老祖已经失去了耐心，那股锁定自己的意志越来越暴躁，大笑一声道："流苏老妖，小爷不陪你玩了。"

战无命说完，点燃一团紫焰，一巴掌拍在自己身上。

流苏老祖一声冷哼，大手在虚空一捞，可惜战无命已化成无数紫光消失了。

"区区遁符也敢在本祖面前丢人现眼。"流苏老祖一声冷哼，天地间的木灵气瞬间凝紧，整个木之世界刹那间被一股暴戾之气注满。

虚空中，战无命一声闷哼，身形再次显现出来。他还没来得及骂一句，就感觉到一股可怕的威压罩落。

战无命大骇，扭头一看，心中大骂：怎么回事？自己检查过这张紫遁符，没有任何问题，怎么又没跑出多远。

眼看流苏老妖的大手出现在眼前，空中的木灵气重若水银，战无命心中了然，不是紫遁符的问题，而是木之世界的法则被流苏老祖干扰了，这才使得遁形的距离变短，根本就逃不出流苏老祖的攻击范围。

战无命心中叫苦，自己小看了流苏老怪，原本指望靠紫遁符拉开距离，现在看来是不行了。战无命一咬牙，再次凝出青色羽翼，险而又险地自流苏老祖手下逃走。

战无命以鲲鹏极速逃过他的攻击，瞬间出现在五六百里之外。这个距离流苏老祖的法则之力很难干扰紫遁符。战无命也够狠，鲲鹏极速一收立刻使用遁符，一张遁符失效，紧接着又燃起一张紫遁符，一下子将二人之间的距离拉开两千多里。

战无命的拼命让流苏老祖也吃了一惊，没想到这小子手中居然有这么多遁符，接二连三地使用。

流苏老祖恼了，战无命这小子就像一条溜滑的泥鳅，在他手下连连逃脱。不过就算他逃得再远，也逃不出他的神识锁定，所以他不着急，他就不信，战无命还能有用不完的遁符？

这时，流苏木祖感应到自己剥离的分身正在受到攻击，犹豫要不要回去将那些人全都消灭，可是一想到战无命可能会逃到更远的地方，到时就更不好抓了，流苏木祖一咬牙，放弃了那些被毒物折磨的分身，向战无命追去。

"流苏老妖，你还是专心检查一下自己的身体吧，再这么追下去，你的根都快烂没了！"战无命得意的声音远远传来。

战无命知道，在木之世界，无论离流苏铁木多远，他都能听见。

"小子，就凭你这种小伎俩能吓唬得了老祖我吗？"流苏老祖满脸不屑。

在流苏老祖眼中，战无命实在是太弱小了，根本无法对自己产生威胁。不过，他还是分出一缕心神，检查了一下自己的身体。这一探查，流苏老祖的脸色登时变了，他居然感觉不到某一部分身体的存在。

这是怎么回事？流苏老祖大吃一惊。

在流苏铁木城，那小子确实在他体内下了几百种毒药，但是那些剧毒全被他以分身形式剥离了，并未对他造成影响。可是眼下的感觉不一样，这种感觉就像是身体的一部分不受他控制了。

流苏老祖停下追逐战无命的脚步，猛然收回神识，笼罩全身，身体的变化让他心头沉重。即使是当年，他与战九炎天尊对决时也没有这种感觉。

"这是什么？"很快，流苏老祖发现自己庞大的身躯的某处，不断有白色粉末飞出，白色粉末飘出之处，很快就汩汩地冒出更多的白色粉末，就像一层白色的灰。白色粉末所在之处，他竟然感觉不到疼痛，仿佛它们根本就不存在一般。

"是虫子！怎么可能，这是什么？"流苏老祖伸手在那白色粉末最密集的地方抓了一把，发现那白色粉末居然是一只只活着的小虫。

更令他惊骇的是，当他把那白色粉末抓在手中时，那白色粉末竟然以极快的速度在他手上繁殖起来，很快，手指变成了白色的，还在向手掌漫延。白色粉末所过之处，知觉渐失，仿佛那一部分已经不属于他了。

"噬元虫……木元噬元虫……"流苏老祖发出一声凄长的厉吼。

他感觉手中的白色粉末里有一股怪异的木元之气，所有木元之力都可以成为它繁殖的养分。流苏老祖的身体是由最原始的木元凝成，是天地间独一无二、天生地养的木元之体，正是这种小虫子的最爱。

"啊，小子，你怎么会有这种东西？怎么会在低等位面出现这种东西？"流苏木祖都快抓狂了，抬手斩断那只变白的手掌，回身把身上有白色的地方统统斩下。

这种虫子曾在上界出现过，是天地间最弱小的生命，也是最恐怖的生命。弱小是因为单只虫子就如针尖大小，对任何生命都无法构成威胁；恐怖是因为他无与伦比的繁殖力。这种虫子只会做两件事，一是吞噬能量，二是将能量转化成生机，分裂出新的个体，只要有足够的能量，它就能永远繁殖下去，甚至能将一个世界化成废墟。

"啊……"流苏老祖将身上有白色虫子的部分一片片削掉，锥心的剧痛令他忍不住发出凄长的惨叫。

流苏老祖绝望地发现，噬元虫已经腐蚀到他身体内部了，他削去一片皮肉，就会从里面涌出一层白色的粉末，就好似一道道暗泉，从身体各个部位向外冒。身体上失去联系和控制的部位越来越多，失去的速度也越来越快。

这种感觉只能说明一个问题，他体内的噬元虫越来越多，多到令他绝望的地步。

流苏老祖回想起刚刚战无命在他掌下狼狈闪躲，他还以为自己是那只戏耍老鼠的猫，现在才知道，猫不是自己，而是那个可恶的小子。

战无命明明可以与他拉开距离，但是他没有，而是不停地上蹿下跳，不停地怒吼，好似根本无法脱身。正是他唱念俱佳的表演，让流苏老祖沉浸于复仇的快感，疏忽了自身的隐患，错过了最佳时间。

当一切已无法挽回时，战无命立刻连续使用遁符，与他拉开距离，使得流苏老祖连在临死前反扑的机会都没有。

"小子，你给我解药！只要你给我解药，你想要什么都可以，我可以告诉你木之世界之心在何处。还有本尊，不，还有老树无数年收敛的宝贝都可以给你。"流苏老祖此时才感觉到恐惧，比当年面对九炎天尊的九焰时更深刻的恐惧。

当年九焰之火虽然凶猛，但是他还有机会保住自己微弱的残魂，将其深埋地底，留得一线生机。可是这噬元虫却是他身上的寄生虫，会把他身体内的每一滴养分吸干，把他的躯体吞入腹中，包括灵魂！

"老妖怪，这时候知道怕了？小爷说过，别太嚣张，小爷的手段多得很，对付你这根木头，那还不是手到擒来。"战无命嚣张的声音遥遥传来。

"是，是我这根老木头有眼不识泰山，求你饶老木头一命。"流苏木祖从未想过，自己有一天会向一个战王乞求生机。

他恨，如果是全盛时期，这些噬元虫根本就对付不了他，这些噬元虫的等级太低，只能吞噬元力，当年的他已是仙体，体内根本不是最低等的元气，而是仙元。

他陨落于此后，只剩一缕残魂，根本无法抵抗岁月的侵蚀，仙元体内的仙元逐渐散于天地之间，身体腐朽，直到他的神魂再次复苏，可惜这木之世界只有元气，根本就没有仙元，所以，此时他的身体只是元灵之躯，而非仙元之体。

战无命没想到活毒居然有名字，叫噬元虫。

"老妖怪，你有什么宝贝，给小爷我扔过来。哄得小爷我高兴了，说不定能帮你把噬元虫召唤回来。"战无命扬声道。

战无命一口气将流苏铁木老妖引出六七千里，木之世界的人应该已经逃光了。

"老树的宝贝就是老树的流苏木之心，但是这东西不能给别人，因为老树没了它，就会回归混沌，成为一棵没有神志的普通树木。不过老树还有一个宝贝，是一枚凰血鸾鸟卵。这是当年我还生在混沌中时，神鸾在我身上筑巢产的卵。老树后来有了神志，就偷了这枚凰血鸾鸟的卵逃出了混沌。如果你愿意解我身上之毒，我愿意将这枚凰血鸾鸟的卵送给你。"流苏老祖急切地道。

"凰血鸾?"战无命眼睛一亮，那可是神兽啊。

凰血鸾为凤凰一脉，栖于混沌之中，血统何等高贵。看来这老妖怪一开始就不是什么好人，一有神志就偷了凰血鸾鸟的卵。

"先拿给我看看，如果真是凰血鸾鸟，我可以考虑为你解毒，条件是你不得再对我出手!"战无命眼珠一转，笑道。

"那是当然，那是当然。"流苏老祖急道。

一道五彩华光自流苏老祖体内飞出，一股浩然的生机使木之世界变得生动起来，原本无处不在的腐朽法则一下子被驱散开来。五色华光所过之处，竟发出清脆的凤鸣之声。

战无命眼中闪过一抹惊讶，那五色华光之中是一枚蛋，比鲲鹏蛋秀气得多，只有三四尺见方，蛋虽不大，但是里面透出来的生机却不比鲲鹏蛋小。

"不要接!"战无命正兴奋地伸出双手准备接住那只五彩的鸟蛋时，一个声音急切地在战无命耳畔响起。是九炎天尊的声音。

九炎天尊的声音十分急切，战无命心头一沉，一闪身避开五色鸟蛋，不解地问道："九炎，怎么回事? 为何不能接? 这不是凰血鸾鸟的蛋吗?"

"这确实是凰血鸾鸟的蛋，但也是祸根，凰血鸾鸟是最记仇的神禽，任何沾染了凰血鸾鸟蛋气息的人，只要在同一个界面，就能被它感应到，然后就是无休无止的追杀。除非你永远待在下界不去神界，否则只有死路一条!"九炎天尊的声音无比严肃。

"啊，这么说，流苏老妖是想借刀杀人。"战无命大怒。

看着滚落在地上的凰血鸾蛋，战无命忍不住舔了舔舌头。这东西可是好东西，在役兽宗待了那么久，将凰血鸾鸟从蛋里孵化出来根本不成问题，问题是怎么拿到它又不被它家里人追杀呢?

"当年流苏老妖用这招害死不少人，那些人全都被凰族诛了九族。这老妖也因此引起了公愤，这才不得不潜入元界。"九炎天尊道。

"还有这回事，为什么凰族不杀了这只老妖怪?"战无命不解。

"他是唯一不会沾染凰血鸾蛋因果的生灵，这只凰血鸾蛋是在他身上产下的，他天生与这枚蛋气息相合。这蛋在别人身上，根本逃不出凰族的追踪，但是在他身上，凰族就毫无办法了。"九炎天尊解释道。

"原来如此！"战无命暗骂老东西阴险，差一点儿就被他害了。

战无命郁闷死了，眼前就放着个宝贝，自己却没命要，这种感觉实在……

"难道就没有办法不沾染这枚蛋的因果，把它拿到手？"战无命可没准备放过这个蛋。

"有办法，用流苏铁木之心制成盒子装它，只要身体不碰蛋就不会有事。流苏铁木之心能封住蛋的气息，凰族也无法感应到这只蛋。"九炎天尊又道。

"对啊，我怎么没想到。看来这只老妖今天必须得死了。"战无命对远处的流苏铁木祖高声喝道，"老妖，这可怪不得小爷，是你暗算小爷在先，你就慢慢体会被吞噬的滋味吧！"

"小子，我木族不会放过你的！"流苏木祖绝望地呼号。

"拉倒吧，连你这木祖都死在小爷手里了，你们木族又能如何？来一个哥杀一个，来一双，哥杀一双。我的小虫子最喜欢你们这些木元力修行者的躯体了，对它们可是大补之物。"战无命不屑地笑道。

远处传来流苏木祖一声接一声的惨嚎，战无命在千里之外都能看到天上飘着一层白色的粉尘。

突然，战无命有一种不妙的感觉，总感觉自己好像算错了什么。看着远处空中飘来荡去的白色虫云，战无命心中百转千回。

活毒必须通过血液才能侵入内部，为了给流苏木祖下毒，战无命不得不冒险飞到流苏铁木城外，把活毒放入血海中。要是直接洒在流苏木祖身上，就算他和颜青青再厉害也没办法激活活毒。

木之世界的人都跑光了，也没什么魔兽，照理说，这活毒应该不会变成灾难才对。

"这真的是噬元虫吗？"九炎天尊神色凝重地问道。

"我也不知道，原本就是一种蛊，前不久刚刚进化，可以吞噬元气，我也是才知道它能对流苏木祖造成伤害。"

"蛊，是你控制的?"九炎天尊问。

"不错，是我控制的。"说到这里，战无命脸色大变，他终于想到问题所在了，也知道为何自己心中不安了。

流苏木祖的惨嚎声越来越大，整个木之世界的灵气疯狂地向他涌去，他希望以强大的修复力减缓自己被噬元虫分解的速度，但这一切不过是徒增痛苦。

那片异于木之世界颜色的白色虫海非常惹眼，远远望去，就像一片白色的湖泊。湖泊表面并不平静，风吹水浪般，不断涌动，那是流苏木祖最后的挣扎。

战无命与颜青青并肩而立，被眼前的情景惊呆了。他们从没想过活毒会泛滥到这种程度，方圆数百里的地面上和天空中，到处都弥漫着噬元虫，整个木之世界的木元之力都成了噬元虫的养分。

冥冥之中，一股洪流般的木元之力向战无命和颜青青汇聚而来。

噬元虫开始反哺主人了！

第十七章 小小战王重创了妖族大能

第十八章

一不留神养出个噬仙虫

颜青青脸色煞白，精纯的木元之力汹涌而至，几乎冲毁她的经脉。噬元虫的数量太多了，颜青青的身体根本就容不下这般恐怖的反哺之力。

"不好！"战无命一惊，他最担心的事情发生了。

噬元虫还在不断分裂，只能反哺很小一部分能量给主人颜青青，反哺的能量比例虽小但架不住数量太大。等到噬元虫开始相互吞噬的时候，反哺给主人的能量比例会越来越大，到时，颜青青就更危险了。

"青青，抱元守一，我们用太虚真气将这股力量渡出来，否则你的身体会被撑爆的。"

颜青青俏脸上渗出豆大的汗珠，身体轻颤，已到了极限。

战无命的太虚真气刚一进入颜青青的身体，就感觉到庞大的木元之气仿佛找到了宣泄口似的，猛然灌入战无命体内。

战无命一声长嚎，若非他体质过人，这一下只怕小命不保。

颜青青稍稍平复了些，不敢多言，立刻抱元守一，将反哺回来的灵气渡入战无命体内。

战无命把进入体内的木元气在体内流转一圈之后大部分补入命魂，剩余的木元之气再渡给颜青青，元气在两人之间形成循环。

反哺回来的木元气越来越多，从一条小溪慢慢变成河流，又由河流变成江海，战无命和颜青青一脸惊恐。

战无命命魂中的木元素种子就像吹气球似的，快速胀大，经脉被这股恐怖的元气冲击得咯吱咯吱响，好像随时都会散架似的。

颜青青更惨。

"这样不行，青青，静心感应天地木之法则，不能等进涅槃池了，你就此涅槃突破成皇，否则我们都得撑死！"战无命将意念传入颜青青脑海。

他虽然可以勉强撑着让那颗木之种子化作洞天，但是颜青青的身体却承受不住了，不突破成皇，她的肉身难以承受这么多的元气，就像一根稻草管如果被高压水流冲击，必会爆裂漏水一般，颜青青是人，一旦爆裂，必然身死。只有涅槃成皇，将稻草管换成竹管，甚至铁管，才能保证她的安全。

"小子，我流苏老祖就算是死也不会将流苏铁木心留给你！"空中传来流苏木祖的惨叫，声音里充满了怨毒和不甘，他已经绝望了。

"不好，那老妖怪想要自爆！"法宝空间中传来九炎天尊的声音。

"切，他想得美，早不自爆，现在迟了。哥还等着用他的流苏铁木树之心装凰血鸾蛋呢。"战无命心神一动，便将意识传了出去。

"啊……"远处流苏老祖发出最后一声绝望的惨嚎，噬元虫已将他树心四周吃空了，已经将树心隔离开来，他想引爆流苏铁木树之心也做不到了。

战无命放下心来，不再管流苏木祖的死活，那老妖已经对他构不成威胁了。

颜青青的气息越来越不稳，潮汐般起伏不定，身体滚烫，皮肤殷红。

"坚持住！"战无命心中大喜。

颜青青已感悟到涅槃之路，体内自然生成了木之火。木之火是最接近生命之火的元素之火，可炼化万物，也可炼化自己的肉身，如凤凰借火涅槃一般。

战无命仔细感悟着木火之力，这是一股生之力，他亲自见证了颜青青体内木之火的生成过程，感悟颇深。

战无命命魂中轰然一震，已经胀大得十分可观的木元素的种子爆裂开

251

来，一缕光散发出来，那是一缕柔和的火光，木之火。浓郁的生机在命魂中扩散，将无休无止地灌入他体内的精纯的木元力凝聚起来，以这缕火光为中心，一个全新的洞天世界诞生。木之洞天的诞生，使得战无命的命魂发生了天翻地覆的变化。

战无命命魂中另外六大洞天瞬间移位，金、木、水、火、土五行洞天俱全，所有洞天之间形成强大的吸力，五行洞天像太阳周围的行星一样，自行运转起来。

战无命大喜，五行洞天的圆满让他一直不平衡的命魂世界逐渐趋于平衡，风与黑暗洞天虽然还是不甚稳定，但是两大洞天之力无法影响五大洞天世界的平稳。

但是，一旦五行洞天失衡，必会形成连锁反应，到时怕是神仙也难救了。

木元之力依然不停歇地灌入体内，很快木之洞天就与其他洞天达到同一水平，如果木元还是不停灌入的话，那就悲摧了。

"轰……"一股狂暴的气息自颜青青体内传来，淡绿色的火焰将战无命和颜青青的身体包裹起来，战无命感觉到颜青青体内发生了翻天覆地的变化。

这股能量爆发之后，反哺而来的木元力迅速滋养着颜青青的身体，木之元气像揉面似的不断揉搓挤压着颜青青体内的细胞。颜青青终于突破成战皇了。

木元之气锤炼着颜青青的每一寸肌肤和血肉，颜青青的身体将能吞吐更多的木元之力，没有境界阻碍，只要元气充足，修为会自然提升。

战无命与颜青青心神相合，感悟着这股木火之力。颜青青在锤炼身体，开拓经脉。战无命以木火之力锤炼木之洞天，使木之洞天更加完善。

没人知道流苏木祖的身体能给噬元虫提供多少能量，整个木之世界都是以流苏木祖的身体为基础建立起来的。无数年来，流苏木祖为了恢复已身，不断吞噬人类修行者的生机修复自己的神魂，天知道他能滋养出多少噬元虫。

"青青，这次我们麻烦大了！"战无命苦笑着与颜青青神识传音，这种反哺持续了一整天还不曾结束。

一天中，颜青青涅槃成皇之后一路突破，在精纯的木元力的滋养下，在战无命太虚真气的疏导下，毫无阻碍地提升到战皇巅峰。

战无命木之洞天中的木元力也已化成河流，反哺过来的木元气没完没了地传回来，速度越来越快，越来越疯狂。

战无命和颜青青的身体和经脉已经到极限了，再这么下去，不是被木元气胀死，就是被活活撑开经脉而死。

汹涌而来的元气不知何时才能停止，对于战无命和颜青青来说，这已经成了快乐的忧伤。

"实在不行，我就分离掉这部分命魂，大不了以后再补全！"颜青青一咬牙，狠狠地说道。

噬元虫是颜青青培育出来的，也是从她的命魂中分离出去的，要想切断源源不断反哺回来的木元之气，只有一个办法，就是切断与噬元虫的命魂联系。这样做相当于切除一部分自己的命魂，对命魂的伤害特别大。

"九炎，你准备一下，我将木元之力转给你，木可生火，对你火系法则的恢复应该有所帮助。"战无命想到手中还有个九炎天尊，虽然他只剩残魂在和合珠里，但是他可以操控九炎龙拐，木元之力对九炎龙拐应该有些用处。

"好，木之火对九炎龙拐有很大的修复作用，你传吧。"九炎天尊喜滋滋地道。

他在和合珠中感应到战无命的窘境。他没想到，战无命和颜青青居然如此厉害，不仅干掉了流苏木祖，还反哺出如此庞大的力量。想想当初自己与战无命达成和解未必不是一件好事。

战无命立刻取出九炎龙拐，与颜青青各持九炎龙拐一端，循环流转的木元之力通过九炎龙拐再次形成闭合的循环系统。

战无命和颜青青顿觉一阵轻松，九炎龙拐就像一个无底洞，汹涌而至的木之元气尽数被它吞噬。

九炎龙拐中一个弱小的神魂正在苏醒，是当年遭受重创的九炎龙拐的器魂，看来木之元气对九炎龙拐的确很滋补。

颜青青体内的木之力十分精纯，已然可以生出木之火。这种木之火被九炎龙拐吸收煅烧之后变得更加纯粹，再次进入颜青青体内，将她体内原本就很少的木元杂质烧成灰烬，使得她的身体更加纯净。

"嗡……"颜青青身体轻颤，与这木之世界生出共鸣。战无命大喜，颜青青变成了真正的木灵之躯，从此不再是伪单命者，而是真正的纯木元单命者。

连绵不绝的木之元气注入颜青青体内。

"轰！"颜青青的气息暴涨，在成为木灵之躯的同时突破战皇巅峰，突破皇阶抵达帝阶。

"我突破到战帝了！"颜青青大喜。

成为木灵之躯后，颜青青可以清晰地感应到整个木之世界的情形，冥冥之中，她看到一片白色的虫海，流苏木祖庞大的身体已被噬元虫吃光，在那白色的海洋中间，有一个璀璨的碧绿色的玉石，华光四射，是白色虫海唯一不能吞噬的东西，是流苏木祖的树心。仙木之心，仙木之源。

看着那片虫海，颜青青心里一片冰凉，这是一场灾难！

等这片虫海相互吞噬到最后，化成一个蛊王之时就是灾难降临之时。活毒是从颜青青的命魂中分离出去的，先分裂成亿万，再相互吞噬成一个，众多蛊虫再次聚万为一时，可就不是原来那缕微弱的命魂之力了。

由整个木之世界温养出来的蛊王，其命魂之强堪比流苏木祖，远超颜青青的命魂之力。蛊王依本能是要回归母体的，以颜青青现在的体质和命魂的强度，让蛊王回归无异于自杀。

颜青青的修为节节攀升，提升的速度让战无命咋舌，一炷香的时间就能提升一阶，到第三天，颜青青已经成为战帝巅峰，隐有突破成圣的感觉。

战无命体内开辟出空间的细胞越来越多，命魂中木之洞天里的木元气也已过满将溢了。

九炎龙拐焕然一新，断口处的痕迹已细不可见。九炎龙拐中好似有一个新生儿般的小生命，有简单的意识波动，对颜青青和战无命十分依赖。

噬元虫的反哺之力终于弱了下来。

战无命和颜青青、九炎龙拐再也吸收不了哪怕一丝木元之力了。这次木之世界之行收获颇丰，也到此为止。

战无命与颜青青向那片白色海洋飞去。

看着遍地噬元虫，战无命依然心惊肉跳，若不是他身上沾染了颜青青的气息，打死他也不敢进入这片虫海。

战无命和颜青青来到虫海中心，流苏老祖的仙木之心就在这里。颜青青用意念将下面的噬元虫驱赶开，一道碧绿的毫光冲天而起，让原本生机渐失的木之世界再次泛起生气。

"仙木之心！"战无命眼中闪过喜悦之色。

仙木之心旁边散落了一地乾坤戒和储物袋，数量之多，看得战无命和颜青青瞠目结舌。

"靠！我们发了！"战无命高兴坏了。

流苏木祖覆没了整个流苏铁木城，各大宗门在这里都有驻点，积累了几十万年，财富数量之大，令人叹为观止。所有财富全都成了流苏老祖的战利品。

战无命直接大手一挥，将满地的乾坤戒、储物袋收入空间法宝，交给法宝中的几女分类整理。最后自己才小心翼翼地收了仙木之心。

收完这些，战无命回头去找颜青青。颜青青正在虫海上空飞掠，所过之处，噬元虫如同海浪般不断起伏，追随着颜青青。

虫海正在以肉眼可见的速度缩小，比扩张的速度更快。颜青青在虫海上方不停挥手，她正在搜寻虫海中可以收获的蛊虫。

以往，颜青青会等它们搏杀到最后一只虫王之后再收回来，但这次不行，如果等这片虫海搏杀到最后一只，那就不是收获而是找死了，一个神魂与流苏木祖一样强大的虫王，颜青青根本控制不了。所以，颜青青只能趁现在多收取一些可以控制的蛊虫，驯化之后作为母虫。

战无命在这里也帮不上颜青青什么忙，于是他拿出刚刚捡来的仙木之心，用九炎龙拐把它挖成一个盒子，虽然很丑，但密封性很好。飞到凰血鸾鸟蛋旁边，战无命小心翼翼地将蛋收入盒子。

做完这些，战无命向木之世界的出口飞去。颜青青不知道要忙多久，他想先看看涅槃池是个什么东西。

各大宗门的人早就走光了，木之世界的出口可别出什么问题，不然他们可就出不去了。

流苏铁木城原址一片狼藉。以流苏铁木城为中心，形成一个大坑，大坑中间是一个从地底探出的巨大平台，在大坑中间就像是一根大钉子。

大坑中散落着许多尸体和破碎的树木，浓郁的血腥味扑面而来。尸体是各宗弟子的，有很多战无命都见过。所幸大部分人都冲出去了。

大坑中间的平台上笼罩着一层青色的光幕，光幕旁边散发着浓郁的涅槃之力，那里应该就是涅槃池了。可惜涅槃池的封印已经碎了，涅槃之力正在快速散逸。

战无命飞上去，看到一个数十丈见方的碧幽幽的玉池，池中液体所剩不多，不知是被逃出木之世界的人给顺走了，还是封印破裂蒸发了。

"流苏铁木的仙体！"一声惊呼自战无命的空间法宝中传出来。

"靠，九炎老怪，你怎么看得到外面的东西？你不是只能听到吗？"战无命被他这一声吓了一大跳。

九炎天尊尴尬地咳嗽了一声，解释道："这个，那个我只是闻到了气味，太熟悉了。"

"靠，你个老不修，还撒谎。"战无命身上起了一层鸡皮疙瘩，想到自己的一举一动都被这个老妖怪看到了，顿时怒火狂燃。

"没，真没有，我之前真的看不到，后来九炎龙拐被你们修复得差不多了，我受到影响，这才能看到空间法宝外的东西，毕竟你这空间法宝比较低级……"九炎天尊说话的声音越来越小。

"靠。"战无命又骂了一声，还是被他看到了。

战无命郁闷了一阵，也没办法，"流苏铁木仙体是怎么回事？"

"炼化这个大池子的材料正是当年流苏铁木老怪的仙体。当年他被老夫烧得没剩几口气了，巨大的躯体落在这里。估计是玄武从他身上切下这么一块，做成了这个池子。"

九炎天尊顿了顿又道："流苏老妖的躯体因为没有封印，体内的仙元不断流失，虽然侥幸复苏，也不过是凡体，这才被你们的噬元虫给吃了。这块仙体因为有玄武的封印，所以保留了浓郁的仙元之气，就算把普通的水倒入池子里，也会因为仙木仙气的浸润化成涅槃液。"

"哇，那哥不是发了！"战无命大喜，这可是好宝贝，这要是拿回役兽宗，把它放在兽神巢，每个弟子都可以入涅槃池涅槃了。

不对，这东西貌似只对木元素修炼者有效。不管了，就算只对木元素修炼者有效也行啊。

战无命喜滋滋地大手一挥，想把整个池子收入空间法宝，可是试了几次，涅槃池纹丝不动。

"九炎，这是怎么回事。我怎么收不了它？"战无命恼道。

九炎不笑了，不屑地道："要是谁都能随便收取，那玄武也太差劲了。想当年，玄武虽然不愿意居住在神界，却也是神王之体，修为比仙帝都高，不然，我们也不可能攻不破它的防御。"

"废话少说，我怎样才能将它收了，这东西哥要定了！"战无命发狠道。

"这个，我恐怕无能为力，但有一个人或许可以试试。"九炎天尊道。

"谁？"战无命讶然问到。

"你那位使毒的老婆，她是纯正的木灵根之体，得天独厚，而且那些噬元虫反哺给她的元气全都来自这木之世界，只有她才能沟通这木之世界，化开这里的封印。那时你就有机会收它了。别看这只是一个小池子，它至少也有万斤，你得借用九炎龙拐才能将它移入你的空间法宝。"九炎天尊解释道。

"啊，这么麻烦。"战无命开始盘算，颜青青还有多长时间能回来。

战无命将意念传给颜青青，他与颜青青命魂相通，传递意念并不难。

在等待颜青青回来这段时间，战无命打量了一下涅槃池，发现池子边有一个平整的小平台，平台上刻满了奇怪的阵纹。仔细一看，战无命眼前一亮，上面的阵纹居然和玄天秘境外太古传送阵上的阵纹相似，看来这个小平台是给涅槃成功的人返回用的。

战无命在涅槃池附近等了一会儿，就感觉涅槃池轻轻地震动了一下，涅槃之气外泄得更快了。

"哈哈，青青成功了！"颜青青已与木之世界沟通成功，破了涅槃池的封印。

战无命召唤出九炎龙拐，把巨大的仙木池放入空间法宝中。刚放进去，战无命的空间法宝就狠狠一震，发出咯吱咯吱的响声。

"靠，老鬼，这是怎么回事？"战无命吃了一惊。

"你的空间法宝等级太低了，仙木池虽然搬进来了，但是它等级太高，分量太重，你这法宝空间的规则根本就约束不了它，只能暂时放一阵子，时间久了，只怕你这空间法宝就崩溃了。"懒洋洋的声音传出来。

"什么？你怎么不早说？空间法宝能支撑多久？"战无命脸色一变，这要是把空间法宝压坏了，那可就赔了夫人又折兵了。

"估计能支持几年吧。你还是尽快移出去吧，否则空间法宝一旦崩溃，这宝贝也会一起流入虚空。"

"能撑几年，那还好。"战无命松了口气，心想：看来得早点儿把这东西送到役兽宗。

"免费告诉你一个消息，在这太古战场，当年陨落的一位大能身上有一件罕见的伪神器空间，叫夜天堂。如果你能将那个东西弄到手，小子，就是这玄武创造的太古战场的规则你都能骗过去。"九炎天尊笑道。

"有这种好东西？夜天堂，在哪个世界？"战无命吞了口口水。

"那我就不知道了。夜天堂的主人是一个女人，非常非常漂亮的女人，那家伙可不好惹，是光明一族的大能。当年老夫就多看了她几眼，流了点儿口水，结果我的九炎差点儿被她给净化了。就算她死了，你想获得她的宝贝也不太容易。"九炎天尊无奈地叹了口气。

"连你这个老色鬼都不是她的对手？还是光明系的，不会和光明神廷有关系吧？"战无命想到光明圣女苏菲亚，光明系的女人漂亮是漂亮，就是太冷了，连看都不让人看。

"找找看，万一能找到那夜天堂呢。你这老色鬼办不到的事情，哥就办不到吗？"战无命打起精神，不过是个死透了的红粉骷髅，有什么好怕的，夜天堂哥要定了。

"不好！"战无命感觉颜青青越来越焦躁。同时，从颜青青所在方向传来的怪异的嘶鸣声越来越响亮，声传几千里，直透人心。看来蛊虫已经不可控了！

战无命向颜青青的方向飞过去。

战无命赶到当场，脸都绿了。白色的虫海已经没有了，方圆千里爬满了或金色或银色的虫子。大的有小牛犊般大小，小的只有小鸡那么大，大大小小的虫子相互吞噬，相互撕咬。

颜青青小心地捡着银色的虫子，偶尔也收几个金色的虫子。可是这里的虫子实在太多了，她根本就收不完，也没有那么多东西装。

最要命的是，这些虫子每吞噬一个对手，身体就胀大一分，最大的一只居然是紫金色的，有房子那么大。这样的虫子，颜青青连收都不敢收了。紫金色虫子体内的木元力汹涌澎湃，已不是颜青青能控制的了。

嘶吼声阵阵传来，又有几只紫金色的虫子破壳而出，如雨后春笋般，几个呼吸间就产生了几十只紫金大虫。紫金大虫感应到彼此的存在，立时向对方跑去，硕大的体型奔跑起来地动山摇，阻挡在它们身前的虫子不是被撞飞，就是被吃掉。

"轰……"紫金色的虫子两两捉对，撞在一起，又一次展开厮杀。

颜青青无力地看着眼前的一切，地上的虫子越来越少，个头越来越大，颜色越来越深。

"我，控制不了它们，它们已经比我强大了，我该怎么办？"颜青青一脸凄然地道。

"如果最后就剩下一只虫子，会怎样？"战无命深吸了口气，他也无能为力。

"我是它们的母体，如果最后剩下一只虫子，必会回归母体，与我的命魂融合……"颜青青脸色煞白。

"与你命魂融合？"战无命脸色也变了。

颜青青的命魂虽然大幅提升，可是最后那只大虫子的魂力必是颜青青的千万倍，她根本融合不了那么可怕的命魂能量。最后的结果，要么暴体，要么被虫子主导，被虫子吞噬。

"如果我们离开这里会有什么后果？"战无命想了想问道。

"不知道，我与它命魂相连，无论我在哪里，它都能感应到我，它越强大，感应的范围就越广，我不知道会怎样。"颜青青无奈地道。

"那如果我们切断与它的命魂联系呢。"

"刚开始还可以，现在已经不可能了，现在最强大的那一只已经比我强了！"颜青青望向远处刚刚破壳而出的那只深紫色的虫子，它身体就像一座小山。

"靠，当我没说。"战无命也被那深紫色的虫子吓了一跳，一咬牙，战无命抓紧颜青青的手道，"什么也不想了，立刻离开这里。我们现在就去木之世界的出口，实在不行，这战皇之路上有得是人帮我们对付它。"

"嗯！"颜青青已经束手无策，场面完全失控了。

谁都没想到，流苏木祖的身体会培养出这么多蛊虫，这些蛊已经不能叫蛊王了，最厉害的蛊王是银色的，金色的蛊王被称为蛊皇，紫金色的蛊虫是蛊中之帝，深紫色的蛊虫，颜青青之前从未见过。最后那只蛊虫，必是超越战神的存在。

战无命帮颜青青收了两只紫金色的蛊虫，颜青青这一走，势必会被分走一部分命魂，这两只紫金色的蛊虫对以后修补颜青青的命魂大有帮助。

最后，战无命和颜青青留恋地望了一眼满山遍野的大虫子，叹了一口气，扭头向木之世界的出口逃去。

战无命和颜青青刚逃到木之世界出口处的大坑旁边，就听到远处传来一片裂天的悲嘶，高亢入云，直抵人心。战无命和颜青青在空中一阵摇晃，差点儿摔到地上。

　　"不好，它们已经感应到我们离去的决心，它们追来了!"颜青青脸色大变，她感觉到悲伤的情绪自远方传来，就像被母亲抛弃的孤儿。

　　那些蛊虫清晰地感应到颜青青的想法，全都疯了，就像寻找妈妈的孩子，居然放弃了厮杀，向颜青青和战无命的方向追来。

　　"怎么办?"颜青青急了。

　　"还能怎么办，走，我们马上离开这里。"反正他俩也打不过那些虫子，留下来就是个死，跑出去说不定还有条活路。

　　颜青青点点头。她与战无命心意相通，二人毫不犹豫地跳进木之世界的门户，他们身后传来震天的悲嘶。

　　有从赤土大世界进入木之世界的经历，战无命和颜青青心理早有准备，一阵天旋地转之后，身体一轻，二人已在半空，脚下是一片光秃秃的山岭，闪着幽光，就像是一整块铁矿石。

　　"靠……"战无命轻骂一声，这要是摔下去，屁股还不得摔成好几瓣啊。

　　战无命一提气，抬手揽着颜青青，轻轻落到地上。

　　到处充斥着锐利的金之气息。抬眼望去，附近的山上长着许多当初他们在鲲鹏海域的金属岛上看到过的植物，只有脚下这座山光秃秃的，像是故意清理出来的。

　　"这应该是金之世界。"战无命大口吸允着浓郁的金之气，顿时感觉命魂中的金之洞天躁动起来。

　　"大哥!"战无命正打量四周的情形，身后突然传来一声惊喜交加的呼喊。

　　"流川真!"战无命顺着声音传来的方向望去，见流川真和谷开山带着一群黑旗盗守在不远处的石崖下。

"大哥你们还活着，真是太好了！"流川真喜不自禁，乐颠颠地跑了过来。

"我就知道吉人自有天相，大哥没那么容易死。"谷开山也大喜，咧嘴大笑。

"见过老大！"黑旗盗全都跪下行礼。

"都起来。"战无命叫起众人，一抬头，听见远处隐约有人声传来。

"那边是什么地方？"战无命问道。

"那里是芒山集。这里是进入金之世界的通道，于是专门在这里设立了一个小集市。这里也算是金之世界几个险地的中心地带，想去几大险地冒险的人，大多会经过此处，从险地去金之世界的出口和涅槃池，也要经过此处。"

"走，带我去芒山集，我们得想办法让这里的人快点儿撤离，否则会有大祸。"战无命想到后面那群恐怖的大虫子一会儿可能会从这里出来，这些人可不是那些虫子的对手。

"啊！"流川真见战无命脸色十分难看，哪里还犹豫，转身带着众人向集市跑去。

战无命和流川真一伙人风风火火地冲入集市，立刻引来众人的关注。

"是战无命！"有人惊呼。

"他还活着，真的，他还活着……快，快去通知少宗主……"

"真的是战无命，他居然能从流苏铁木老妖手中逃出来，太好了！"

集市上逗留着许多从木之世界逃过来的人，他们对战无命的印象非常深刻。战无命刚出现在集市中，立刻引起了轰动。不少人围了上来，想对战无命说些什么。

"各宗的兄弟朋友，我是战无命，刚从木之世界逃到金之世界，我给大家带来一个不好的消息，很快就会有一群恐怖的东西经传送口从木之世界传到金之世界，这里的人都会成为它们的大餐。"战无命看到身边的人越来越多，放声说道。

各大宗门的人带着金之世界的师兄弟，正想过来与战无命攀个交情，没想到战无命居然说出这样一番话，大惊。先前自木之世界逃过来的人给众人讲过木之世界的灾难，大家还以为战无命说的就是那流苏铁木老妖呢。

"战兄，你说的是流苏铁木老妖吗？放心，每个世界都有自己的规则，他过不来。"有人安慰战无命。

战无命扭头一看，是九奇门的少主刘九言。

战无命苦笑道："刘兄，请相信我，流苏铁木老妖过不来，但是他想出一种奇怪的方法，化身万虫，以虫身突破世界规则。我与那老妖纠缠数天，侥幸抓到一只他的虫子分身。我试过了，这种虫子真的可以穿过世界通道。"说着战无命一挥手，自空间法宝中放出一只紫金色的大虫子。

众人大惊。

那虫子一声低嘶，恐怖的威压瞬间罩住众人，浓郁的木元之力令众人仿若置身于荒古森林，很多人受不住威压一屁股跌坐在地上。

"这只虫子居然是帝级的！"一人惊恐地低呼。

"抱歉，我控制不了它太久。"战无命又将虫子收入空间法宝。

刘九言脸上闪过惊恐之色，没想到战无命居然抓了一只帝级虫子。

战皇初阶已是战皇之路上最顶尖的人物，流苏铁木老妖的一只分身虫子就是战帝，他们这些战王根本不是对手。

"真的是流苏铁木老妖的气息。"刘九言能清晰地感应到虫子身上的木元之力，这种木元之力与流苏铁木老妖身上的一模一样，因此，立时就相信了战无命的话。

"那老妖的分身究竟有多少？"刘九言小心翼翼地问道。

"估计有几万只。"战无命想了一下，说出一个数字。

更多人一屁股坐到地上。

"走！立刻收拾东西去金之世界的出口，不方便带的全部丢掉！"刘九言二话不说，转身对身边的九奇门弟子道。

各宗的人没有丝毫犹豫，毕竟谁都不想死。

"战兄，你这个消息太重要了。在木之世界，你就救了大家，这次你又救了我刘九言一次，以后但凡你有吩咐，我刘九言必竭尽全力。"刘九言肃然道。

"战公子，我是天行宗的马超然，在木之世界，你的义行让马某由衷佩服，此次你又救了马某一命，以后有用得上马某的地方，我的命就是你的！"

各宗人纷纷表示了对战无命的谢意。

"众位不必客气。刘兄，不知这金之世界有什么绝地没有？你将标有绝地和出口位置的地图给我一份，金之世界还有很多芒山集市这样的地方，还请大家分头去告诉这里的人，让他们尽快撤离金之世界。我先将那些虫子引到金之世界的绝地去逛逛，说不定能拖一段时间，让更多人撤离金之世界。"战无命大义凛然地道。

"啊，战兄，你侥幸从木之世界逃出来，这次可就不一定有那么好的运气了，还望三思啊！"刘九言一脸惊愕。

正准备撤离的各宗门之人听了战无命的话，全都热血上涌。战无命究竟是怎样一个人啊，居然为了不相干的人一而再再而三地以身犯险，只为让更多人获得逃生的机会，太伟大了！

战无命简直就是救世主！

刘九言苦劝无效，长叹一声，拿出金之世界的地图交给战无命。这次不用战无命说，刘九言主动与各宗门联系，收集遁符、阵盘、攻击符交给战无命。

战无命欣然接受。

第十九章

谁偷了金蟾老祖的世界之心

芒山集市的人迅速疏散，战无命选择了与众人相反的方向，金沙河险地，金之世界的四大险地之一。

刘九言等人一路狂奔，刚跑出不远，就听到天上传来轰鸣声，仿佛空间被撕裂了一般。

各宗弟子都回头看去，这一回头，让他们看到了终生难忘的一幕。

金之世界的传送口处，天空裂开一道巨大的裂缝，就像是地狱深渊的豁口。裂缝中，一只只巨大的虫子从天而落，发出凄长的嘶鸣。

虽然隔了数百里，众人还是被那嘶鸣声震得神魂不稳，气血翻涌。这就是战无命说的那群恐怖的虫子。

那群从天而降的巨大的虫子就像是明亮的天空中的一片黑云，每一只都比战无命手中那只大，就像一座座小山。

一座座小山从天坠落，整个大地都在震动。

"快逃！"不知是谁大吼了一声。

每只虫子掉下来，都会传来一声撕心裂肺的尖叫，声音高亢、穿云裂地，连刘九言都忍不住吐出一口血。这时，一只巨大的虫子脑袋从裂缝中挤了出来，但身体太大，被虚空裂缝夹住了。

已经落地的群虫一下子焦躁起来，发出阵阵嘶鸣，围着裂缝一边打转一边嚎叫。

"天啊!"惊呼声中带着颤音。

只看那大虫子硕大的脑袋就知道它的块头得有多恐怖。这只大虫子要是真进入金之世界,谁能是它的对手。若不是战无命提前告诉他们,此刻他们怕是全都成了那些大虫子的食物了。

"马上传信给所有师兄弟,让他们以最快的速度离开金之世界,用宗门最高警戒令。没有必要留下的人立刻离开战皇之路,不要问为什么,马上照办。"刘九言深吸了口气。

离开金之世界已经解决不了问题了,他们必须离开整个战皇之路。这些虫子能穿透木之世界与金之世界的壁障,就一定可以穿透其他世界的,也就是说,战皇之路已经没有什么可以阻止这些虫子了。

"轰……"空中裂缝竟似经不起大虫子的撑挤,越裂越大。那只大虫子就像破壳而出一样滑落下来。众人感觉天空一暗,大虫子大头朝下砸在硬似金铁的大地上,整个金之世界狠狠地抖了一下,好似不堪重负似的。那已不能算是一只虫子,而是一座黑色的大山。

"吱……"黑色大虫子仰头长啸,所有虫子同时调头,向战无命的方向狂追而去。

"是战无命他们的方向!"

战无命做到了,他引走了那群恐怖的巨型虫子。这已经是第二次了。

"走……"望着远去的大虫子身后的滚滚烟尘,所有人的后背都被冷汗浸湿了。

战无命没有丝毫犹豫,与众人一分开,就把颜青青收到法宝空间,全速奔逃,他的速度可比各宗门快多了。当那些虫子进入金之世界时,战无命已经冲出两千多里了。

战无命感应到金之世界滋生出一种情绪,是对虫群的排斥感。战无命松了一口气,看来金之世界有能削弱这些虫子的东西。

金沙河,位于金之世界东面,这里生长着许多金属树木,与其他地方最大的区别就是,这里地势很低,有一条宽约百余里的金色大河。

这里是金之世界的四大绝地之一。传说曾有一只巨大的金蟾葬身河底，金蟾的身体化为金沙，金沙飘在水面上，非常滑腻，哪怕是一根鸿毛落在上面，都会沉入河中。同时，金沙中含有剧毒，但是那毒一旦离开金沙河就会消失。

"老鬼，当年真有一只大金蟾？"战无命问九炎天尊。

"有，叫金蟾老祖，是妖族的大能。这条河还真有几分像是那老妖的杰作。当年它有个宝贝叫混元葫芦，那葫芦装的玄金沙海非常可怕，一粒沙就像一座山那么重，一葫芦里装了一个沙海。那老妖怪很傲，最后被光明世界那女人给弄死了。看来，这里应该是他的埋骨之地。"九炎天尊饶有兴趣地看着前面那条金沙河。

"混元葫芦，一听就是个好东西，也不知道那老东西是不是真的死了，在这满河的金沙里找葫芦，那不跟大海捞针似的。算了，还是先让那些虫子来玩玩吧。"战无命撇了撇嘴道。

战无命一张双臂，青色的风在他双臂下凝出青色的风之翼。战无命瞬间消失在原地，出现在金沙河对面，同时用黑暗属性将自己的身体隐匿起来。他不知道金沙河中有什么可怕的东西，还是不打搅它们的好。

战无命刚藏好，就有一股若有若无的神识扫过，看来他刚才的举动已经惊动金沙河中某个可怕的东西，只不过他的速度太快了，风之翼瞬息百里，若是不注意，还以为是道影子呢。

战无命长吁了口气，暗叫好险。幸好自己刚刚不仅动用了黑暗元素隐藏了自己，还洞开了金之洞天，与周围的金锐之气融合，若非如此，还真骗不过去。现在，他唯一要做的就是等。

"轰……轰……"片刻之后，万马奔腾般的声音传来，虫群向金沙河方向跑来。

战无命抬头一看，就见远方一个小黑点带着一群黑点正向这个方向疾速赶来。数十里之外，就能清楚地看到那群虫子的外形，最大的一只就像是一座移动大山。战无命很是无语，这蛊虫也太大了。

战无命赶紧收敛气息，将空间法宝放入乾坤戒里，以期隔绝虫子对颜青青的感应。结果令他十分失望，那些虫子径直向金沙河的方向赶来，没有一点犹豫。

这时，战无命感觉金沙河好像突然活过来了似的，强大的金锐之气自金沙河中涌出，瞬间笼罩了整条河流。即使离金沙河有一段距离，战无命都感觉到裂衣割肉的锐气斩在自己身上。

战无命心中大大地松了一口气，金沙河中的老怪物动真格的了，看来它已经感受到威胁了，这才使得金沙河四周充斥着金之锐气，可斩杀一切生灵。

难道是金沙河中的金蟾老妖复苏了？

"咝、咝……"低沉的嘶鸣声在金沙河面回荡。

"轰……轰……"金沙河面上金沙炸开，河面上弥漫着一层金色的烟雾，一股凶厉之气从烟雾中传来。

就像是在扬威，以求震慑对方。

战无命放眼望去，发现金色的烟雾中飘浮着无数壶盖一样的东西，好似活物。仔细研究了半天，感觉那些壶盖似的东西越看越像金蟾身上的疙瘩，放大了很多倍。

"不会吧……"战无命看得身上起了一层鸡皮疙瘩。

怪不得这金沙河是绝地，只看有这么多恶心的东西，来多少战王都不是对手啊。

面对金沙河上小怪物的挑衅，噬元虫根本没做任何停留，毫不犹豫地冲到金沙河畔。

"你们不属于这个世界，来此何意？"发自地底的声音飘荡在金沙河河面上。

金沙河里的东西感受到河畔那群大虫子的威胁，发出声音，不想与它们正面冲突。可惜噬元虫没有神志，只有本能。

颜青青的气息被战无命隐藏得很好，噬元虫隐隐感应到颜青青在这附近，不知道她具体在哪，因此开始四下乱蹿。

金沙河中的怪物顿时躁动起来，他们可不知道这些虫子的意思，以为它们要发动进攻了。河上的怪物同时喷出金色的雾气，向岸上移去，迎战强敌。

金沙河畔的战况十分惨烈，数量上，金沙河上的怪物无穷无尽，不断自河中飞出，但噬元虫更加凶悍，身体外部有厚厚一层铠甲似的皮肤，口中一对巨大的下腭，一口就能将河怪咬碎，爪子几如长刀，横拉斜切挥洒自如。

河怪的攻击很有特点，它们像虱子一样跳到噬元虫身上，牢牢吸在上面。一只虱子还没什么，但要是被数百只一起叮上，就会被毒死。

河怪体内有剧毒，吸附到噬元虫身上后，会向它体内注入毒素，噬元虫很快就会死亡。

一开始，噬元虫吃了不小的亏，不过很快，它们找到了方法，几只虫子围在一起，相互清理对方身上的河怪，刚刚吸附在噬元虫身上的河怪还没来得及吐出毒液就被拍飞了。噬元虫一口一个地将河怪吞进肚子里，倒是饱餐了一顿。

一时间，虫子漫天飞舞，金沙河上的金元素混乱起来。吃掉大量河怪的噬元虫的气息发生了变化，河怪是以金元素为主的，单纯的木元素噬元虫吃掉河怪后，中和了河怪体内的金元素，使得它们原本紫黑色的身体多了一层金属光泽，变得更加强悍。

"嗡……"金沙河又一震，从河中飞出很多小虫。

飞出的虫子更小，就像是巨型蚊子，有针一样尖利的长嘴，一对细小的翅膀，身形灵活，速度极快。

"玄金灵蚊！"战无命吃了一惊，金沙河中居然有这么恐怖的生灵。

传说玄金灵蚊是一种十分奇特的生灵，以金为食，一张尖嘴无坚不摧，喜欢钻入对手体内吃掉对方坚硬的骨骼。它古怪的特性使其成为体形巨大的生灵的噩梦。

噬元虫虽然吃掉河怪之后身体变得更加坚硬，但也无法阻挡玄金灵蚊的利嘴，损失惨重。

战无命看到场面陷入胶着，所有怪物的注意力都被虫子间的战争吸引住了，他这才悄悄地放出寻宝猪。

寻宝猪一出，立刻兴奋地摇着尾巴径直向金沙河源头跑去。战无命跟在寻宝猪身后，小心地在寻宝猪体外笼着一层黑暗元素，挡住了怪物们的视线。

金沙河源头不全是极细的浮沙，出现了很多粗粝的金色石块，看着就像金矿石，色泽明艳。直到一片陡峭的山崖挡住了去路，寻宝猪依然没有停下的意思。

"咕……"寻宝猪的身体撞到山壁，意料中的撞击却没有出现，山壁上现出水波一样的水纹，向四面荡开，寻宝猪消失在山壁后。

战无命眼中闪过一抹惊讶，这看上去如此真实的山壁居然是幻境，他毫不犹豫地跟了进去。战无命大喜，寻宝猪这个平日里化钱炉似的小家伙还真有些本事，也不枉费每天给他吃上品灵石，千年宝药。也只有战无命这种土豪才养得起它。

进入山壁，战无命眼前一暗，里面是一个幽深的洞穴，穴壁上缀满了闪着荧光的石头，虽然使得洞穴并不昏暗，但却更加阴森。洞口有些潮湿，一股腐朽的味道自洞穴深处泛出，战无命皱了皱眉。

如果这金沙河真是金蟾老祖神魂寄居之地，应该还保留着他金蟾的习性。

金蟾老祖并非先天金属性生灵，他修练了一门奇怪的魔功，用背上的毒囊吞噬天地之间的金元素，从而改变了自己的体质。

在九炎天尊口中，金蟾老祖是一个造了无数杀孽的恶魔。每到一个世界，他就会将背上的毒囊分解，留在那片世界，等吸光那里的金属元素之后再收回。所以，金蟾老祖每到一个世界，那里就会崩溃。

最后，即使浑身是毒，金蟾老祖也没能逃过光明净化，死在这片太古战场。

洞穴越往下走越潮湿，但却没有水渍，腐朽的气息越来越浓。战无命一直向下走了十几里，居然还没到头，里面金元素之力越来越浓郁。

前面的寻宝猪突然停下了脚步，紧张地四下望了一会儿，扭头看着战无命。

前方有危险。战无命上前收起寻宝猪，小心地向前走去。不一会儿，前面传来嘈杂的声音。

战无命屏气凝神，高抬腿轻落步，轻手轻脚地向前走去。没走多远，前方出现一个拐角，战无命探出头，立时瞪大了眼睛，一队队虫兵从传送阵里出来，快速向通道的另一边跑去，那边是噬元虫它们的方向。

战无命脑袋一转就明白了，金沙河的四大险地应该是相通的，这里吃紧，老怪从他处调来了援兵。如此看来，噬元虫还是挺厉害的嘛，毕竟是整个木之世界培养出来的。金沙河老怪要想斗赢噬元虫，不得不调动金之世界的所有力量。

金蟾老怪将四大险地连成一片，守望相助，挺聪明啊。

战无命避开虫队，向另一个方向走去。走了一会，洞穴前方开阔起来，不过洞穴壁却与之前的洞壁不同了。战无命眨巴着眼睛研究了半天，研究出的结果把他自己吓一跳，这里的洞壁居然在蠕动，是活的！

腐朽的气息是从洞壁上传来的，腐朽之气中泛着浓郁的金元之力。

"这是金蟾老祖的身体，想不到它的身体居然埋在地底。"九炎天尊突然说话了，把战无命吓了一跳。

这条通道居然在金蟾老祖腐烂的身体里面，难怪有股腐朽的味道。洞壁看似正在恢复活力，已经可以蠕动了，看来这些年金蟾老祖也没闲着。

看来金蟾老祖将其他险地的援军调到这里，阻止噬元虫靠近，就是为了保住他这具正在恢复的身体，不然这些年的积累可就都白费了。

战无命再次放出寻宝猪，寻宝猪似乎有些犹豫，望着对面洞壁上狭长的裂缝，想进又不敢进。看来里面的确危险，但既入宝山，又怎能空手而回，战无命想也没想，一手抄起寻宝猪窜入裂缝。

战无命刚进入裂缝，就感应到一股恼怒交加的情绪，他顿觉不好，看来这里是金蟾老祖十分重要的部位，不然不可能一进来就被发现了。

此时已无退路，战无命一咬牙，快速向裂缝里面飞去，几息之后，前面突然出现一个巨大的空间，里面横七竖八地连着巨大的管道，所有管道都通向一块赤金色的石头。

那块巨大的赤金色的石头还在轻轻跳动，发出嘭嘭声，每跳动一次，那些管道就会跟着产生波动，恐怖的能量自管道向四面八方输出。

"靠，这是老妖怪的心脏！"战无命高兴坏了，自己一顿乱跑，竟然跑到金蟾老祖的心里来了。

金蟾老祖的心与人类的不一样，自成空间。这么大的心脏，战无命也看傻眼了。

这时，战无命怀里的寻宝猪一声欢叫，挣扎着向赤金色的心脏扑去。

"靠，这小东西的嘴越来越刁了，居然看中了金蟾老祖的心脏。"

浓郁的法则之力自赤金色的心脏中散发出来，与金之世界的规则之力暗合。战无命皱紧了眉头，这颗心脏难道是——世界之心？

这个念头有点儿疯狂，但却很好理解，金蟾老祖本体死亡后，神识未绝，玄武以其肉身供养金之世界。金蟾老祖趁机把自己的肉身与金之世界结合，以金之世界的规则之力促使自己恢复意识，如此一来，金之世界的生机越旺，金蟾老祖复活的可能性越大。因此，金之世界之心，也就是金蟾老祖之心。

无数年来，二者合二为一，整个金之世界的规则和法则之力浓缩在这颗世界之心上，使其成为整个金之世界的能量核心。

"小子，你敢坏我计划！"愤怒的嘶吼传来，一股恐怖的意志袭来。

"靠，一个死鬼的残魂而已，还想威胁我？"战无命不屑地哼了一声，九炎龙拐瞬间闪出，九色火焰爆燃，瞬间充斥了整个空间。

"啊！"一声凄长的惨叫，那声音再次传出，"九炎天尊，你个卑鄙小人，居然劫我心脏！"

战无命得意地挑挑眉，乐呵呵地让九炎天尊替他背了黑锅。九色火焰下，横七竖八的管道迅速软化。火能克金，何况九炎龙拐的火焰可不是凡火。

"哧……"战无命几记火焰刀，将那赤金色心脏周围的血管斩断，这可是世界之心，看见了却不拿走，会天打雷劈的。

"嗡……"可怕的天地规则自那颗心脏中迸发，战无命的金之洞天同时张开，那股金之规则成了金之洞天的补品。

战无命的金之洞天同样是金之世界，分属同源，那心脏感应到战无命命魂中的金之世界，立时少了敌意，所以对战无命并未造成伤害。

战无命欲以命魂中的金之洞天吞噬金之世界之心，这是他第一次尝试以洞天吞噬异物。这是他以洞天之力接触世界之心时产生的想法。

战无命的命魂洞天吞噬了世界之心后，顿时感觉到一股磅礴的生机逸出，整个人好似被洗涤了一遍似的，空明透彻。

此地不宜久留，金蟾老怪吃了这么大一个亏，肯定不会善罢甘休，他可是有千万虫兵呢。战无命唯一的想法就是立刻逃走，越远越好。

战无命刚走几步，就感觉地下空间猛地一震，仿佛失去了支撑。

"轰……"一块巨大的石壁自高处落下。

"靠，这里要塌了。"战无命低骂一声，他取走了世界之心，等于拆掉了地底空间的支撑物，夺去了金之世界的动力之源，用不了多久，金之世界就会因为失去灵性和生机缓缓死去，变成真正的死亡世界。

金沙河外，战况惨烈，噬元虫剩下不到二分之一，但是发生了巨大的变化。剩下的噬元虫不仅吃掉了很多河怪，还吃掉了同伴的尸体，原本小山似的噬元虫越来越小，身上的颜色已经变成了青黑色，好似长出一身黑甲。一对巨大的下腭更加狰狞，身体四周笼着一层淡淡的雾气，玄金灵蚊撞在这层雾气上，仿佛飞进了水银里，飞得异常艰难，很快就被划过的长爪切成碎片。

噬元虫不挑食，玄金灵蚊也吃，一路打一路吃。

战无命好不容易从地底逃出来，就被玄金灵蚊盯上了。这东西飞速极快，无奈，战无命只好开启鲲鹏极速，而后连用两张紫遁符，这才甩开穷追不舍的玄金灵蚊。

战无命消失了，金沙河底的金蟾老怪登时就怒了，金沙河畔，虫族对决越发惨烈。

战无命越跑越得意，浑身舒畅得不得了。他命魂中的金之洞天发生了翻天覆地的变化。庞大生机的注入使得他的金之洞天形成了山川河流，正在向小世界发展。五行洞天的主次结构再次易位，木之洞天原本的木元气臃肿不再是问题，金之洞天成为五行洞天运转新的动力源。

随着五行洞天运转速度加快，原本一直向命魂洞天汇聚的能量开始第一次反哺身体，使得战无命体内的每个细胞都充满活力。

战无命跑出一段距离，觉得应该安全了，刚想休息一会儿，突然一阵心悸。

战无命一惊，连忙打开地图，找到通向其他世界的通道位置，撒腿朝出口跑去。可是那股危机感并未消失，反而越来越强，有什么东西在追他！

"小子，在这金之世界，没有人能逃出我的掌心。交出世界之心，本尊或可饶你一命！"幽冷的声音传来。

金之世界有四大险地，坐镇着金蟾老怪的四个分身。金沙河大战虽然调走了其他险地的虫兵，却未调走老怪的分身。追赶战无命的是其中一个分身。

"老妖怪，你不过是个分身而已，嚣张什么？到了哥手里的宝贝就是哥的，谁也别想拿走！"战无命一声冷哼。

战无命声音刚落，空中便闪过一道金芒，直逼战无命面门。战无命吃了一惊，这金芒的速度也太快了，快到连他都没反应过来。

"叮"一声轻响，战无命的身体打了个旋，被金芒冲到数丈之外，肩头一轻，肩上的碧眼青蛟鳞瞬间裂开。

金芒一击之后立刻缩了回去，要不是肩头有碧眼青蛟鳞的阻挡，这金芒必能击穿他的肩膀。

金芒退去时，战无命看清了那东西的形状，居然是一条舌头。他身前不远处，不知何时出现一只大蟾蜍，身上闪着金色的流光，身上的疙瘩像是金质的壶盖，覆满背部。

难道这就是传说中的金蟾老祖？不对，这只绝对不是金蟾老祖。它虽然也是一只金蟾，但修为最多也就是个初圣。

"小子，本尊就算只是一个分身，杀掉你也绰绰有余，识相的，快点将世界之心归还于我，本尊或许可以放你一条生路。"那只金蟾冷冷地哼道。

"癞蛤蟆，你快别嘚瑟了，哥杀过的战圣不知凡几，你一个小小的初圣，也敢跟哥嚣张。"战无命不屑地笑道。

虽然战无命忌惮金蟾那根舌头，但却不能弱了气势。

"小子，你既然找死，可别怨本尊没给你机会。"金蟾大怒，他最恨别人叫他癞蛤蟆，眼前这只蝼蚁竟如此嚣张，口出狂言。

战无命刚说完，身体迅速横移，与此同时，金芒再次射来，刺穿了战无命的虚影。

"咝咝……"两声低低的虫鸣传来，两只巨大的噬元虫像两座小山似的砸向金蟾硕大的身体。

战无命从空间法宝中召唤出两只紫金色的噬元虫。

"可恶的小子，这些噬元虫果然是你带来的，我要将你碎尸万段，炼魂剥皮……"金蟾见了那两只噬元虫，顿时就发狂了。

噬元虫对金之世界的破坏太大了，把他无数年的积累一朝毁了，连世界之心也被战无命给偷走了，金蟾怒火中烧。

"癞蛤蟆，别以为哥怕你，先让这两只噬元虫收拾你。"战无命闪身后退，对付金蟾那条神出鬼没的舌头，他还真没有特别好的办法，还是离它远一点安全。

那两只噬元虫皆有战帝级修为，虽然不如那只金蟾，但也能缠住他一时。

"老家伙，有办法对付这只癞蛤蟆吗？"战无命神识传进空间法宝，问九炎天尊。

"我劝你还是快点儿逃吧，金蟾老祖的分身不只一个，另外两只正在往这边来，再不走，只怕一会儿你想走都走不了了。"九炎天尊声音依然懒洋洋的。

战无命无奈地望了一眼那只舌头如蛟龙般的金蟾，转身向金之世界的出口逃去。如果真如九炎天尊所说，那两只分身也来了，一旦被它们堵在这，那就麻烦了。

一个鲲鹏极速与金蟾拉开距离，战无命撒开腿跑了近一个时辰，跑出几千里，丝毫不觉疲累。金之世界反哺给身体的生机和力量透入每个细胞，金之力，不只是锐利，更是坚固，使他的细胞变得更加强韧。

两只噬元虫与他和颜青青的命魂联系消失了，那两只噬元虫死了，它们能拖上那金蟾一个时辰，倒是让战无命十分意外。

"战兄！"有人叫战无命。

战无命一愣，抬头一看，见前方一队人马疾速赶来，看来也想去金之世界的出口。

苏黎世，战无命一怔，前方那队人马居然是苏黎世和他妹妹圣女苏菲亚。苏菲亚怎么从赤土世界跑到这来了？

"战兄，你没事真是太好了！"苏黎世与圣女苏菲亚汇合后，身边聚集了一百多光明神廷的弟子，其中几位的修为不比圣女身边的四大金刚弱。

圣女苏菲亚应该是从哥哥那听说了战无命在木之世界的事迹，来到金之世界后，又听说战无命为了大家再次引走了那群恐怖的怪物，让她对眼前这个少年多了几分好感，难得地向战无命点了点头。

"圣女，神子，此地不宜久留，我们必须尽快赶到金之世界的出口。"战无命见冰冷的圣女难得给了自己一个笑脸，心中也少了几分恶感。况且苏黎世也算个人物，仇恨说放下就放下了，而且对待他也很真诚。

"怎么了？"苏黎世脸色一变，问道。

"边走边说。"战无命身形不停，向出口方向跑去。

这里离出口不过千余里，战无命不敢停下脚步，追来的估计是那圣者金蟾，这要是真被追上了，苏黎世兄妹和百余光明神廷的人只怕全都得报销在这里。

"走!"苏黎世不再问,一声低喝,追在战无命身后。

"我身后还有三个圣者级别的老妖怪在追,估计很快能追上来。苏兄,你和圣女与我分开走吧,它们的目标是我,不是你们。"战无命认真地道。

"怎么回事?"苏黎世脸都黑了,圣者在战皇之路上绝对是食物链的顶层,战无命竟然招惹了三个,还能逃到这里,这小子还真能逃。

"呵,我把流苏铁木老妖的分身引到它们地盘上了,结果毁了它们的老巢,它们现在是恨我入骨。我也是没办法啊,不让他们拼,就我这细胳膊细腿儿的,怎么拖得住流苏铁木老妖的那群分身啊!"战无命半真半假地苦笑道。

战无命的话听得众人目瞪口呆,他这是招惹了两个世界的老妖怪追杀他啊!

苏黎世发现自己和眼前这小子根本不是一个层次的,这小子搅风搅雨的本事太大了,把这战皇之路的老怪物耍得团团转。

"战兄,你的行为让苏某敬佩,不过,苏某也是男人,你以一己之力阻挡大敌也是为了我等。今天我苏黎世愿与你并肩而战,就算身死,也没有半句怨言。"苏黎世神情坚毅,语气至诚。

战无命一怔,没想到苏黎世居然也有这么热血的一面,苦笑道:"对方可是圣者,而且可能是三位,我们就是一起上,也不够人家塞牙缝的。苏兄的心意战某心领了。"

"那我们就一起逃吧,真要被追上了,苏某就陪战兄一起战!"苏黎世豪气干云地道。

"妹妹,你和四大金刚与我们分道而行。"苏黎世回头对圣女苏菲亚道。

苏黎世虽然愿意陪战无命一起赴死,但却不想让自己的妹妹冒险。他也不知为何自己会这么冲动,就是想与战无命一起并肩而战,明明眼前这个少年曾数次驳了他的面子,他当时恨不得杀之而后快。这一刻,两人却成了肝胆相照的朋友,愿意与他生死与共。

"哥哥不走，我岂会走！"圣女的声音十分坚定，虽然冷漠，却能让人感受到他们的兄妹之情。战无命对这个冰冷的女人又多了几分好感。

"这里离金之世界的出口不过千余里，或许我们还有机会。"战无命说不感动是假的，在这一切凭实力说话的战皇之路，居然会有这么至情至性、重情重义、无畏生死的人，战无命是真想把他们都带出去。

"上飞船！"战无命刚冲出一段距离，一艘漆黑的船出现在他身边，一个娇柔清脆的声音响起。

战无命侧头一看，发现圣女苏菲亚和苏黎世都上了一艘黑船，船身泛着奇异的法则之力，仿佛不在这片时空似的。

居然是一艘带有空间法则之力的飞船，光明神廷还真是富有。战无命纵身跳了上去，飞船骤然提速，仿佛融入虚空似的，速度之快，看得战无命直咋舌。

"这船真是宝贝！"地面变成一道光影，迅速倒退，战无命不由赞了一声。

"这是宗门给妹妹保命的宝贝，这飞船是件了不起的宝贝，就是驱动太难，必须用稀有的空间元晶才能达到最快速度，如果用普通元石，和普通飞船的速度无异。空间元晶整个光明神廷也没有几块，妹妹手中只有一块，只有在最危急的时候才会使用。"苏黎世苦笑道。

战无命都听傻了，这也太浪费了，空间元晶啊，那可是可以炼制空间法宝的宝石，居然拿出驱使飞船。光明神廷在一个圣女身上下这么大本钱，战无命上上下下打量圣女半天，突然想到一个问题，光明圣女将仅能用一次的逃命宝贝拿出来帮自己，这……这让他怎么再找圣女算仪裳的账啊？

战无命郁郁地看向飞船后面，正好看到两道金光疾速射来，却刺了个空，空间飞船速度太快，那两道金光没追上。战无命吃了一惊，他认出那两道金芒是那金蟾的舌头。

"小子，你逃不出我们的手心！"愤怒的声音自后方传来。

苏黎世转头一看，就见两只巨大的金蟾一跃数十里，一蹦一蹦地追在飞船后面，可惜距离还是越拉越远。飞船的能量被全部催发出来。

"这就是战兄所说的金之世界的圣者？"苏黎世脸色铁青，吃惊地问道。

战无命点了点头，道："金之世界有四只这样的老怪，最强的那只被拖在金沙河，和流苏铁木老妖大战，另外三只全都来追杀我了，他们的速度还真快。"

金之世界的出口，各大宗门的人正陆续向这里赶。金之世界太大，几天时间不可能全部撤离。因此，出口处滞留了很多人。

金之世界的出口与木之世界不一样，这里像是一张大嘴，底部是喉洞一样的门，不大，却透着锐利的杀意，即使是战王，进入时也要小心翼翼的，一不小心就会被流转的金之锐气切成碎片。因此，人们撤离的速度并不快。

金之世界的出口，人们排成一队，秩序井然。

"快看，那是什么？"有人惊呼，众人看到一道黑线迅速飞过来。

"是光明神廷的尼罗飞舟。"有人认出了正在变大的黑点。

"不对，大家小心戒备，光明圣女轻易不会动用尼罗飞舟，一旦动用必是遇上大危险！"有人低呼，是天倾宗的商重云。

商重云比光明圣女苏菲亚先一步离开镇天秘藏，进入木之世界后发现一片狼藉，便直接进了金之世界，结果发现金之世界比木之世界更乱，这才直奔金之世界的出口。

天倾宗是阵法大宗，商重云对尼罗飞舟有一定了解，这东西的最大功用就是应急逃命，是求生的宝贝，不到万不得已，不会轻易使用。

"轰……"尼罗飞舟落地，飞舟上跳下几个人，为首的是战无命和苏黎世。

"战兄！神子！"商重云一脸惊讶，战无命居然和苏黎世在一起，圣女也在。

"怎么还有这么多人没走？"战无命眉头皱成了一个川字。

"战无命……他不是战无命吗？"有人突然高呼。

"哪里，谁是战无命？"听到战无命的名字，大部分人都兴奋了。这不就是那个拯救了木之世界各大宗门弟子之后，又为金之世界各大宗门争取了好几天时间的少年英雄吗。

苏黎世一脸惊讶地望着战无命，没想到战无命的名字居然能引起这么大的反响。

"我就是战无命，告诉大家一个很不好的消息，我们身后有三位老怪在追杀我们。因为在下将木之世界的虫群引到了金之世界的绝地，他们拼得两败俱伤，所以金之世界的老怪对我恨之入骨，不惜万里追杀。现在还未逃出金之世界的人，估计已经来不及走了，我希望大家能团结对敌，结阵自保，只有拼尽全力反抗才可能有一线生机！"战无命纵身跃到半空，高声道。

"啊！"各宗人大惊，不过毕竟都是一方大陆的英才，只乱了一下就稳住了心神。

"我们愿意听战公子的指挥！"有人扬声道。

"我天倾宗愿听战兄吩咐。"商重云脸色郑重，此时除非他们敢犯众怒插队抢先进入世界出口逃走，否则到最后他们还是得与战无命等人一起面对那三个老怪物，倒不如干脆一些，拉上更多人共同抵抗，人多力量大，或许真能有一线生机。

这里的人都不傻，立时就权衡了利害，作出了判断。金之世界出口处的数十个宗门千余人，全都愿意听从战无命的安排。

面对难得的千人齐心的场面，战无命心潮澎湃，只要大家都能不畏生死，齐心迎敌，他就不信干不掉几只癞蛤蟆！